「玄怪録」と「伝奇」

続・古代中国の語り物と説話集
―志怪から伝奇へ―

高橋　稔　著

東方書店

序

（一）

日本語の「語り物」という言葉に広義と狭義の二種類の使い方があるということについては、本書に先行する拙著『古代中国の語り物と説話集』の序文に詳述した。(1)その二つの「語り物」のうち本書が専ら採り上げ紹介するのは、誰が語ってもよい昔語りの集成のこと、つまり語りを専門にする芸人ではなく、素人が自分の口調で自由に語ることのできる話を記した広義の「語り物」の集成のことと、形式の上では、そうしてできる昔語り集すなわち説話集の形式を踏襲しながら、個々の話の実態は伝承説話から脱皮して、芸人の語り物と交流しながら、話を自由に創作する短編小説集が派生して来た様子である。

従来の中国文学史は、一般に六朝時代に多く集成された広義の語り物つまり伝承説話の類を「志怪」と呼び、唐代に入って芸人の語り物と交流しながら次第に数を増して来る短編でありながらも創作性の豊かな短編小説を「伝奇」と呼び習わして来た。そこで、本書の副題には「志怪から伝奇へ」と記すことにしたが、しかし、「伝奇」という用語がこの意味で用いられるようになるのは近代以降になって書かれた新しい「中国文学史」から始まることであって、唐代では「伝奇」という言葉は、一般にはまだ歌い語りに演じられる芸能、つまり語りの専門家によって演じられる狭義の語り物の名称であって、書き下ろされた作品の名称ではなかった。それがたまたま裴《はい》釧《けい》という人物によって自分の書き下ろした説話集の名称として用いられ、陳師道という詩人が自説のためにそれを利用した所から紛れが生じて来るのである。この間の詳しい事情については、『古代中国の語り物と説話集』の第三章第三節に詳述した。

元々昔語りを収集してそれを標準語で書かれた伝記形態の短文に書き改めて説話集を編成することは、魏《ぎ》の「列異伝《れついでん》」に始まり、その形態を模倣した東晋の「捜神記《そうしんき》」以後、同様の形態を持った多くの説話集によって受け継がれ、以後の説話集の形態として定着する。

しかし、こうして生み出された説話集の流行とは別に、文字に定着されない語り物芸人による芸能としての語り物は、民間に絶えることのない流れを形成していた。

文学史で一般に「唐代伝奇」と呼ばれる唐代独自の小説のスタイルが形成され定着する以前の、唐代小説の黎明期に作られた「補江総白猿伝《ほこうそうはくえんでん》」「遊仙窟《ゆうせんくつ》」などの文章に、語り物特有の文体の目立つこと、また、中唐以降、唐代独自の小説の形態が出現してからも、作品の文中に、必要に応じて語り物の文体が取り込まれていることについても、前掲した拙著の第三章に述べてある。(2)

しかし、それら単行作品として作られた小説とは別に、唐代に入ってからも「列異伝」以降の六朝説話集の系統を引く説話集は跡を絶たなかったのであり、唐代の説話集は、中唐以降、科挙の実施に伴って倍増した筆自慢の新興知識人の精緻な筆によって、六朝時代の事柄中心の簡略な筆遣いとは違う、唐代の説話集独得の文体を形成するに至る。この事については、前掲書中にも述べていない所なので、専らこの問題を明らかにするために本書を著すことにした。

また、「古代中国の語り物と説話集」の出版準備中であった二〇一七年八月に、京都大学から「魯迅『古小説鉤沈』校本」中島長文校・伊藤令子補正がレポジトリ公開され、魯迅の「古小説鉤沈」の新しい考証結果がまとめて発表されたが、私の本には改めるに暇なく、「古小説鉤沈」旧本に基づく物として刊行することにし、本書を前書第二章及び第三章の補遺を含むものとして、公開された新しい考証結果を踏まえて刊行することにした。「魯迅『古小説鉤沈』校本」で新たに加えられた「列異伝」の五種の話については、これを「古小説鉤沈『列異伝』補遺」として、本書冒頭「玄怪録」の前に置き、前書の第二章第四節の体裁に習って訳出することにした。また、「古小説鉤沈」の収める逸文の数及び「捜神記」との間に共通して含まれる話の数や全体に対する割合などに関する数字は、本書中に必要に応じて改めた。しかし、前書中に記された数字の多寡も、論旨に支障を来たすことはないはずである。

唐代の説話集は、六朝時代の物に比べて一般的に話の規模も大きくなり、記述の仕方も詳細になっているが、奇異な事柄を記し伝えようとする主旨の明らかな志怪系統の話を集めた物と、裴鉶の「伝奇」のように、芸人の語り物を想定して作られる話との間には、やがて後述するように異質な物として区別することのできる相違がある。

（二）

世界の本格的な民間伝承の収集作業は、一九世紀半ばのグリム兄弟の功業をその先駆けとすると考えて良いであろうか。その近代的科学的な偉業には及ぶべくもないが、東洋には、三世紀前半、政治的な必要から民間伝承の収集を考えた政治家がいた。魏の文帝曹丕《そうひ》である。しかし、周知のように、曹丕が知識人としてまた政治家として成長したのは、全て父親の曹操が築いてくれた魏国の基礎の上に成り立った事だから、「列異伝」に著された民間伝承収集の結果も、あるいは曹操が後漢末建安《けんあん》時代に彼の西園《せいえん》に催した文学サロンを中心に花開いた建安文学の影響を考えなければならないのかも知れない。

「列異伝」の成立が魏文帝曹丕の勅撰《ちょくせん》によると推定されることについては、すでに公にしているので(3)、繰り返しは避けることにするが、文帝の死後三〇年を経てできあがった結果が僅か三巻と少ないことが、何よりも初出の民間伝承集の編纂の困難を物語っているであろう。しかし、曹丕が期待した民間伝承収集の成果は、「列異伝」以後後継を得ることはできなかった。六朝第二の説話集である「捜神記」の中に魏朝を忌避する話が見えることについてもすでに言及しているが(4)、ここでは、別な角度から、「列異伝」以後曹丕が期待したであろう民間伝承の収集が途絶えてしまった原因を明らかにしたいと思う。「捜神記」の原序はたまたま「晋書《しんじょ》」の干宝《かんぽう》伝に残し伝えられ、今日見ることができるが、述べられていることは、全て歴史上の事実を記し残そうと努力する歴史家の心構えである。しかし、今ここで取り上げようとする所は、干宝自身が主観的に自分の信条を著した文章ではなく、無意識に書いた文章に、偶然著者の日常生活の常識と心得る所信が現れている所である。これによって、今日の目から見た当時の知識人と目される人々の日常生活の意識の一端が知られるであろう。

二十巻本「捜神記」第一二巻の冒頭に、世の万物の変異する原理を説いた論文がある。これは唐の釈道世の「法苑珠林」の引いている干宝の「変化論」の文章と同じものだが、物の変異を語る話を集めた同巻の内容を概説する形でその始めに置かれている。その論文の末尾に次のような文章がある。

從此觀之、萬物之生死也、與其變化也、非通神之思、雖求諸己、悪識其自來。然朽草之爲螢由乎腐也。麥之爲蝴蝶由乎濕也。爾則萬物之變、皆有由也。農夫止麥之化者、漚之以灰。（以下略）

こういう所から考えれば、世の万物の生死や変化は、神にも等しい思考力が無ければ、自分勝手に考えた所で、どうして原因を知る事ができようか。しかし、枯れ朽ちた草が蛍になるのは、腐ったためである。麦が蝶になるのは、湿った事によるのである。そういうわけで、万物の変化は皆原因があるのである。農夫は、麦の変化を止めるために、麦を灰の汁に浸す。（以下略）

この記述から知られる所は、当時の農民と同様に腐った草から蛍が生まれることや湿った麦から蝶が生まれることを信じ、農民が麦が蝶になるのを防ぐために麦の種を灰を溶かした水に漬けるのを、欠かすことのできない必要なことと信じていた当時の知識人の生活意識の実態である。

言うまでもなく、今日見られる二十巻本「捜神記」は、干宝の原著である三十巻本「捜神記」ではない。従って、この文章にも、後世の改ざんがある可能性もある。しかし、百歩譲って、干宝の歴史家としての良識を信じ、「捜神記」の著作の主旨を現在見られる「捜神記」の逸文から推察しても、「捜神記」の収めている話の様子は、「列異伝」の物とは明らかに違う。今日の「列異伝」の逸文は、僅か五五種しか残されておらず、(5)二十巻本「捜神記」の四六四種に比べれば、比較にならないが、その五五種を貫くものは、自然に憧れ、神に憧れるファンタジーであった。登場人物の階位の如何に関わらず、人間には計り知れない自然の力が話の背景にあった。そのため、著者は、曹丕が「列異伝」に著そうとした物は、どんな環境に置かれても存在し続ける民衆の持つファンタジーであると考えた。漢代の文化が萎え衰えた後に代わって現れるべきものを曹丕は「列異伝」に著された健全なファンタジーに見出したのであった。

しかし、「列異伝」が世に出てから五十数年の時が経つうちに、世の情勢は大きく変化した。「列異伝」の成立は、魏朝の最末期と考えて良いと思われるが、曹操や曹丕が建設を夢見た根底から新設されるべき理想国家の夢(6)は、魏朝の滅亡と共に滅び去り、天下の覇権を巡って骨肉あい争う騒乱の時代が訪れたのである。その騒乱状態は、家柄や血筋を盾に朋党をなしてあい争う漢民族の隙を突いて、西北方から異民族が侵入し、漢民族の王朝を南に追いやるに及んで、一層激しさを増した。

干宝の「捜神記」は、その南北朝時代の初め頃世に出たはずである。説話集の形式の上では、「列異伝」が先鞭を付けた短い伝記の集成をそのまま踏襲し、「列異伝」が収めていた民間伝承も採るべき物は取捨選択して取り込んでいるが(7)、地方に派遣されていた官人が自分の管轄内で偶然聞き込んだ話は別として、特別に民間伝承の採集者を派遣して民間伝承を採集した形跡はない。それよりも、著者の干宝と階層を同じくする知識人自体が説話の伝承者になっていたと思われるのである。そういう所に、有鬼論無鬼論を初めとする知識人間の議論の話題も説話になって現れた。つまり、説話集の著者である話の採集者が同時に話の伝承者でもあったのであり、自分たちの語り伝える話をそのまま書き記すことになるために、「捜神記」三〇巻のような大部の説話集も比較的容易に作り得たと思われるのである。そこに、「列異伝」三巻が苦労して集められた時代の説話集とは、説話集がすでに異質な物になっていたことを考えなければならない。

近代初頭のグリム以来今日に至るまでに採集された民間伝承を見慣れた我々にとって、延べにして二〇〇〇に余る数を残している六朝説話を俯瞰する時、そこに後世の民間伝承研究を通じて知られている民間伝承特有の様々な法則に共通する現象を見出すのは、説話集の編纂者が同時に伝承者であった現実を反映しているからに他ならない。

（三）

六朝時代に数多く著された先のような説話を中国文学史の上では、普通「志怪」と呼び習わしている。このように伝承性のある「志怪」に対して、唐代に入って増えて来る創作性の豊かな短編小説を普通「伝奇」と呼んで区別するが、実際には、「志怪」と「伝奇」は、境界線を設けて截然《せつぜん》と区別できるようなものではない。文学史的用語として、「六朝志怪」「唐代伝奇」という言葉も慣用されているが、これはあくまでも文学史的記述を行なう場合の便宜的な用語であって、現実を反映したものではない。

それと同時に注意すべきは、「列異伝」を生み出した建安文学の影響がかなり長く伝え残されていた事実があることである。六朝時代にあっては、説話の形式や民間文化の吸い上げ（例えば「玉台新詠集」に見る民間歌謡等）などにその影響を見ることができたが、科挙の登龍門が開かれた隋唐の時代にあっては、六朝時代のように、民間文化と官人文化の違いをはっきり見分けることが難しくなっている。そこで、本書は、唐代の説話集の中から、特に六朝以来の「志怪」の特徴を残しながら、それでいて思想的な主張をはっきり表わしている牛僧孺《ぎゅうそうじゅ》の「玄怪録」を選び、それを芸人の語り物を意識しながらあえて創作を交えて話を作っている裴鉶の「伝奇」と対比してみることにした。全体を見通しての結論は、最後にまとめることにする。

なお、巻末のまとめにも付記する所だが、中国の語り物の歴史は、従来、唐代以前の部分に、未開拓の分野を多く残していた。ここに公表する『古代中国の語り物と説話集』の正続二篇は、意識的にその未開拓である唐代以前の語り物資料の中から、特筆すべき重要な問題を残しているものを選び採って、その実態を示そうとするものである。従って、いずれはここに示す問題を踏まえた精細な上代中国の語り物史が完成されなければならない。

注

（1）『古代中国の語り物と説話集』序文、二〇一七年一一月東方書店刊。

（2）前掲『古代中国の語り物と説話集』第三章「隋唐代における小説と語り物との関係」第二節「初唐期の小説と語り物」（同書一六〇頁）及び第三節「唐代伝奇と語り物」（同書一六五頁）。

（3）「列異伝」が文帝曹丕の勅撰になると推定されることについては、前掲『古代中国の語り物と説話集』の序文に述べた。

（4）「捜神記」の中に魏朝を忌避する話が見えることについては、注（1）に掲げた拙著の序文に蓋然的に言及し、具体的には、同書の一二六頁に、「火浣布」の事について、魏文帝を揶揄した逸話を記した。また、同書一四一頁には、「産神問答」の話について、同じテーマの話について「捜神記」が「列異伝」の華歆《かきん》の話を採らず、新たに後漢の陳仲挙《ちんちゅうきょ》の話を立てていることを述べた。

（5）先に発行された『古代中国の語り物と説話集』では、「列異伝」の収める逸話の総数を五〇種と記しているが、同書が発行準備中であった二〇一七年八月に、京都大学の中国語中国文学研究室から、「魯迅『古小説鉤沈』校本」（中島長文校・伊藤令子補正）がレポジトリ公開されていた。本書では、その結果に基づいて逸文数を改めた。

（6）「玄怪録」中の「顧総」の話の主人公顧総は武昌の小役人だが、本は、曹操の西園のサロンの常連であった建安七子の一人、劉楨の生まれ変わりで、話の中で西園の仲間だった王粲《おうさん》と徐幹《じょかん》に出会い、身分の低かった自分が、曹氏一族のお蔭で高貴な人々の仲間に入れてもらうことができたと述懐する所がある。この叙述には、曹操曹丕を中心とする文化政策の特徴の捉え方を見ることができるであろう。建安文学の影響が、遠く唐の後半期にまで及んでいたということか。「列異伝」編纂の主旨にも関連して注意すべき所である。

(7)「列異伝」の逸文五五種のうち、二三種の話は、「捜神記」の中に共通する話を見ることができる。

著者記す

平成三〇年一月吉日

目次

古小説鉤沈「列異伝」補遺

（『古代中国の語り物と説話集』第二章第四節の補遺）

（各話の柱は『古代中国の語り物と説話集』のものを移記している。話の題名の上に表示された数字は、「魯迅『古小説鉤沈』校本」の話に付された通し番号である。）

（一）神との交わり

五三、太陽と駆け比べをした男の話

その昔、生れ付き神のような力を授かった男がいた。姓は鄧《とう》、名は禹《う》、字は誇父《こほ》と言って、人間離れのした神のような力を持ち、身長は一七〇〇丈もあり、手に桑の木で作った杖を持って、太陽と競争した。彼が投げ捨てた鞭や手に持っていた桑の杖は、その後みな林になり、人々は彼の名にちなんで鄧林《とうりん》と呼んだ。

注　鄧禹――神話上の人物。普通は、「夸父」という名で知られている。「列子」湯問篇に出てくる神話の主人公で、自分の力を許らずに太陽と競争し、渇死したと言う。身の程知らずの寓話になっている。

鄧林――「山海経」海外北経にある神話。夸父が渇死して杖を投げ出すと、彼の死骸が肥料になって、桑の杖が林になったと言う。今日の河南省閿《びん》郷県の西にある夸父山がそれだという説もある。

（四）鬼（幽霊）との交わり

五四、髑髏の仇討ち

ある時、常山の人が道の途中で髑髏《どくろ》を見つけ、それを埋めて食べ物を供えてやった。それから半年ばかり経った頃、一人の見知らぬ人が彼を呼んで、「私に付いて来なさい」と言った。いきなりなので、その人が、「貴方はどなたですか」と尋ねると、その人は、「私は貴方が昔埋めてくれた髑髏ですよ。家で今お客を招待して宴会を開いているので、貴方を招待し、昔の恩義に報いようと考えたのです」と言った。やがて彼の家に着くと、大勢の客を招いて、大きな宴を催し、死者の魂を呼んで、祭っているのだった。髑髏は彼を神座に案内して、共に飲食したが、他の客たちには、その姿は見えなかった。しばらくすると、麻の頭巾を被った人が入って来た。そうすると、髑髏の神は怖がって逃げながら言った、「あれは私を殺した者だ」。皆が驚いて、わけを尋ねると、髑髏の神が言った、「あの麻の頭巾の男は、その昔私と一緒に出かけたのだが、一人で帰って来た。家の者は、疑いはしたが、罪を暴けなかったのだ」。この機会にそれが発覚し、人々は彼を捕えて殺し、改めて髑髏の魂を招き降ろして、祭ったのだった。

注　常山――漢の常山郡。郡治は今の河北省元氏県の西北にあった。

　麻の頭巾――原文は「麻經幘」、「經幘」は頭巾の一種の名称だと思われるが、ここでは一応「頭巾」と訳しておく。

（五）妖怪の話

五二、古木に宿る妖怪

（この話は、二十巻本「捜神記」巻一八にも類話があり、主人公の名を「遼」、字を「叔高」と記しているが、話の内容にも相違があり、「列異伝」を取る建て前から、「捜神記」の話は取らないことにする。いずれにしても正史に伝がない。）

桂陽《けいよう》の太守であった張叔《ちょうしゅく》高《こう》は鄢陵《えんりょう》に屋敷を構えていたが、その居所に十抱えもある大木があったので、食客をやってその木を伐らせると、木から大層血が流れ出し、食客が怖がった。叔高は、「樹が古いので、樹液が赤くなっているだけだ」と言って、樹を伐ったが、ますます大量の血が流れ出し、うろの中から白髪頭の老人が逃げ出したので、叔高は刀でそれを斬り殺した。世に言う木石の妖怪だろうか。

注　桂陽――今の湖南省郴《ちん》県。
　　鄢陵――今の河南省鄢陵県。

（六）自然にできた珍しいものの話

五五、珍しい復姓の由来

その昔、人の羊を盗んだ者がいて、その羊を叔向《しゅくこう》の母親に贈った。しかし、彼女はそれを食べずに、地中に埋めた。それから三年後に、羊を盗んだ事が発覚し、捕り方が叔向の家に来て埋めた羊を調べたが、骨も肉も皆なくなっているのに、舌だけが残っていた。国の人々はこれを不思議な事だと思って、「羊舌《ようぜつ》」を復姓にしたのである。

注　叔向――春秋時代晋の羊舌肸《ようぜつきつ》の字。晋の大夫羊舌職の子。博識多聞をもって知られる。

（八）人間の不思議

五一、暴君を見返した夫婦愛

（この話は、正篇の第二章第七節に「志怪と語り物との関係について」という文章を著し、二十巻本「捜神記」巻一一に収められた話を引いて詳述している。）

宋の康王が韓馮《かんぷう》夫妻を埋葬すると、たちまちの内に墓から梓の木が生え出して、雌雄つがいの鴛鴦がその木の上に棲み付き、朝から晩まで頸を交わらせて鳴き交わし、その声が人の共感を誘ったと言う。

注　宋の康王――春秋時代宋の康王。暴君として語られている。

韓馮――二十巻本「捜神記」を始め、普通は「韓憑《かんぴょう》」という名で知られている。『古代中国の語り物と説話集』第二章第七節参照。

この話は、その類話が敦煌出土の資料中にも「韓朋賦」という名で見えるほか、古い地理書に、韓憑の築いた城跡という記録が多く散見するのを見ると、かなり広く伝承された話らしい。

また、正篇第一章第五節に引いた「不幸に死んだ夫婦の物語」の終段に、韓憑夫婦の話に共通する相思樹と鴛鴦のことが唱われている所を見ると、相思樹と鴛鴦の描写によって不幸に死んだ夫婦の悲哀を表現する技法は、当時の語り物に常用される語り方として流行していたものと思われる。

玄怪録

牛僧孺撰

この本の標題は、「太平広記」中の出典標示では「玄怪録」と記され、明刊の「重校説郛《ちょうこうせっぷ》」以降清朝の叢書類では、「幽怪録」と標示されている。それを同一のものと見做すわけは、「重校説郛」の記す牛僧孺撰「幽怪録」の話の標題一六種（実際は、補遺二種を別に繰り返し標示している）の内の九種が「太平広記」の記す「玄怪録」の話に符合するからなのだが、「重校説郛」の話の記し方は、いずれも話中の要所を取って覚書風に記したものに過ぎず、標題の共通するものについても当時伝えられていた話の筋が完全に一致していたという保証はない。民国に入って、商務印書館が発行した「旧小説」は「太平広記」の収める三一話の中から一七話を選んで記しているが、本の標題については、「玄怪録」を主標示とし、後に「一名幽怪録」と付記している。

また、「重校説郛」は牛僧孺の「幽怪録」とは別に、王惲《おううん》の「幽怪録」というものを立て、「代国公郭元振《かくげんしん》」の話と「尼妙寂景氏《あまみょうじゃくけいし》」の話の二種を記しているが、二種のうち後者は、李公佐《りこうさ》の「謝小娥《しゃしょうが》伝」である事が明らかであり、牛僧孺のものとは全く異なるものと考えて良いと思われる。また、清の「唐人説薈《とうじんせつかい》」と「龍威秘書《りゅういひしょ》」は、「重校説郛」の王惲撰の「幽怪録」を牛僧孺撰とし、先の二話の後に牛僧孺「幽怪録」中の「曹恵《そうけい》」の話と「巴邛《はきょう》人《じん》」の話の要約を付け足しているが、これは無論誤りである。

本書は、「太平広記」の収める三一話を牛僧孺撰「玄怪録」として翻訳紹介する。

牛僧孺は、周知のように、文宗《ぶんそう》朝を中心に有能な宰相として活躍した政治家であり、その上、兎角蔭官をもって成り上がった李徳裕《りとくゆう》とは対立することの多い科挙出身の実力者であったから、科挙を通じて出世を夢見る当時の若者達には、憧れの的だったはずである。

開成年間の初め、文宗の御前での天下太平を巡る論議に李徳裕一派の邪説に敗れ、洛陽に身を引いて、帰仁里《きじんり》に屋敷を構え、庭園を造営して白居易と共に静かな生活を楽しんだという。晩年はまた中央に呼び戻されることになるのだが、主として彼が著作に打ち込めたのは、この洛陽暮らしの頃だったであろう。

彼の著作としては、「玄怪録」の他に「周秦行紀《しゅうしんこうき》」があるとも言われるが、晁公武《ちょうこうぶ》が「郡斎読書志《ぐんさいどくしょし》」中に李徳裕の門人が牛僧孺を貶めるために作ったものだという説を立てて以来、その偽作説が行われている。ここでは、これについて事の真偽を問う事は避け、それよりも、「玄怪録」の逸文中に見られる見るべき思想傾向に言及しておきたい。

本書の四一頁に「顧総《こそう》」という人物を主人公にした話が見える。話中には彼は建安七子の一人であった劉楨の生まれ変わりとして登場するのだが、作品中に引かれる劉楨が冥界の蔡邕《さいよう》に贈った詩の文句に、建安時代の曹氏一族の功績を称え、その庇護下に栄えた文化を謳歌する気持ちが表されている。その冒頭の一節は以下の通り。

詩一章、題云、「從駕遊幽麗宮、卻記憶平生西園文會、因寄地文府遮正郎蔡伯喈」

詩曰、「在漢縄綱緒、溟瀆多騰湍。煌煌魏英祖、拯溺靜波浪。天紀已垂定、邦人亦保完。大開相公府、掇拾盡幽蘭。始從眾君子、日侍賢王歡。（以下略）」

その詩の一首は、題して「殿のお供をして幽麗宮に出かけた折、いつもの西園での文学サロンの様を思い浮かべて、冥界の文府の正教授であられる蔡伯喈殿に贈る」と言い、詩には、こう詠っている、

「漢では掟ばかりが厳しく、暗い河には波が高くうねっておりました。武勲輝かしい魏の開祖は、その中から溺れた者を救い、波を静めて下さったのです。こうして天の定める秩序が回復し、万民は安定した暮らしを

得ました。広く宰相府の門が開かれ、隠れた才能が残らず拾い集められました。私もこうして優れた方々と交われるようになり、毎日賢明な皇族方の楽しみに侍ることができたのです。（以下略）

この話によって、時代を遠く隔たった建安文学の影響の根強さが窺えるであろうか。

また、本書三一頁の「董慎《とうしん》」には、冥界での疑獄事件に悩んだ泰山府君に呼ばれて冥府に赴いた董慎が、自分よりも優れた者として、彼の地元の秀才である張審通《ちょうしんつう》を推薦し、その疑獄事件を解決した話がある。そこでは、天界の神の血筋に繋がる罪人を特別に減刑せよという天曹《てんそう》の命を受けて悩む泰山府君に対して、張審通が、魯の蜡祭《ささい》（年末に行われる万神祭）の賓になった孔子が、親を敬い、血筋を重視する自らの信条に引き比べ、自然を重んじ、万神を祭る蜡祭の様子を見て、あまりの違いに嘆いたという話を引き、儒家の「親」を優先する発想は、中古以降のものであり、正しい法を守るためには太古の平等にものを育む心を優先させるべきであって、血縁による私情を差し挟む事は許されないという裁断を下し、それが天曹にも認められて、泰山府君に、天曹の命を受けなくても裁断を下せる特権を持った六天副正使《ろくてんふくせいし》を置く事が許されたという話になっている。

先の二話などは、本人の実力によって官界入りが認められる科挙の公平な面を拠り所として官途に就いた著者の信条の善く現れた話と見ることができるであろう。しかし、この例に引いた二話にしても、話全体を生まれ変わりの話や神仙界との交流という状況設定の上に独自の主張を展開しているのであり、話を作る条件を非現実的な幽冥界に求めている点では、六朝志怪以来の作話法を脱していないのである。そのため、時には、「崔尚」の話のように、六朝以来の話の筋をそのままに、「有鬼《ゆうき》論《ろん》無《む》鬼《き》論《ろん》」の話を挿入して来ることも可能になっている。実際には、中唐期に著された志怪の流れを引く説話集には、鄭還古《ていかんこ》の「博異志《はくいし》」、戴孚《たいふ》の「広異記《こういき》」、薛用弱《せつようじゃく》の「集異記《しゅういき》」など、かなりの数の話を伝えているものがあるのであって、「玄怪録」はその中にあって、決して話の数に勝るものではないのだが、先に引いた「顧総」や「董慎」のように、見るべき特徴を残したものであることと、後世の「重校説郛」などに残された覚書の残り方に、多く読まれた形跡の窺える所からこれを選び採ることにした。

【玄怪録目次】

張果老《ちょうかろう》

天宝年間(1)の話である。ある崔《さい》という男性が、巴蜀《はしょく》の節度使(2)の次官になって赴任したが、ようやく成都に辿り着いたばかりの時に死んでしまった。時の節度使であった章仇兼瓊《しょうきゅうけんけい》は、(3)次官の妻がまだ若いのに身を寄せる所がないのを哀れんで、彼女のために、青城山の麓に一軒の別荘を建ててやることにした。彼女はその容色がまたとても美しかったので、自分の側女《そばめ》の一人として迎えたいという気持ちがあったからなのだが、直接それを実行する手立てがなかったので、ある時自分の妻に言った、

「貴方も一国一城の主の妻になっているのだから、女性のお客を招いて盛大な宴会を催すべきでしょう。五百里以内の女性客は皆呼べますよ」。

これを聞いて夫人がとても喜んだので、兼瓊は部下の役人に命じて、五百里以内に住まう女性全てに触れを回させ、日を決めて成都で盛大な宴会を催すことにした。無論その宴会にかこつけて、死んだ次官の妻を手元に置こうという気持ちがあったのである。

ところが、その時には、もうすでに母方の叔父に当たる盧生《ろせい》が彼女を娶ってしまっていた。

盧生は兼瓊の考えを察知していたから、妻に病気で行かれないと言わせた。その返事を聞くと、兼瓊は大いに怒って、自分の側近に仕える百人の兵士を差し向け、盧生を逮捕させようとした。

丁度盧生が食事をしている時に、兵士達は盧の家を取り囲んだ。それでも盧生は談笑しながら食事を取り、平然自若として気にも留めない様子であった。彼は食事を取り終わると妻に言った、

「兼瓊の考えは分かっている。君は行かないわけにはいかないだろう。少ししたら、いくらか見映えのする着物を送って来るから、それを着て行くが良い」。

盧生はそう言い終わると、騾馬《らば》に乗って家を出た。兵士達が彼を止めようとしたが、制止できなかった。彼は落ち着き払って出かけて行った。兵士達は後を追って引き止めようとしたが止められなかった。

その時、不意に一人の少年が妻の前に箱を捧げて現れた。その箱の中には、着古した青い裳裾《もすそ》や白い裾の長い上着、緑の帷子《かたびら》、上に羽織る緋の薄絹や白絹のハンカチが入っていたが、いずれも通常世の人々が所有する物ではなかった。妻は夫に言われた通り、それを着て成都の宴会場に出掛けて行った。他の女性たちは皆定刻よりも早く到着しており、兼瓊は帳の陰からその様子を見ていたが、次官の妻が入って来ると、まるで身の回りに後光が差しているようで、美しさが群を抜いており、圧倒されて目を背けてしまう程だった。席に着いていた者も皆鳴りを潜めて息を呑み、思わず立ち上がって拝礼した。

宴会が終わって家に帰ったが、どうした事か、彼女はそれから三日後に死んでしまった。兼瓊も大変驚き、尋常の事ではないので、状況を書いて玄宗皇帝に奏上した。玄宗は、それを張果老人《ちょうかろうじん》に尋ねたが、張果は言った、

「知っておりますが、私から言うわけには行きません。どうか青城の王老人にお尋ね下さい」。

そこで、玄宗はすぐに兼瓊に命じて、王老人を訪ねこの事を具申させることにした。

兼瓊は青城山の辺りを探したけれども、杳《よう》としてこの人物の消息は知られなかった。

そのうち、城外の市場の薬屋に尋ねると、毎日二人連れの者が薬を売りに来るが、その者が王老人の使いだと名乗っていると教えてくれた。そこで、その二人連れの現れるのを待って、兼瓊は配下の役人に命じて彼等に付

いて行かせた。

山に入って数里ばかり歩くと、一軒の草庵があり、王老人は真っ白な髪の毛の老人で、脇息《きょうそく》にもたれて坐っていた。役人は二人に付いて入って行き、玄宗の勅命である事を伝え、合わせて兼瓊の意向を伝えた。

すると、王老人が言った、

「これはきっとおしゃべり小僧の張果の仕業だな」。

そこで、彼は兼瓊に期限を限って都に行く事を伝え、この事を先に天子に奏上するように伝えさせた。併せて駅馬車に乗らない事も伝えた。兼瓊は全て老人の申し出に従った。

使者がようやく皇居の銀台門《ぎんだいもん》に到着した時、王老人も丁度到着したところだった。

玄宗皇帝はすぐに彼を呼んで起こった異変のわけを尋ねた。その時、張果は玄宗の傍にいたが、王老人に会うと、恐れ畏まって拝礼した。すると、王老人は張果を叱りつけた、

「小僧！　何でお前が言わないで、わざわざ私を呼ばせたのだ！」

すると、張果が言った、

「私如きが言える事ではありません。どうしても大先輩に言って頂かなければならない事です」。

王老人は、天子に奏上した、

「あの盧叔父というのは、太元夫人の倉庫を管理する役人だったのです。それが俗界に天下った折に、死んだ次官の妻がいくらか神仙の素質を持っていたので、彼女を娶って側女にしたのです。その後間もなく、太元夫人の衣服を盗んで彼女に着せる罪を犯し、もう重罪に処せられて、今は鬱単天子《うつぜんてんし》(4)になっています。また、死んだ次官

の妻は、太元夫人の衣服を着たために、無間地獄《むげんじごく》(5)に落とされています」。

こう奏上し終わると、どうしてもすぐに帰りたいと言うので、玄宗はそれを認めて彼を帰してやったが、その後王老人の所在は分からなくなった。

注

（1）天宝年間――七四二年～七五六年六月。

（2）巴蜀の節度使――今日の四川省の辺り一帯の節度使。

（3）章仇兼瓊――章仇は複姓。実在の人物。玄宗朝に、剣南節度使となり、西川採訪制置使を兼ねた。

（4）鬱單天子――これが冥界で、どういう地位に位置づけられているものか分からないが、いずれにしても一定の地位にあった者が、左遷されて行く所なのであろう。

（5）無間地獄――八熱地獄の一つ。五逆罪の一つを犯した罪人が、ここで一劫《ごう》の間、絶え間なく苦痛を与え続けられるという地獄。

巴邛人(1)　はきょうじん

これは巴陵《はりょう》のある人の話である。その人物の姓名は分からない。彼の家には蜜柑畑があった。もう霜が降りた時期なので、蜜柑は取り尽くしていたが、二つの大きい蜜柑だけが残っていた。それは三、四斗入る鉢くらいの大きさがあった。

その人は不思議な物だと思って取らせてみたが、重さは普通の蜜柑くらいだった。割ってみると、どちらの蜜柑にも二人の老人がいた。鬚も髪も真っ白で、皮膚の色は赤く艶々していた。どちらの二人も向かい合って将棋を指していた。身長は一尺ほどで、談笑しながら落ち着き払っていた。蜜柑が割られても、驚き慌てる様子もなく、ひたすら勝負に熱中していた。

勝負が付くと、勝った老人が言った、

「君は私に海龍神《かいりゅうじん》の七番目の娘の髪の毛十両(2)と、仙女智瓊《ちけい》の額黄《がっこう》十二枚(3)と、紫の絹の帷子《かたびら》一枚と、絳台山《こうだいさん》の霞実散《かじつさん》(4)二庾《ゆ》(5)と、瀛州《えいしゅう》(6)の玉塵《ぎょくじん》九斛《こく》(7)と、阿母《あぼ》療髄凝酒《りょうずいぎょうしゅ》(8)四鍾《しょう》(9)と、阿母《あぼ》女態盈娘子躋虚龍縞襪《じょたいえいじょうしせいきょりゅうこうばつ》(10)八緉《りょう》(11)を、後日王先生の青城草堂で私に返してくれれば良い」。

すると、また別な老人が言った、

「王先生は、近頃どうもあまりお付き合いが良くないよ。蜜柑の中の楽しみは商山(12)に劣るものではないが、如何せんしっかり固定されている物ではないから、摘み取られてしまった」。

すると、また別な老人が言った、

「僕は腹が減ったよ。龍根の干物でも食おう」。

彼はすぐ袖の中から一本の草の根を取り出した。それは全体の太さが一寸くらいで、形は何となく龍のようで、少しも欠けた所がなかった。彼はそれを削って食べたのだが、削るそばからまた肉が盛り返し、彼が食べ終わって水をそれに吹き掛けると、それは一匹の龍になり、四人の老人が一緒にそれに乗り込むと、龍の足元にもくもくと雲が湧き起こり、たちまち雨風が襲ってあたりが暗くなり、彼等はどこかへ行ってしまった。

巴陵の人々は言い伝えている。これは一五〇年位前の事だと。言い伝える所では、隋唐の交替期の頃の事らしい。しかし、正確な年号などは分からない。

注

（1）巴邛――「邛」は「丘」「陵」と同意。本「巴丘山」または「巴陵山」と呼ばれる山の名から付けられた地名。今日の湖南省岳陽県辺りを中心とする地名。

（2）両――重さの単位。

（3）額黄――女性が額に張った、黄色い装飾品。

（4）霞実散――散薬の名称。

（5）庾――容量の呼称。一六斗。

（6）瀛州――瀛洲。仙人が住むと言う東海中の山の名。

（7）斛――容量の呼称。一〇斗。

（8）阿母療髓凝酒――仙人の飲む酒の名称。「阿母」とは「西王母」のこと。

（9）鍾――容量の呼称。六斛四斗。

（10）阿母女態盈娘子躋虚龍縞襪――靴下の名称。「襪」は靴下。

（11）緉――二つ一揃えの履物を数える量詞。足《そく》。

（12）商山――陝西省商県の東にある山の名。秦漢の交替期、世の乱れを避けて四皓《しこう》と呼ばれる四人の老人が隠れ住んだと言われる山。

崔書生《さいしょせい》

唐の開元天宝の頃(1)、崔《さい》という名の書生が、東州(2)の邏《ら》谷口《こくこう》(3)に住んでいた。彼は良い花を植えるのが好きだった。折から晩春の候で、綺麗な花が良い香りを漂わせ、百歩離れた遠くから、その匂いを嗅ぐことができた。彼は毎朝手洗いうがいを済ませてすぐ花を見に行くのを習慣にしていた。

ある日、一人の娘が西の方から馬に乗って通り掛った。側仕《そばつか》えの女性たち、年配の者から子供まで数人が後に従っていた。それは大変美しい娘で、乗っている馬も素晴らしいものだった。崔がよく見る間もなく、彼女は通り過ぎて行った。

その翌日も彼女はまた通り掛った。崔は今度は花の下に酒や茶の用意をし、敷物を敷いて、彼女の馬を迎えて挨拶した、

「某《それがし》は花の世話をするのが大好きで、この庭も全部自分で植えたものです。今の季節は丁度香りの良い花木が生い茂り、見る人の目を楽しませてくれます。貴方は連日お通りのようですが、お付きの人達や馬も疲れているでしょう。簡単なおもてなしの用意をしましたので、どうぞお休み下さい」。

しかし、彼女は振り向きもせずに通り過ぎたので、従っていた側仕えの女性が声を掛けた、

「ほんの僅かな酒肴の接待なのですから、何もお気になさる事はありませんのに」。

すると彼女は叱りつけた、

「どうして軽々しく他所の人と言葉を交わせますか」。

崔は翌日また仕度を整えてから、馬に鞭打って、彼女の一行に付いて行き、別荘の前まで来た所で(4)馬を下り、丁寧に接待の挨拶をした。すると、一人の年嵩《としかさ》の側仕えの女性が娘に言った、

「馬も大分疲れておりますし、しばらく休んだ所で差し障りないでしょう」。

そう言うと、彼女は自分で馬を引いて、館の前に連れて行き、崔に言った、

「貴方がまだ未婚でいらっしゃるのなら、私が媒酌のお世話をしても良いですか」。

崔は大いに喜んで、すぐに彼女に礼を言いながら頼み込んだ。すると側仕えの女性が言った、

「事は必ずまとまります。後十五六日すれば、良い日が廻って来ます。貴方はこの時に、婚礼に必要な物を取り揃え、ここに酒肴の準備をして下さい。今お嬢様は、姉さんが邏谷のお宅で病気で寝ておられるので、毎日お見舞いに行っておられるのです。あちらに行きましたら、私から申し上げましょう。そして時期が来ましたら皆ここに集って来ます」。

そして、彼女等一行は立ち去って行った。それを見送ってから、崔は言われた通り吉日に必要な物の準備に掛かった。

期日になると、彼女も彼女の姉も皆到着した。彼女の姉も極めて気品に恵まれた人で、彼女を崔に託してくれた。崔の母親は実家にいて、崔が妻帯した事を一向に知らなかった。崔も母に告げずに娶ったので、ただ側女を置いたとだけ言っておいた。しかし、その後、母も新婦の姿の甚だしく美しいのを目にした。

一月余り経ったある日、思いがけず新婦に食べ物を送ってくれた人がいた。それは甘みも香りもことのほか素晴らしい物だった。その後、崔は母の優しい顔がやつれて来たのに気が付いた。そこで、改めてわけを尋ねると、

母が言った、

「お前は一人っ子だから、何とか息災でいてもらいたいと願っているのだが、お前の娶った新婦は妖艶無比で、私は塑像や絵画の中にも、これほどの者を見た事がない。これは必ず狐や妖怪の類で、お前を損なうに違いないのです。それで私は心配になりました」。

崔が自分の部屋に入ると、妻が涙を流しながら言った、

「私は本来お側にお仕えして、寿命の尽きるまでと望んでおりましたのに、大奥様が私を狐や妖怪と御覧になるとは思いませんでした。明朝お別れすることにします」。

崔も涙を流しながら何も言えずにいた。

翌日、彼女の車馬がまたやって来た。彼女は馬に乗り、崔もまた馬に乗って見送ることにした。邏谷に入って三〇里ほど行くと、山間に一筋の川が流れており、川の中に、珍しい花や珍しい果物があって、言葉に表せない素晴らしい眺めであった。そこに建つ建物は、王者を凌ぐかと思われ、側仕えの女性が百人余り出迎えて言った、

「ろくでなしの崔様、何でおいでになられた」。

そして、娘たちは彼女を支えて中に入れ、崔は門の外に残された。

程なく、一人の側仕えが、彼女の姉の言葉を伝えて来た、

「崔様は過ちを犯し、大奥様は信用なさらないのですから、婚儀の事はもうこれで終わりにするより仕方がないし、私としてはお会いする筋はないのですが、妹はかつてお仕えした身ですから、あえてお会いするでしょう」。

そして、急に崔を中に迎え入れ、再三責め詰《なじ》ったが、言葉遣いは清らかで柔らかいものだった。崔はただひれ

伏して責められるのに任せるより仕方がなかった。

その後、中央の広間に移って食事をし、食事が済むと、酒が出され、女楽師に演奏させて、千変万化の曲調を楽しんだ。音楽が終わると、姉は彼女に言った、

「崔様には帰って頂かなければなりませんが、お前は何かお送りする物があるのではないか」。

すると、彼女は袖の中から白玉《はくぎょく》の箱を取り出して崔に贈った。崔もまた別れを惜しみ、それぞれ啜り泣きながら、門を出た。邏谷の入口まで戻って振り返ると、多くの岩や谷が重なり合って道を塞いでいた。こうして崔は泣きながら家に帰ったのである。

それから崔は、いつも白玉の箱を持ち出しては、鬱々と塞ぎ込んで過ごしていた。

そんなある日、門付けしながら食を求める異国人の僧が回って来て言った、

「君はまたとない素晴らしい宝物を持っておられる。どうか見せて下さい」。

それを聞いて崔は言った、

「私は貧乏書生です。何で貴方が望まれるような物がありましょうや」。

僧が言った、

「貴方は特別な方から贈られた物をお持ちのはずですよ。私は立ち昇る気を観察してそれを知ったのです」。

崔が試しに白玉の箱を取り出して僧に見せると、僧は立ち上がって、百万銭でそれを売ってもらいたいと言い、そのまま去ったのだった。(5)

その折、崔は僧に尋ねてみた、

「あの女は誰だったのだろう」。

僧は言った、

「君が妻にしていたのは西王母の三番目の娘で、玉卮娘子《ぎょくしじょうし》です。彼女の姉もまた仙都では有名な美人です。人間界では尚更でしょう。惜しまれるのは、君が彼女を娶って、永遠の命を得られなかった事ですよ。もし一年過ごせていれば、君の一家は不死の寿命が得られたでしょうに」。

注

（1）開元天宝の頃――玄宗皇帝の治世の頃。七一二年～七五六年の頃。

（2）東州――所在不明。秦の時代に東郡という地名はあったが、古今に亘って東州という州は置かれたことがない。架空の地名と考えて置く。

（3）邏谷口――所在不明。広西省に邏水という河はあるが、話の様子から見るとこの話の邏谷は文字通り谷川らしいから、これも架空の地名と考えた方がよい。

（4）別荘の前まで来た所で――この作品には、文章が伝わる間に乱れたと思われる所が多く、場面の設定があいまいな所が見られる。ここでは一応主人公の花園は別荘にあり、母親がいた実家からは離れていたと見ておく。

（5）そのまま去ったのだった――この一句は、本来作品の最後にあった句と思われる。後の部分の繋ぎに、ここでは「その折、」という一句を補っているが、結末の部分に錯簡があった事は明らかである。

杜巫《とふ》

杜巫尚書（1）は、出世前の年若い頃、長白山（2）で道士に遇い、丹薬一錠を贈られたことがあった。

道士はそれをすぐ彼に飲ませたが、それからは食欲がなくなり、それでいて、顔色も艶やかで、体が軽く、病気もなくなった。

その後商州刺史（3）に任官すると、彼は考えた、

――もう太守の地位に就いて、身分も高くなったのだし、これからの自分にとって、物を食べないというのは、人を驚かすばかりだろう。――

そこで彼は飲み込んでいる丹薬を取り出そうと思った。それからは、誰彼構わず、人に会う毎にその取り出し方を聞いて回った。

それから一年余りたった頃、一人の道士がやって来た。彼は非常に年若い道士だったが、杜巫は彼にも同じ事を尋ねた。道士は彼に豚肉を食べ、血を飲むことを勧めた。杜巫が言われた通りに飲食し終わると、道士は桫《さ》欏《ら》（4）の汁を飲むように勧め、彼が言われた通りにすると、しばらくしておびただしい量の痰を吐き出した。その吐瀉物の中に栗の実のような塊があり、道士がそれを拾い上げたが、とても固い物だった。道士がそれを割ると、中はまだ乾いていない膠《にかわ》のような物で、丹薬はその中にあった。道士はそれを拾い上げて洗ったが、それは掌で緑色の宝石のように光っていた。

杜巫が、

「私に下さい。しまっておいて、年取ってから呑むから」。

と言うと、道士はそれを渡さずに言った、

「長白山の師匠が、『杜巫は私の丹薬を呑んだ事を後悔し、今出したがっている。お前は行ってその方法を教え、薬を取り返して来なさい』と言われたので、私は師匠の言いつけに従って、この仙薬を持ち帰ります。今は持ち帰りますが、仮に晩年まで留め置いたとしても、役には立ちますまい。よくお考え下さい」と言って、道士はそれを呑んで去った。

杜巫は、それから五〇年余り経って、資産を蕩尽して仙薬を焼こうとしたが、ついにできなかった。

注

（1）杜巫尚書――杜巫は正史に伝記が伝わらない。話の様子から見て、恐らく商州の刺史は上り得た最高位だったのだろう。話の末に、「それから五〇年余り経って、」とあるが、このまま信じられる話ではない。また、名の後に付けられている「尚書」は、世人が一般に身分のある役人を呼ぶ時に用いていた俗称である。

（2）長白山――同名の山は、中国東北部黒龍江省の長白山が有名だが、ここは山東省の鄒平、章丘、淄川に連なる丘陵地帯を言うらしい。「抱朴子」は泰山の副岳と記している。中心になる最高峰は、「会仙峰」と呼ばれる。

（3）商州刺史――商州は、今の陝西省商洛市。唐の始め郡を州に改め、各州の長官を刺史と名付けたが、玄宗の時、州を郡に戻し、刺史を太守と改めた。この話の年代は不明だが、刺史と太守は、地位としては同格だった。

（4）杪欏――印度原産の常緑高木で、夏に花を付ける。花の色は淡黄色。種子から油が取れる。

張佐《ちょうさ》

開元年間の事である。先の進士(1)であった張佐がある時叔父にこんな話をした。

彼は若い頃、南方を旅して、鄠杜《こと》(2)の辺りに泊まったことがあった。旅の途中、郊外を歩いて行くうち、一人の老人と道連れになった。その老人は、全体が黒で足だけが四本とも白い驢馬に乗り、腰に鹿皮の袋を巻いていた。顔つきは大変にこやかで、非凡な風情があった。始め横道から出て来て一緒になったのだが、張佐は何かしら不思議な気がして、試しにどこから来たのかと尋ねてみた。老人はただ笑うだけで返事をしなかったので、張佐は二三回繰り返して聞いた。すると、老人は急に怒って張佐を叱りつけた、

「お若いの何でそんなにしつこいのだ！　私をまさか泥棒や追い剥ぎと思っているわけではないだろうに。どうして故郷を確かめる必要がある！」

張佐は遜《へりくだ》って詫びた、

「先頃から先生の非凡なご様子を拝見して、お近づきになりたいと願ったのです。何もそうきつくお叱りにならなくても」。

老人が言った、

「私は君に教えるような術は持っていない。ただ長生きしているだけだ。君は私の老いぼれを笑うがよい」。

老人はそう言うと、また驢馬を急がせた。張佐も馬に鞭打ってそれを追い、共に旅館に着いた。

老人は鹿皮の袋を枕にして寝たが、まだ眠りに落ちていなかった。張佐は疲れていたので、濁り酒をもらって

飲もうとしたが、試しに老人を誘ってみた、

「ほんの一本だけですが、先生ご一緒にいかがですか」。

すると、老人は跳ね起きて言った、

「これは正に私の大好物だ。どうして君は私の気持ちが分かるんだ」。

飲み終わると、張佐は老人の嬉しそうな顔色を見て、おもむろに頼んでみた、

「私は本当にものを知らない人間なのです。どうか先生、お話を聞かせて、私の見聞を広げて下さい。こればかりが私の望みなのです」。

すると、老人は語り始めた、

――私が見たのは梁、隋、陳、唐だけだ。世の中の賢さ愚かさ平和騒乱などについては国史がすでに記している。しかし、もし良ければ私自身が不思議に感じた事を君に話してあげよう。私は北周の時代には岐国《きこく》(3)にいた。扶《ふ》風《ふう》(4)出身の人間で、姓は申《しん》名は宗《そう》と言った。しかし、斉の神武帝《しんぶてい》(5)が好きで、名前の宗を改めて、観《かん》とした。十八歳の時、燕の公子謹《きん》に従って、梁の元帝を荊州に討ち、州が陥落して大将軍が凱旋すると、夜の夢に腰元の身なりをした二人の女性が現れて、私に言った、

「呂は天年に走り、人は主に向う。寿は千ならず」。

私はそこで夢を占う易者を江陵《こうりょう》の街に訪ねた。易者は私に言った、

「呂が走るというのは、廻という字です。人が主に向かうというのは、住という字です。まさか貴方の寿命がそんなに長いとは！」

その時丁度軍を江陵に駐屯させていたので、校尉の拓跋烈《たくばつれつ》に事情を訴えて許しを得、また夢を占った易者の所に戻って言った、

「住む事は可能だが、寿命は何か手立てがありますか」。

すると易者が言った、

「君は前世では梓潼《しどう》(6)の薛君冑《せつくんちゅう》だった。朮蕊散《じゅつずいさん》(7)を飲むのが好きで、特異な書物を好んで読み、毎日黄老《こうろう》の書百条を諳んじていた。鶴鳴山《かくめいざん》の麓に移って三部屋の草庵を構え、戸外には花や竹を植え、石や泉が草庵を取り囲んでいた。

ある年の八月一五日、詩を吟じながら一人で酒を飲み、心行くまで酔って、大いに嘯《うそぶ》いていた、

『薛君冑の人柄はこの通り大らかで淡白だ。神仙がこれを認めて降りて来ないはずがあろうか』。

すると、両耳の中に車馬の走る音が聞こえたような感じがし、何も分からなくなって眠くなった。横になり頭がやっと敷物に就いた途端、小さな車が、朱塗りの車輪に青い天蓋を差し掛け、赤い牛に引かせて耳の中から出て来た。皆高さは二、三寸だったが、耳を出る時の困難は感じられなかった。車には二人の少年が乗っており、緑の頭巾を被り、青い帷子《かたびら》を着て、やはり背丈はどちらも二、三寸だった。手すりに摑まり、御者に呼びかけて車を止まらせ、車輪に足を掛けて支え下ろされると、君冑に向かってこう言った、

『私は兜玄国《とうげんこく》から来たのですが、月明かりの下で詩を吟ずる声を聞きました。声の響きは清澄で心を打たれるものがあり、親しくお話を承りたくなったのです』。

これを聞いて、君冑は大変驚いて言った、

『君は今私の耳から出て来たばかりなのに、何で兜玄国から来たなどと言えるんだ』。

すると、二人の少年は言った、

『兜玄国は私の耳の中にあるんですよ。貴方の耳がどうして私を入れられますか』。

君胄は言った、

『君は身の丈二、三寸ばかりなのに、どうして耳の中に国土を持つことができるんだ。もしできるとすれば、国民は皆焦螟《しょうめい》(8)のようなものでしょう』。

すると、二人の少年が言った、

『どうしてそうなりますか。私の国は、貴方の国と変わりありませんよ。信じられないなら、どうぞ私とおいで下さい。もし向こうに留ることができれば、君胄は生死の苦しみから離れることができます』。

そして、一人の少年が耳を傾けて君胄に見せた。君胄が覗いて見ると、そこには別天地があり、花や草が茂り、人家が軒を並べ、清らかな泉が辺りを廻り、岩山や洞穴が遥かに眺められた。そこで、君胄が耳をまさぐって入ってみると、そこはもう大都会で、城壁も池も楼閣も姫垣も極めて美しく整っていた。君胄はうろうろと行く先を決められなかったが、先の二少年の方を振り返ると、彼等はもう側に来ていて、君胄に言った、

『この国の大きさは貴方の国と変わりません。もうここまで来たのですから、私と一緒に、蒙玄真伯《もうげんしんぱく》(9)様にお目通りしましょうよ』。

蒙玄真伯は大きな宮殿の中にいて、垣根や階段は、全て金や青い宝玉で飾られ、緑の御簾や帳を垂らして、その中に一人で坐っていた。

真伯は、身体に雲霞日月の刺繍のある着物を着、通天冠《つうてんかん》(10)を戴き、周囲に垂らした旗は、全て身の丈と同じだった。玉童《ぎょくどう》(11)が四人、真伯の左右に立侍していた。一人は白い払子を持っており、一人は犀の角で作った如意を持っていた。

二人は御前に進むと、拱手して礼拝し、顔を上げなかった。

高い冠を被り、裾の長い緑の縁の着物を着た人が、青い紙に書かれた詔書を読み上げた、

『始めは一つの本《もと》から分かれたのだが、国は最早億を数える人口を有している。お前は下界に沈んでいたが、ここから見れば、一万等も尊卑の差がある。それがこのように戻って来たのは、本当に不思議な廻り合わせと言うべきだ。ましてお前は、清廉にして身は誠を保ち、神聖な職務にふさわしく、高位高官も受けることができる。今は主籙大夫《しゅろくたいふ》(12)に任ずることにしよう』。

君冑は、拝礼の舞を舞って門を出たが、すぐに黄色い打ち掛け(13)を着た女官が三、四人来て、彼を一つの役所に導いた。その中の記録簿には見知らぬものが多かった。月ごとの手当ては、請求することもなく、ただ心に思う所があれば、側近の者が必ず感じ取って、すぐに供給してくれた。

ある時、暇なままに、高殿に登り、遠くの景色を眺めているうちに、ふと故郷に戻りたい気持ちが起こり、それを詩に表した、

『吹く風は柔らかく、景色も穏やか、素晴らしい香りが林や池に満ちている。高殿に登って遥かに見渡せば、確かに美しいがこれは我が故郷ではない』。

彼がこれをあの少年達に見せると、少年は怒って言った、

『我々は貴方の性格が極めて穏やかなので、我が国に案内して来たのだが、卑俗な気持ちがやはりまだ抜け切らないのだ。故郷にどんな思い出があるというのだ』。

そして、すぐに君胄を追い出した。地面に落ちたような感じがして、見上げると、少年の耳の中から落ちていたのだった。もう昔捨て去った所に戻っており、少年を見たが、もういなかった。そこで近所の人に尋ねると、君胄がいなくなってから、もう七、八年経っていると言う。君胄が向こうにいたのは数ヶ月のような気がしていたのだが。それから幾らも経たない内に君胄は死んだ。

そして、君の家に生まれたのだよ。それが今の君の身だ」。

易者はまた言った、

「私は前世では、耳の中から出て来た少年だった。君は前世で道を好んでいたから、兜玄国に行くことができた。しかし、卑俗な気質がまだ抜け切れていなかったから長生きできなかったのだ。しかし、君はこれから千年長生きできる。私は君に護符を与えよう。すぐ帰るがよい」。

そして、彼は朱の絹一尺余りのものを吐き出して、それを呑ませ、易者はまた少年の姿に戻って姿を消した。これから後は病気もしなくなり、天下の名山を巡り歩いて今に至るまで二百余年になる。それにしても、私が見た不思議な出来事は非常に多いので、皆鹿皮の袋の中に記してある。――

語り終わって、老人は袋を開き二本の巻子《かんす》を取り出したが、それはとても大きい物で、字はとても小さく、張佐には読めないので、老人に頼んで読んでもらい、一〇件余りの話を聞いたが、その半ばほどははっきりしていて記すことができる。

その晩は張佐と共に仮寝したが、目覚めてみると老人はもういなかった。その後数日して、灰谷湫《かいこくしゅう》で老人を見たという人があり、老人が、

「張君に宜しく伝えて下さい」。

と言ったと言うので、張佐はすぐに探したが、もう見えなかった。

注

（1）先の進士――先回の科挙の試験で進士科の推挙を受けた者という意。

（2）鄠杜――陝西省の鄠県と杜陵の辺りということ。杜陵は、漢の宣帝の陵墓であり、また杜甫縁の地でもある。

（3）岐国――陝西省岐山県の東北にあった。

（4）扶風――陝西省咸陽県の東に郡治があった。

（5）斉の神武帝――北斉の高歓。神武帝を慕って名を「観」に改めたというのは、諱を避けるため、同音の似た字にしたということだろう。

（6）梓潼――今日の四川省梓潼郡。

（7）朮蕊散――朮《もちあわ》から作った薬の名。

（8）焦螟――「列子湯問篇」に出て来る極めて小さい虫の名。蚊の眉に棲むと言う。

（9）蒙玄真伯――兜玄国の国主の名。

（10）通天冠――天子が常用した冠の名。秦以来明まで歴代常用されたが、元代には用いられなかった。

（11）玉童――神仙界の子供のこと。仙童。

（12）主籙大夫――兜玄国の官職名。話の内容から見て記録管理の役職らしい。

（13）黄色い打ち掛け——原文は「黄帔」、女官の服装。

董慎《とうしん》

これは隋の大業元年[1]の話である。兗州《えんしゅう》[2]の刺史の補佐官であった董慎《とうしん》は、性格が極めて公正実直な人間で、法理に明るく、州の役人も、それが都督[3]以下たといどんな高位の者であっても、法を用いて不正を働くことがあれば、必ず面と向かってそれを諫め、どんなに譴責を受けても恐れることを知らず、必ず刑が正しく執行されるのを俟って初めて退いた。

ある年の授衣《じゅい》假《か》[4]の時の事、家に帰ろうと州の門を出た所で一人の黄色い着物を着た使者に逢った。その使者は、

「泰山府君[5]のご命令で貴方を録事にお迎えに参りました」。

と言うと、懐から文書を取り出して慎に見せた。その召喚状にはこうあった、

「董慎は、その優れた実質が名声に叶い、取調べが極めて厳正である。当面の疑獄を質すため優れた人材を求めるに当たり、同人を仮に右《う》曹録事《そうろくじ》[6]に任命する」。

公印は極めて鮮明だったが、署名にはただ「倨《きょ》」とのみ記されていた。それを見て、慎は使者に言った、

「府君のお呼びですから行かないわけにはいきますまい。しかし、府君のお名前は何とおっしゃいますか」。

使者が言った、

「録事、今はおっしゃいますな。着任すれば分かる事ですから」。

彼は大きな布の袋を持っていて、慎をその中に入れ、それを担いで兗州城を出た。

やがてその袋を道端に置くと、使者は水を汲んで泥を練り、それで慎の両目を塞いだ。そのため、慎は彼が運ばれた道程《みちのり》すら分からない状態になった。

その内、急に大声で唱える声が聞こえて来た、

「范慎《はんしん》が董慎を捕らえて参りました」。

使者は、その声に、

「はい」。

と答えて声のした方へ進んで行った。すると、府君の声が聞こえて来た、

「捕らえた録事は今どこにいる」。

使者が答えた、

「冥府の役所向きの事は秘密ですから、洩れる事があってはいけないと思い、予め左曹《さそう》(7)から姿を隠す布の袋を貰い受け、それに入れてあります」。

それを聞くと、府君は大笑いしながら言った、

「もう死んでいる范慎が董慎を捕まえて、左曹の袋を取って右曹の録事を入れたのだ。用心のよいことと言えるだろう」。

そしてすぐ袋から出させて、目の泥を削り取らせ、青い綾絹の上着に鮫の鬚で飾った笏《しゃく》(8)と豹皮の靴の模様も

色も鮮やかなのを賜り、横の階段から上らせて、お側仕えの者に椅子を用意させ坐らせた。

そして府君は言った、

「今度の事は君の公正な人柄を見込んでの要請なのだ。実は今閩州《びんしゅう》(9)の令狐寔《れいこしょく》等六人が罪を得て無間地獄《むげんじごく》(10)に置かれていたのだが、天曹《てんそう》(11)からのお達しがあって、寔は太元《たいげん》夫人(12)の三等親(13)に当たるから、特に許して罪三等を減ずるように、との事であった。ところが昨日、罪人程翥《ていしょ》等一二〇人がこれを例にとって訴訟を起こし、止めることができないので、この事を名前を添えて天曹に具申した。すると天曹では罰がほんの少し軽くなるのだろうと考えて、また彼等に対しても罪二等を減じたのだ。私は後人が益々多くこれを例に引く事を心配しているのだが、君はどう思うかね」。

そこで、董慎は答えた、

「そもそも水が人の美醜をありのままに映しても、人がそれを怨まないのは、水が至って清らかで、私情を差し挟むことがないためです。況してや天地の手本たるべき刑法が、どうして邪悪に恩を貸し与えることができましょうか。しかし、私は一介の小役人に過ぎません。元々学問がないのです。駄目だという事が分かっていても、あらゆる条理を尽くして説明し、万人を納得させることができません。この州から選ばれた秀才(14)の張審通《ちょうしんつう》は、知識も豊かに弁舌爽やかで、充分殿様のお役に立てるでしょう」。

これを聞いて府君はすぐに召喚状を発して彼を呼び寄せることを命じ、間もなく張審通が現れた。張審通は言った、

「これは簡単な事です。すぐに判決を出して、結果をご報告致しましょう」。

それを聞いて府君は言った、

「君が巧く私のために判決文を作ってくれるなら、すぐに左《さ》曹録事《そうろくじ》に任官させよう」。

そう言って、すぐに董慎と同じ衣服を与え、両人に、外出する時の乗り物として黒狐を一匹ずつ与えた。

審通は判決を下してこう言った、

「天は本来私事を許さないものであり、法は一つに定められていなければなりません。もしも恩情を貸し与える事をすれば、それは邪悪な行為を助長することになります。令狐寔が先に減刑を命じられたのは、すでに私情を差し挟まれた事によるもので、程翥が後から提訴したのは、別な罪状を根拠にしたものです。ここでもし減刑のための裁判を行うような事をすれば、それによって公論の拠って立つ所を失うことになります。どうか元通り無間地獄に置かれますように」。

この判決は文章に認められて天曹に送られることになり、黄色い着物の使者がそれを持って出発した。しばらくすると、使者は天曹からの通達を持って帰って来た。それにはこうあった、

「具申された文章には異端の事が多い。主を奉ずる建て前は、どうしても守らなければならない。『周礼《しゅらい》』の八議[15]の第一は、議親《ぎしん》である。また、『元化匱《げんかき》』[16]中の釈冲《しゃくちゅう》符《ふ》にも『親ならざるはなし。』と言っている。つまりこれ(『親』を恩典の対象にすること)は昔から認められた定めに明らかな所である。先の判決に何の不都合があるか。太元夫人の功徳があっても三等の親族を庇えないというのか。これでもまだ異議を申し立てるならば、懲罰に掛ける必要がある。府君は位が四品以下の身分の低い者[17]を取り締まればよい。他は前の処分の通りとする」。

これを読むと、府君は審通に対して大層腹を立て、叱りつけた、

「君があの判決文を書いたお蔭で、私は叱られた」。

そう言うと、側仕えの者に命じて一寸四方の肉塊を切らせ、それで張審通の一方の耳を塞がせた。その耳は何も聞こえなくなった。張審通は訴えた、

「どうかもう一度判決文を書かせて下さい。それが認められなければ、もう一度罰を受けます」。

それを聞いて府君が言った、

「君が私のために罪を除いてくれるなら、すぐ耳を返してやろう」。

審通はそこでまた判決文を書いた。

「天も大きく、地も大きい。しかし、どちらも元々親を持たないのである。もし天地に親があったとすれば、どうして一つでいられるか。もしも情によって法を変えようとするならば、実際には偽を生じ、真を失うことになる。太古以前人はまだ至って純朴であった。中古以降、初めてそれぞれに『親』を聞くようになった。どうして太古の物を育む心に、孔子が蜡祭を見て嘆いた心(18)を起こさせることができますか。『親ならざるはなし』は公平ではありません。何でこれを引く必要がありますか。耳に逆らう罪を許されんこと請い、あえて心を豊かにする薬をお勧めする次第です。どうか事実を御覧あって、平均の立場をお取り下さるよう。令狐寔等の事は、どうか正しい法に基づいて御処断下さるよう」。

これをまた文書にして天曹に差し出すことにし、また黄衣の使者が持って行った。少し経って天曹からの返事が届き、それにはこうあった、

「再度申立書を見直したが、甚だ当を得ていると思われる。府君は六天副正使《ろくてんふくせいし》(19)を加えるがよい。令狐寔、程翥等は、

どちらも正法に則って処断するものとする」。

この返書を受け取って、府君は審通に言った、

「貴方でなければこの獄を正しく解決することができなかった」。

そこで、側仕えの者に命じて耳の中に詰まっていた肉を抉り取らせ、一人の子供にその肉を割いて耳の形を作らせ、審通の額に付けさせて言った、

「君の耳を一つ塞いだが、三つの耳をやることにする。どうだ」。

そしてまた董慎に言った、

「君が賢者を推薦してくれたお蔭で、この獄を成功裏に治めることができた。しかし、君をここに引き止めておくことはできない。寿命一年分を加えて報酬とする。君本来の寿命と合わせて、二一年を得ることになる」。

こう言ってすぐに家に帰されたが、使者は、また泥で二人を封じたのである。布の袋はそれぞれの家に送られ、解放された。

董慎が妻子に様子を尋ねると、妻が言った、

「貴方は魂が抜けてから、もう一〇日余りになりました」。

董慎は予言通り、それから二一年後に亡くなった。

審通は、数日間額が痒かったが、やがて一つの耳が出て来た。こうしてできた三つの耳の中では、出て来たものが一番よく聞こえた。時の人々はからかった、

「天には九つ頭の鳥がおり、地には三つ耳の秀才がいる」。

また、彼を鶏冠秀才《けいかんしゅうさい》(20)と呼ぶ者もいた。

董慎は、初めて会った府君は隣人と呼べる存在のように感じたのだったが、後になってやっと召喚状にあった「倨」は「隣(21)」の字のつもりだったということが分かった。

注

（1）大業元年――六〇五年。

（2）兗州――今の河南省濮陽市辺りを中心に、河南山東の境目辺り一円を呼んだ古い地名。三国時代、魏の根拠地であった。

（3）都督――この名称は、魏の都督諸州軍事に始まる。文字通り、軍事を総括する役職。唐では都督府を置き、辺境の軍備の必要な地域については特権を加えて、節度使とした。

（4）授衣假――秋九月の休暇。役所や学館を中心に、元秋九月に衣替えのため着物を授けて休暇を取る習慣があったことによる名称。

（5）泰山府君――泰山の神。泰山は古くから死者の霊魂を集める山として信仰を集め、一つの冥界の中心をなしていた。府君はその泰山府を取り締まる長。

（6）右曹録事――右曹は泰山府の役所の名称。左曹と右曹があった。録事は郡の諸官庁の記録を総括する役職の名称として一般に使われていた。

（7）左曹――注（6）参照。

（8）鮫の鬚で飾った笏――笏は古代官人が束帯で正装した時、手に持つ板。物を指し示すのに使い、またメモを取るのに用いたという。原文は「魚須笏」。

（9）閩州――今日の福建省。

(10)無間地獄――張果老の注(5)参照。
(11)天曹――天国の役所。泰山府を含む地上の全ての役所を統轄する所だったらしい。注(19)参照。
(12)太元夫人――髪の神。太元はこの神の字《あざな》。
(13)三等親――等親は親族関係の階級的序列の呼称で、現代の血縁関係の緊密度を表す親等とは違う。
(14)秀才――漢代以後官吏登用科目の名称になった。この話の時代である隋代では、一度の試験に全国から選ばれる秀才の数は一〇人に過ぎなかったと言われる。
(15)周礼の八議――儒家のしきたりを記した「周礼」の中に、罪が減免される恩典が八つに分けて上げられていて、「議親」はその筆頭であった。
(16)元化匱――逸書。後の項目名と共に見ることができない。
(17)四品以下の身分の低い者――原文には「府君可罰不衣紫六十甲子」(府君は四六時中紫を着られない身分の低い者を罰していればよい)とある。紫の着物を着られるのは三品以上の高位の者と定められていた。
(18)孔子が蜡祭を見て嘆いた心――蜡祭の心とは、身内と他人を区別して、心を寄せるのではなく、もっと純朴に、心を引かれるものに対しては、身内と他人とを問わず、自然に、心の赴くままに心を寄せるべきであるとする考え方。家系を重んじ、祖先を崇拝する事を教える孔子の立場から見れば、魯に伝わる万神を同時に祭る蜡祭の様子を目の当たりに見たことは、自分を振り返って、自身の狭量を嘆くに値する経験であった。この事は、「礼記」礼運篇の初めに見える。
(19)六天副正使――「六天」は、後漢の鄭玄から発する説。木帝、火帝、土帝、金帝、水帝の天を治める五帝に上帝を加えて六帝とし、その治下にある天を言ったもの。つまり、天曹が泰山府君に「六天副正使」を置く事を許したのは、地上にも天曹の過ちを糺す事のできる者のいることを認めて、一々天曹の許可を得なくても事を決済できる権限を泰山府君に与えたことになる。

(20) 鶏冠秀才――「鶏冠」は「鶏のとさか」。つまり、後から生えて来た張審通の額の耳を鶏のとさかに準えた異名。

(21)「倨」は「隣」――「倨」の表す傲慢不遜の意味は、隔てなく、気が置けない意味を表したものと解釈できるということ。それは取りも直さず「隣人」の意味である。

南纘《なんさん》

唐の広漢《こうかん》郡(1)の太守であった南纘《なんさん》は、ある時人にこんな話をしたことがあった。

至徳《しとく》年間(2)のことである。選抜されて同州(3)の督郵《とくゆう》(4)になった者がいた。姓は崔で、名と字は失念した。馬で赴任したが、春明門を出た所で、一人の青い上着を着た人に出会った。この人も馬に乗っていたが、その姓名は分からない。そこで、挨拶を交して一緒に行くことにした。それとなく、何の官職か尋ねてみた。すると青い上着の人は答えた、

「新しく同州の督郵になった者です」。

そこで、崔も言った、

「私も新しくこの官職に着いた者ですが、貴方は間違っておられるのではないですか」。

しかし、青い上着の人はただ笑って答えず、そのまま並んで行った。赴任先も全く同じだった。

同州から数十里の所で、横道に入った。役人が出迎えてくれた。青い上着の人は崔に言った、

「貴方は陽道の録事で、私は陰道の録事なのです。路はここから分かれますが、お送り致しましょう」。

崔は不思議だったが、そのまま轡を並べて横道に入って行った。そのうち、一つの城郭に着いた。大通りも四辻も役所の建物も、皆壮麗だった。青い上着の人は役所に着くと、崔と一緒に席に着いた。人別係の長が出て役夫や僧侶、道士などの存在を一通り点検し終えると、続いて訴訟や囚人の状態を確かめた。すると、崔の妻がその中にいたので、崔は大変驚いて、青い上着の人に言った、

「私の妻がどうしてここにいるんだろう」。

すると彼はすぐに席を離れて後ろに下がり、崔を促して直接妻に尋ねさせた。すると妻が言った、

「捕らえられてここに連れてこられ、もう数日経ちます。どうか録事様に宜しくお願いして下さい」。

崔はすぐに青い上着の人に妻の善処を頼むと、彼はすぐに役人に言って、崔の妻を放免させてくれた。崔の妻が何の罪を犯してここに来させられたのかと聞くと、青い上着の人が言った、

「同州に寄寓すると、同州で死んだ人と同様に、皆ここで取調べを受けるのです。そして貴方は陽道を管理し、私は陰道を管理するわけです」。

崔は半日そこにいて、やがていとまを告げることにした。青い上着の人は役人に見送りを命じてこう言った、

「陰と陽との違いはありますが、どちらも同じ同州です。督郵殿を見送らずにおれますか」。

彼はまた餞別を贈ってくれ、慇懃に別れを惜しみ、また例の横道の出口の所から帰らせた。

崔は同州に帰り着くと、妻に様子を聞いた。彼女の話では、七、八日病気で寝ていたが、ぼんやりとして何も分からなかった。その後意識が戻ってやっと生き返り一日過ごしたところだということだった。崔が数えてみると、

それは丁度彼女が放免された日だった。

妻は全く陰道の事を憶えていなかったが、崔からその話を聞くと、妻は夢で見たような気がするけれども、はっきりとは記憶していないと言っていた（ということだった）。

注

（1）広漢郡――郡治は今日の四川省梓潼県付近にあった。

（2）至徳――唐の粛宗の年号（七五六～七五八）。

（3）同州――旧治は、今の陝西省大茘県付近。

（4）督郵――郡の査察官。太守を補佐し、郡の民情を査察する事を任務とする。

顧総《こそう》

梁の天監《てんかん》元年、(1) 武昌(2) の小吏顧総《こそう》は、愚昧なために役に立たず、しばしば県令に鞭打たれていた。

ある時、塞ぎ込んで、憤りを抱えたまま、人目を避けて行く当てもなく彷徨い、打ち萎れて途方に暮れている時、ふと二人の黄色い着物を着た人物に出会った。

彼等は顧総を顧みて言った、

「劉君昔の付き合いを覚えているかね」。

総が驚いて、

「私共の家は顧で、まだご尊顔を拝したこともなかったのに、どうしてお付き合い等できる間柄でありましょう」。

と言うと、二人が言った、

「僕等は王粲《おうさん》(3)と徐幹《じょかん》(4)だよ。貴方は前世では劉楨《りゅうてい》(5)で、都の侍中《じちゅう》(6)だった。それが、賂を受け取ったばかりに左遷されて小役人になった。君自身憶えているだろう。しかし、貴方の言葉遣いは明瞭で、まるで記《き》室令史《しつれいし》(7)の言葉を見るようだった」。

そして袖の中から巻子《かんす》(8)を取り出して見せ、こう言った、

「これは君の文集だよ。よく見て御覧」。

総が試しにそれを見ると、明らかに覚えがあり、詩情が湧き出て来る感じがあった。その文集は人の多く所持する物であり、その最後の数編は記憶にあった。その詩の一首は、題して、

「殿のお供をして幽麗宮《ゆうれいきゅう》(9)に出かけた折、いつもの西園《せいえん》(10)での文学サロンの様を思い浮かべて、冥界の文府の正教授であられる蔡伯喈《さいはくかい》(11)殿に贈る」

と言い、詩はこう歌っている、

「漢では掟ばかりが厳しく、暗い川には波が高くうねっておりました。武勲輝かしい魏の開祖(12)は、その中から溺れた者を救い、波を静めて下さったのです。こうして天の定める秩序が回復し、万民は安定した暮らしを得ました。広く宰相府の門が開かれ、隠れた才能が残らず拾い集められました。私もこうして優れた方々と交われるようになり、毎日賢明な皇族方の楽しみに侍ることができたのです。文帝様(13)はまだ東宮《とうぐう》(14)におられ、孝行を尽くしてご挨拶に出向かれておりました。公務には余暇が多く、心行くまで庭園を散策することができました。私も下

級の身でありながらお供を忝くし、ご主君をお助けしつつお側に従っていたのです。月の出を眺める離宮は涼しく、美しい木々の葉には露が玉をなしていました。夜の空は本当に美しく、佩玉(15)の音が爽やかに響いておりました。命ぜられるままに韻に和することも致しましたが、自分を顧みては難しい事を試していたのでした。しかし生来の菲才《ひさい》は如何ともし難く、脆くも朽ち果てて行くのです。思えばあれから十余年になりましょうか。御陵の青桐やひさぎは見るからに寂しげです。今この坤明国《こんめいこく》(16)に来たり、もう一度綺麗な冠を戴いて離宮の行幸に侍り浮雲を踏むような気持ちで過ごした昔を振り返り、また西園のサロンに思いを馳せ、しばし生死境を異にした悲しみに浸るのです。貴方はその昔は漢の高宮であられ、未央宮中におられても諸賢の上に君臨しておられました。もしその当時の事に思いを馳せられるならば、その悲しみは今の私の思いと同様でありましょう」。

その他にあった七篇は、伝承者が本を失っている。

王粲が総に言った、

「私は生れ付き背が低い。それがどうしたわけか、楽進《がくしん》(17)の娘を娶った。彼女も父親に似てこの上なく小さい。君と別れてから劉荊州《りゅうけいしゅう》(18)の娘を娶った。程なく息子が生まれると、荊州は翁奴《おうど》と字を付けてくれた。今一八歳になるが、身長は七尺三寸だ。恨むらくは、彼を引き立ててくれる人物に出会えないことだ。あれが一一歳の時、一緒に鏡を見ていて私は彼に言った、

『お前の頭は私のより大きいな』。

すると、あれはすぐに答えた、

『防風氏《ぼうふうし》(19)の身体は大きくて、車を独り占めする程でしたが、白起《はくき》(20)の頭が小さくて鋭いのには及びませんでした』。

そして、私がまた、

『お前は大きくなったら大将になるんだろう』。

と言うと、またすぐに答えた、

『孔子はまだ背丈が三尺の子供の時に、覇道《はどう》(21)を口にするのを恥じたと言います。まして私はお父さんの厳しい躾を受けたのですから、どうして斬り合いの事(22)など意に介しましょう』。

こういう訳で私は息子が人一倍頭が良い事を知ったのだ。君は息子や娘を持ったことがあるか」。

こういう話を聞いて、顧総はしばらく考えていたが、だんだん親しい気持ちになり、こう言った、

「ご両人は私の親しい友人なのでお聞きするが、どうやったら今の小役人の苦しみから逃れられるかな」。

すると徐幹が言った、

「君はただこの文集を持って、県の役人に訴えれば、すぐ逃れられるよ」。

顧総がまた聞いた、

「坤明というのは何国なのだろう」。

幹が言った、

「魏の武帝が開国した鄴《ぎょう》の地だよ。貴方は昔あの国の侍中になっていたのだ。もうお忘れかな。貴方が坤明に置いて来た家族は皆無事でいるよ。賢い可愛らしい娘さんが思い出の詩を作って、ご主人に詠んであげた、

『あゝお爺様、私を捨てて戻っていらっしゃらない。侍中を棄てて、小役人におなりになった。苦労をなさって、栄華を棄てられた。どうかお爺様、思い出して下さい。早くお会いしたい。私にまた李を買って、甘い瓜も買っ

て下さい』」。

徐幹が詩を誦し終わると、顧総は思わず涙が流れ落ち、すぐに返しの詩を作って愛娘に贈った、

「お前の顔を思い出し、お前の心を思いやる。お前のいる郷を望んでも見えず、涙が襟を濡らすばかり。時が移り、世が変わり、会うことは難しい。この生を棄ててまた探しに行こう」。

やがて、王粲と徐幹は、顧総に慇懃に別れを告げ、劉楨集五巻を贈った。総が県令にそれを見せ、詳しくこの話をすると、県令は劉楨集とその後作った詩を見て驚き、言った、

「劉公幹《りゅうこうかん》(23)殿を小役人にしておくわけには行かない」。

そして、すぐに彼を解任し、改めて賓客の礼をもって待遇することにした。

その後顧総の所在は分からなくなり、文集もまた間もなく散逸した。時の人は、子弟を励まして言ったものだ、

「死んだ劉楨が生きた顧総を庇うことができたのだ。だから、学問に精進する事を怠ってはいけないぞ」。

注

(1) 天監元年――「天監」は、梁の武帝の年号。元年は西暦五〇二年。

(2) 武昌――郡治は今の湖北省武漢市。

(3) 王粲――次注の「徐幹」と共に、建安七子のメンバーに数えられる。厭戦思想を表した「七哀」は代表作。本文の劉楨の作品中に見える曹操が西園に催した文学サロンの常連であった。

(4) 徐幹――「王粲」と同じく、建安七子の一人。著書に「中論」があり、文帝の「典論論文」に「一家言を為した」と推奨された。

(5) 劉楨――上記「王粲」「徐幹」の仲間であり、建安七子の一人であった。西園の常連であった事は本文中に

見る通りである。

（6）侍中――魏晋時代は、門下省の長官として、宮中の枢要の地位であった。

（7）記室令史――太尉の属官で、章表、書記を管理する専門職であった。

（8）巻子――原文には「軸書」とある。書物を軸に巻いたいわゆる「巻き物」である。

（9）幽麗宮――「麗」は一本「厲」に作る。鄴にあった離宮の名。

（10）西園――曹操が鄴に造営した庭園。

（11）蔡伯喈――本名は「邕《よう》」。「伯喈」は字。生前の蔡邕は、本文中にある通り、後漢末の代表的な学者であったが、董卓の乱に加担した嫌疑を掛けられ、王允によって殺された。

（12）魏の開祖――曹操のこと。実際は、曹操が魏国の礎地を作り、その没後、彼の長男曹丕が献帝の禅譲を受けて帝位に即き、魏国の初代の皇帝となった。これが文帝である。曹操が魏の開祖と呼ばれるのは、文帝が即位後、魏国の基礎を築いた亡父を崇めて開祖としたものであり、贈り名を武帝と言う。

（13）文帝――曹操の長男曹丕が帝位に即いた経緯は、注（12）に記した通り、後漢献帝の禅譲によるものだが、彼が帝位に在ったのは、足掛け七年正味五年という短期間で、この短期間に、彼は主に文化面で重要な仕事を成し遂げた。まず第一には、大掛かりな類書の編纂事業が挙げられる。新王朝の成立当初に類書の編纂された例としては、秦の「呂氏春秋」が挙げられるが、勅撰による類書の編纂は、魏の「皇覧」一二〇巻が最初であった。また、学問の規範を示す目的を持って、「典論」を著した。他に「列異伝」三巻があり、民間に伝承される話を集めている。いずれも父親が生前展開した主張を文章にして表したと見てよい。全体の趣旨は、本文中の劉楨の詩がよく表わしている。

（14）東宮――皇太子の居所。曹操は生前帝位に即いていなかったのだから、文帝は皇太子の位を経験していなかったはずなのだが、劉楨の詩は、曹操を魏の開祖としているから、その観点から見れば、曹操の生前、曹丕は皇太子の位にいたことになる。

(15) 佩玉——装飾品として、紐を付けて腰に下げる玉。多くは、上質の石を中央に穴のある円盤状に整形し、その穴に紐を通して腰に下げていた。

(16) 坤明国——魏の都、鄴をこう呼んだ。

(17) 楽進——字は文謙。曹操に従い、将として兵を率い、戦功を挙げた。

(18) 劉荊州——三国時代、荊州を根拠地として勢力を誇っていた劉表のこと。後漢王朝の荊州刺史だったからこう言う。

(19) 防風氏——夏王朝の諸侯の一人。禹が天下を平定して諸侯を会稽に集めた時、遅れて来たために処罰された。

(20) 白起——秦の昭王の時の武将。用兵に巧みで、名声を得ていたが、宰相として信任されていた范雎と折り合いが悪く、身分を剥奪され、やがて死を賜った。

(21) 覇道——徳治で天下を治める「王道」に対して、武力で天下を治めようとする方法を言う。

(22) 斬り合いの事——原文は「斫刺」(逐語訳すれば、「叩き切ったり、刺したり」)で、戦争の事を言っている。

(23) 劉公幹——「公幹」は劉楨の字。

劉諷《りゅうふう》

文明年間(1)のことである。竟陵《きょうりょう》(2)の下役人だった劉諷は夜中夷陵《いりょう》(3)の空き部屋に投宿した。月明かりの下で、寝付かれずにいると、不意に一人の女性が西側の部屋からやって来た。振る舞いも穏やかに、美しい女性であった。緩やかに歌を口ずさみながら、ゆっくりと歩いて中の部屋まで来ると、側仕えの女性を振り返って言った、

「紫《し》綏《すい》西の部屋から模様のある敷物を持っていらっしゃい。それから、劉の六叔母さん(4)と、十四御婆さん、それに南の家のノッポのお嬢さんにもいらしてもらって、それに溢奴《いつど》も連れて来なさい」。

それから伝言を伝えた、

「今夜は風月が素晴らしく、充分楽しめますよ。琴を弾いたり、詩を詠んだり、大いに楽しみましょうよ。竟陵の判司《はんじ》(5)殿がいますが、この人はもうお休みになりました。良い月夜の晩に遠慮するには及びませんよ」。

それから幾らもしない内に、三人の女性が現れた。それに子供が一人。色香は皆素晴らしかった。紫綏は敷物を庭に敷くと、拝礼して一同を座に誘った。座中には犀の角の酒器や酒樽が置かれて象牙の柄杓《ひしゃく》が添えられ、緑の毛氈には、模様のある角杯や白い瑠璃の杯が置かれ、濁り酒が芳香を漂わせて、遠くからも嗅ぐことができた。女性たちは談笑し、歌い交し、その言葉遣いは清らかで且つしなやかだった。一人の女性が太守役になり、一人の女性が世話役(6)になり、杯を挙げて地に注ぎ(7)祈った、

「三叔母さんの寿命が祁《き》山《ざん》(8)のように長く、六叔母さんも三叔母さんと同様に長生きできますように。劉叔母さんのご主人は、泰山府の糺成判官《きゅうせいはんがん》(9)になれますように、ノッポのお嬢さんは朱餘《しゅよ》国《こく》(10)の皇太子に嫁げますように、溢奴は朱餘国の宰相になれますように、私の数人の仲間たちは、皆冥府の司《し》文舎人《ぶんしゃじん》(11)か、さもなければ普通の王侯の六番目か七番目のご子息に嫁げますように。そうすれば充分やって行けるでしょう」。

それを聞いてみんな一度に笑って言った、

「蔡《さい》の奥様にご褒美を差し上げなければ」。

ノッポはこの時、宴会の世話役を務めていたが、裁断を下し、蔡夫人を罰して言った、

「劉叔母さんのご主人は才能も容貌も優れた方なのに、何故五道主使《ごどうしゅし》(12)を与えずに、ただの糺成判官にするんですか。六叔母さんが喜びませんよ。どうぞ一杯召し上がれ」。

すると蔡夫人はすぐに杯を取って言った、

「罰を受けるのは尤もですよ。ただ劉さんのご主人は大分お年を召して、呆けていらっしゃるから、きっと五《ご》道黄紙《どうこうし》の文書もはっきり見えず、大神様のお仕事を間違うのではないかと心配したのですよ。お酒なら幾らでも頂きます」。

それを聞いて、女性たちは皆笑い転げた。

するとまた一人の女性が立ち上がって、早口言葉を始めた。緑の簪を抜いて早口言葉を言い、簪が過ぎる間に言うのである。つかえれば罰せられるのである。早口言葉はこうだった、

「鸞《らん》老人は頭が良い。良い頭は鸞老人」。

数巡回った所で、翠緌《すいすい》を坐らせ、早口言葉を言わせた。翠緌は生れ付きどもりなのである。順番が回って来ると、ただ鸞老鸞老とばかり繰り返し、女性たちは皆大笑いして言った、

「その昔、賀若弼《がじゃくひつ》殿が長孫鸞《ちょうそんらん》侍郎をからかって、彼が年老いてどもりでその上髪の毛がなかったので、この早口言葉を作ったのですよ」。

夜が更けて三更(13)になると、女性たちは皆琴を弾き筑を撃ち、それに合わせて歌い、互いに唱和した。一人の歌

はこうだった、

「明月の下、秋風涼しく、この良い晩に一同会す。銀河は移ろいやすいが、歓楽は極まらず。緑なす樽に翠の杓、君がために酌まん。今宵飲まざれば、いずれの時か歓楽せん」。

次の歌にはこうあった、

「楊柳よ、楊柳よ。ゆらゆらと風に吹かれる様は激しい。西の楼閣の美人は、長い春の夢の中、刺繍のある簾を斜めに巻き上げ、千条の柳の風を迎え入れる」。

そしてまた次の歌はこう歌った、

「玉の口に金の瓶。君王に侍らんことを願う、邯鄲の宮中。金石絲簧《きんせきしこう》(14)、衛女秦娥《えいじょしんが》(15)。左右に行を成し、紈縞繽紛《がんこうひんぷん》(16)。翠眉《すいび》紅妝《こうしょう》(17)、王歓びて顧眄《こべん》(18)す。王のために歌舞し、君の歓びを得るを願い、常に災苦なし」。

これを歌い終われば、もう四更であった。すると急に一人の黄色い上着の人が現れて、頭には角があり、物腰も容貌も大変厳しい様子で、駆け込んで来ると挨拶した、

「婆《ば》提王《だいおう》(19)が奥様に早くいらっしゃるよう、ご命令でございます」。

女性たちは皆立って命令を受け、すぐに伝言を頼んだ、

「王のお召しを知らず、たまたま連れ立って月を眺めながらここに来ました。すぐに参ります」。

そこですぐに側仕えの女に命じて、皿や敷物を片付けさせた。

その時、劉諷は大きなくしゃみをしてしまった。見ると庭にはもう何もなかった。明朝、翠の簪数本を拾って、人に見せたが、これが何物なのか分からなかった。

注

（1）文明年間――唐の睿宗の年号。この年号は僅かに七ヶ月しか続かなかった（六八四年の二月から九月まで）。

（2）竟陵――故治は、今の湖北省鐘祥市付近。

（3）夷陵――今の湖北省宜昌県。

（4）六叔母さん――六は排行の六番目を表す。後出の十四御婆さんや、三叔母さんも同様。排行とは、兄弟姉妹の順を言う小排行（小家族の場合）と、兄弟姉妹だけではなく、従兄弟姉妹までを含めて親族中の同世代の者の生まれた順を数える大排行（大家族の場合）がある。この場合は、十四という数字が見えるから、大排行と思われる。

（5）判司――唐代の官名。文章を批判する係。

（6）世話役――原文は「録事」。元は官職名で、諸官庁の文書を総管する係り。それが俗には、酒席や諸行事の世話役の名称になった。

（7）地に注ぎ――酒宴の始めに、酒を地に注いで、神を祭る。

（8）祁山――同名の山が幾つかあるが、ここは土地柄一番近い湖南省祁陽県の北にあるものを指していると思われる。

（9）糺成判官――架空の官名。後出の五道主使と同様、冥界の官職。

（10）朱餘国――架空の国名。

（11）司文舎人――冥府の司文舎人。舎人は近侍の官の通称だから、府君に近侍する官職を想定していたのだろう。

（12）五道主使――道家で言う「五道」とは、天、人、禽獣、餓鬼、地獄で、五道主使の職掌は、冥府で行く先を定められた死者の霊を間違いない道に送り込む総取締役を想定していたと思われる。

(13)三更――真夜中。「更」は午後七時から数えて二時間刻みに午前五時まで夜間を五等分する呼び方。三更は午後一一時から午前一時の間。
(14)金石絲簧――楽器の材質と形態を表した言葉を並べて、音楽演奏を表したもの。
(15)衛女秦娥――衛国の美女と秦の美女。
(16)紈縞繽紛――「紈」は白絹。「縞」は縞模様。「繽紛」は入り乱れることで、色とりどりの着物の女性が入り乱れて踊る様。
(17)翠眉紅妝――翠の眉と赤い紅で、化粧をした女性の姿。
(18)顧眄――振り返って流し目を使うこと。
(19)婆提王――冥界の王の名であろうが、作られた名前の印象が強い。「婆提」は逆にして「提婆」と言うと「天」のことであり、また、同時に龍樹の弟子の菩薩の名でもある。

崔尚《さいしょう》

開元年間(1)の事である。崔尚《さいしょう》という者が無鬼論《むきろん》(2)を著し、その言葉は非常に筋が通っていた。完成したので、これを世に出そうとしていると、不意に一人の道士が訪ねてきて、その論を見たいと言った。彼はやがて読み終わると、尚に言った、

「文章の筋は巧く通っていますね。しかし、この天地の間に、もし鬼がないといったら、それは間違いです」。

尚がどういうわけでそう言えるのか、と言うと、道士が言った、

「私がその鬼なのですよ。どうしてないと言えましょうか。貴方がもしこの本を公表すれば、鬼神たちのために殺されるでしょう。これは焼いてしまった方が良いですね」。

そう言うと、彼は見えなくなった。そしてついにその本を失ったのである。

注

（1）開元年間――七一三年一二月〜七四一年。

（2）無鬼論――「鬼」は幽霊のこと。人間の死後に霊魂が残るかどうかという事に関する論争は、六朝時代から盛んに行われていた。これを「有鬼論無鬼論論争」という事もあれば、もっと論争の幅を広げてこれを死後に精神が残るかどうかという問題を問う論争にし、「神滅不滅論」という場合もある。

鄭望　ていぼう

乾元年間(1)の事である。鄭望《ていぼう》という者が、都から京兆《けいちょう》地方《ちほう》(2)を旅して、夜野狐泉《やこせん》(3)に投宿したことがあった。目的地の野狐泉まで、まだ五六里の所で日が暮れてしまったが、思い掛けなく道端に人家が見えたので、行って尋ねてみると、それは王将軍の屋敷だということだった。それならば死んだ父親と旧知の間柄なので、望は大変喜んだ。すぐに名を名乗って案内を頼むと、将軍が出て来て、望に会い、涙ながらに久闊の挨拶を交わした。望は都合が良いので、ここに泊めてもらうことにした。将軍は望のために酒肴を用意し、夜中酒が充分回った所で、

籧篨三娘《きょじょさんじょう》(4)を呼んで歌を歌わせ、酒のお酌をさせることにした。少し待つと、三娘が到着した。容姿はとても美しく、「阿鵲監《あじゃくかん》」(5)を歌うのを得意にしていた。

明け方、望はいとまを告げたが、将軍の夫人から伝言があり、錦の裳裾と花の髪飾り、それに紅白粉を買うよう頼まれた。それから数ヶ月経って、東から帰る折、またそこを通り掛ったので、頼まれた物を送り届けた。将軍は大歓迎してくれて、また前のように泊めてもらうことになった。望が籧篨三娘はなぜ来ないのかと聞くと、将軍が、夫が都に帰るので、付いて行ったのだと言った。

翌日、別れを告げて門を出ると、もう将軍の屋敷は消えていて、ただ何もない丘があるだけだった。望は憮然たる気持ちで引き返し、野狐泉に行って、土地の人に聞いてみた。彼は言った、

「あれは王将軍の墓ですよ。墓の側に楽師が店を出したのですが、その妻がにわか病で亡くなってしまい、葦の筵に包んで将軍の墓の側に葬ったのです。それで籧篨三娘と呼ぶようになりました。一〇日ほど前、楽官が来て、彼女の死骸を移し、長安に帰葬しました」。

という事だった。

注

(1) 乾元年間――唐の粛宗皇帝の年号(七五八年~七六〇年)。

(2) 京兆地方――長安から東方華県の辺りまでを京兆府と呼び、京兆尹の管轄下にあった。「京兆地方を旅して」の原文は「自都入京」で、長安から東方へ旅をしたという事。

(3) 野狐泉――陝西省潼関県の西にある地名。

（4）籧篨三娘――「籧篨」は、竹の筵の粗い物の呼称。命名のいわれは、話の末尾に説明がある。
（5）阿鵲監――曲名。

元載《げんさい》

大暦九年[1]の春の事である。中書侍郎平章事[2]元載が早朝朝廷に出仕すると、文章を差し出した者がいた。近侍の者に受け取らせたが、その人物は載に読んでもらいたい様子だったので、載は言った、

「中書省に行ってから読んであげよう」。

すると、その人は言った、

「もし読むことができないのなら、私に自分で一首詠ませて下さい」。

彼は詠み終わると姿が消えた。それで初めて彼が人間でないことが分かったのであった。

その詩にはこう詠われていた、

「城の東も西も懐かしい所、今城の中には花が乱れた糸のように飛んでいる。海燕が泥を運んであげようとしたのだが、部屋には人がいないので、飛び去ってしまった」。

載はその後破産してしまい、妻子も殺されたと言う。

注

（1）大暦九年――七七四年。

（2）中書侍郎平章事——中書省の侍郎を職責とする宰相。平章事は宰相の称。

魏朋《ぎほう》

建州[1]刺史の魏朋は、任期が満了した後、南昌[2]に仮住まいしていた。彼は元々詩心のある人ではなかったのだが、ある時病気に取り付かれ、精神が困惑して、正気を失い、誰かに導かれるようにして、筆を執り詩の文句を書きつけた、

「寂しい墓は河の流れに臨み、いつもここで夕日の沈むのを見るのです。松の枝が風に靡き、月光が岩山の彼方に沈んで行きます。故郷は千里の彼方にあり、親戚にも殆ど会うことはありません。雲に霞む山を眺めるにつけ、悲しみに涙が滴り落ちます。ただ恨めしいのは、冥界の者となっても、この異郷に置き去りにされていることです。どうか昔の懐かしみを思われて、この卑賤の身をお忘れなきように」。

詩の内容は、朋の死んだ妻が朋に贈ったもののようだった。その後、一〇日余りして、朋は亡くなった。

注

（1）建州——旧治は今の福建省建甌県。

（2）南昌——旧治は今の江西省南昌市。

竇　玉《とうぎょく》

　進士の王勝と蓋夷《がいい》は、元和年間(1)、同州(2)の推挙を得ようとしたが、旅館が一杯で泊まれず、郡の功曹(3)で王翥《おうしょ》という者の屋敷に仮住まいして試験を待っていた。やがて他の部屋も客で一杯になり、ただ表座敷だけは縄で入口が閉ざされており、窓からその中を覗くと、寝台の上に粗末な布団だけがあり、寝台の北側には、壊れた籠があるだけで、他には何もなかった。そこで、その隣人に尋ねると、処士(4)の竇三郎玉《とうさぶろうぎょく》の住まいだと言う。二人は西の廂の間はとても狭いので、ここに同居させてもらおうと思った。そこに下働きの者もいないのを都合の良い事と思ったのである。日が暮れると、竇処士が、一頭の驢馬と下働きの男を連れ、酒に酔って帰って来た。夷と勝は、挨拶して言った、

「私共は郡の推挙を求めに来た者ですが、旅館が込み過ぎているので、ここに仮住まいさせて頂いております。泊めて頂いております西の廂の間はとても狭いので、貴方は下働きの人々も置いておられないし、自由な身分の方でもおられるので、こちらに仮住まいさせて頂いて、郡の試験を待ちたいと思うのですが」。

　しかし、竇玉はそれを固く断り、その応接の態度は非常に傲慢であった。

　夜が更けて寝ようとしていると、どこからともなく良い香りが漂って来たので、驚いて起き出してみると、表座敷に御簾や帳を降し、賑やかに談笑している様子であった。そこで、勝と夷の二人が飛び込んで行くと、その表座敷には、帳が周囲を囲み、素晴らしい香の香りが人の鼻を突き、色とりどりの皿や珍味を盛った膳には名状し難いものがあった。一人の娘の年の頃一八、九くらいで、妖麗この上ない美女が竇と向かい合って食事をし、側

仕えの娘たち十数人がいたが、いずれも容姿は端麗であった。銀の炉には茶が掛かり、丁度沸いていた。坐っていた者は立ち上がって西の廂の間に入り、(5)側仕えの娘たちは皆入ってしまった。竇が言った、

「これは一体どこの者か。突然人の家に飛び込んで来るとは!」

竇の顔色は怒りで土のようになり、正座してただ睨んでいた。夷と勝は、返す言葉もなく、茶を啜って退出した。階段を下りると、戸を閉じる音がして、竇の声が言った、

「どこかの狂人が、どうして一緒に泊まれるもんか。昔の人が隣人を占ったのは、理由のあることだ。私が断るのに、自分の家でないことを理由にすれば、他の客を断り切れない。必ず馬鹿にされるだろう。どうして他に家がないものか」。

そして、彼等はまた笑った。

夜が明けて行って見ると、すっかり元の通りになっており、竇は一人で粗末な布団に寝、目を覚ましてやっと起き上がったばかりだった。夷と勝は彼を詰ったが、何も答えないので、二人は言った、

「君は昼間は庶民で、夜は公族の宴会を開いている。もし妖怪でなければ、どうして美人を呼べるんだ。ありのままを言わなければすぐ郡に届けるぞ」。

すると、竇が言った、

「これは元々秘め事なのですが、訴えるのならそれはそれで仕方がない。近頃私は太原《たいげん》(6)へ少しばかり旅行をした事がありました。日暮れに冷泉《れいせん》(7)を発って、孝義県《こうぎけん》(8)に泊まろうと思ったのですが、暗くなり、道に迷って、夜間人の屋敷に投宿することにしました。その家の主人を問うと、そこの下働きの者が言いました、

『汾州《ふんしゅう》(9)の崔司馬《さいしば》(10)様のお屋敷です』。

案内を頼むと、司馬が出て来て言いました、

『お通し申せ』。

崔司馬は年は五〇余りで、緋の着物を着、物腰も容貌も、親しみやすい人でした。始めに私の先祖の事や父の兄弟、また私の兄弟の事を問い、母方の事にも及びました。彼が自分の親族の事を言うのを聞くと、何と私の親類でした。叔父甥の関係が幾重にも重なっていたのです。私は幼い頃からこの人の話は聞いていましたが、その官職を聞くのは初めてでした。丁寧にその様子を尋ねると、礼儀正しく優しく答えてくれました。彼は自分の妻に、私を紹介して言いました、

『竇秀才は右衛将軍《うえいしょうぐん》(11)の七番目の兄さんのお子さんで、私の遠縁の甥に当たる。貴方も叔母に当たるのだから、お会いするが良い。官職の関係で、親戚も離れ離れになり、荷物でも送るのでなければ、連絡の取りようもなく、会う事はままならない。どうぞこの機会にお会いすると良い』。

しばらくすると、側仕えの女性が言いました、

『三郎様、おはいりください』。

その中の部屋の準備の素晴らしさは、まるで王侯の屋敷のようでした。多くの皿に並べられた珍味の傍らには珍しい花が飾られ、料理の味は海陸の味を尽くしていました。食事が済むと叔父が聞きました、

『君が今しているこの旅は、何のための旅かね』。

『元手を作るのが目的です』。

『家は何郡にあるのかね』。

『国中に家はありません』。

それを聞いて、叔父が言いました、

『君は生涯このように落魄していては、当てどもなく旅をしていても、ただ悪戯に往復するばかりだ。私に一人の侍女がいて、年はもうじき成人に達する。今嫁がせようと思っているのだが、衣食の心配は、人に求めなくても良い』。

玉が立ち上がって礼を述べると、夫人が喜んで言いました、

『今晩はとてもよい晩で、ご馳走もできておりますし、親戚に知らせさえすれば、手広くお客を招く必要はないでしょう。婚礼の準備はできておりますし、今晩婚礼を挙げることに致しましょう』。

礼を述べてまた席に着くと、食事を取り、食事が済むと、玉を西の部屋に休ませ、湯浴みさせてから、衣服を与え、それから婚姻の介添え役三人を連れて来ました。三人は皆それぞれ明るく聡明な人物で、一人は王という姓で、郡の法律係、一人は裴《はい》という姓で、戸籍係、一人は韋《い》という姓で、郡の督郵《とくゆう》(12)でした。挨拶を交わして席についていると、間もなく婚礼の輿も香車も準備が整いました。華燭が先導し、西の部屋から中門に至り、親御に対する婚礼の挨拶を行うのです。そして、屋敷を一回りし、南門から中の間に入ると、部屋には帳が張り廻らされ、これで婚礼の儀式は終わったのでした。

三更に掛かる頃、妻が玉に言いました、

『ここは人間界ではありません。神道《しんとう》(13)なのです。汾州と言っても陰道《いんどう》の汾州であって、人間界の汾州ではない

のです。介添え役の人達も、皆冥界の役人です。私は貴方と定められた縁があって、夫婦になりましたから、こうして会っていられるのですが、人と神とは道を異にするものですから、長く留まっていることはできません。貴方はすぐにご出発なさい』。

玉は言いました、

『人と神が違うものなら、どうして結婚して夫婦になれるんだ。添い遂げるべきなのに、どうしてたった一晩で別れるんだ』。

すると妻が言いました、

『私の身は貴方に捧げたものですから、もとより分け隔てはないのですが、貴方は生きた人間ですから、長くここに留まっていることはできません。早く出発なさいませ。常時貴方の箱の中には、絹百疋が収めてあり、使ってしまえばまた直ぐに一杯になります。どこへ行っても、必ず静かな部屋を探して一人でいて下さい。少し私を思って下されば、直ぐに参りますから。十年の間、間をおかずにそうしてお使えすることができます。昼間は別れていて夜会うのです』。

私が入って行っていとまを告げると、崔が言いました、

『幽明世界を異にすると言っても、人と神は分け隔てできるものではない。娘が側に仕えることができるようになったのは、思うに前世から定められた因縁というものだろう。決して異類だと思って、粗末に扱わないでもらいたい。また、人に言ってはいけないが、公の定めで問われたならば、言っても差し支えない』。

崔の挨拶が終わると、私は絹百疋をもらって別れました。それからは毎晩一人で暮らしていて、彼女の事を思

うと、帳や馳走一式を取り揃えて、持って来てくれるのです。このような生活が五年続いていました」。
ということであった。

夷と勝が箱を開いてみると、言われた通り、絹百疋があり、玉は彼等にそれぞれ三十疋ずつ贈って、その事を秘密にしてくれるように頼み、言い終わると逃げ去って、行く方が分からなくなった。

注

（1）元和年間――唐代の年号。八〇六年～八二〇年。

（2）同州――南纘の注（3）参照。

（3）功曹――郡の書史を司る下役。

（4）処士――ここの場合は、身分の定まらないいわゆる浪人。後世身分があり、学問がありながら浪人している者を特に称するようにもなった。

（5）坐っていた者は立ち上がって西の廂の間に入り――話の筋を追えば、王と蓋の二人が狭すぎる西の廂の間に泊まっていたはずなのだが、ここでは、表座敷の宴席に侍っていた者数人が、王蓋二人の闖入に驚いて、西の廂の間に逃げ込んだことになっており、あるいは字句表現の誤りかもしれないが、一応字句通りに訳しておく。

（6）太原――今日の山西省太原県。

（7）冷泉――冷泉鎮。今の山西省霊石県の北四〇里にあった。そこの水で酒を醸すと、甘い酒ができたという。

（8）孝義県――今日の山西省孝義県治。

（9）汾州――旧治は今日の山西省汾陽県治。

（10）崔司馬――ここは、陰道の官だが、陽道に準ずるとすれば、軍務の官。節度使の下に行軍司馬があり、また州ごとに司馬一人を置いたという。

（11）右衛将軍――唐の軍制に左右衛率府があり、左右それぞれに将軍が一軍を率いた。ここは、その右衛将軍であったという事だが、果たして陽官として着任していたのか、死後陰官として着任したのかは定かでない。

（12）督郵――南纘の注（4）参照。

（13）神道――文中の「陰道」に同じ。

斉推の娘　せいすいのむすめ

元和年間[1]の事である。饒州《じょうしゅう》[2]の刺史斉推《せいすい》の娘は、隴西《ろうせい》[3]の李という者に嫁いだ。李は進士に推挙され、都へ行くことになったが、妻は妊娠中であり、実家に預けることにして饒州の刺史の自宅に行くことになった。臨月になったので、屋敷の裏側の東の部屋に移ったが、その晩、娘は一人の男性の夢を見た。衣冠が大変厳しく、眼を怒らして剣に手を掛け、娘を叱りつけて言った、

「この部屋はお前が汚す場所ではない。早く移れ。そうしなければ、禍が及ぶことになるぞ」。

翌日、娘はこの事を斉推に告げたが、推は生れ付き剛毅な性質なので、即座に言った、

「ここは私の土地だ。何の妖怪が、冒せるものか」。

それから数日して、娘は子供を産んだ。すると不意に先に夢に見た者が現れて、娘の寝ていた寝台の帳を引き

開け、めちゃめちゃに殴りつけ、しばらくすると、娘は目鼻口から血を流して、死んでしまった。両親は娘の横《おう》死《し》（4）を傷み、後悔したが間に合わなかった。夫には急遽この事を知らせ、夫の帰るのを待って李家の墓地に埋葬することにし、とりあえず、郡の西北十数里の官道沿いに、仮に埋葬した。

李は都で試験に落第したので、妻の喪を聞き、饒州に帰ろうとしたが、帰り着いた時には、妻が死んでからもう半年が経っていた。李もまた彼女の死が自然死でなかった事をあらまし知っていたので、彼女の死を非常に悼み、何とか彼女のために恨みを晴らしてやりたいと思っていた。

饒州近郊に着いたのは、もう日暮れ時だったが、思いがけず平野に佇む一人の女性の姿を見た。姿形は農村の女性のようではない。李は胸騒ぎがしたので、馬を止めてよく見ようとすると、草葉の陰に隠れてしまった。李が馬を下りて近付いて見ると、それは間違いなく、自分の妻だった。

二人は、掻き懐いて涙に暮れたが、妻が言った、

「泣くのはやめましょう。私は何とか生き返りたいと思って、長い間貴方のいらっしゃるのを待っていたのです。旦那様は剛毅な方で、鬼神をお信じにならず、私は女ですから、自分で訴えることもできず、今日やっとお会いできましたが、事は少しばかり遅れてしまいました」。

李が言った、

「どうしたら良いだろう」。

すると、妻が言った、

「ここから真っ直ぐ西に五里行った所の鄱《は》亭村《ていそん》に、田という姓の老人が村の子供たちに学問を教えているので

すが、この人は九華洞中《きゅうかどうちゅう》(5)の仙官(6)なのです。これは人の知らない事ですが、貴方が心を込めてお願いすれば、あるいは願いが叶うかも知れません」。

李はそれを聞くと、直ちに田先生に会いに行き、彼に会うと、膝まずいて進み、再拝して言った、

「俗界の凡俗が、あえて大仙人にご挨拶申し上げます」。

その時、老人は丁度村の子供たちの勉強を見てやっていたのだが、李に挨拶されて驚いて遠慮して言った、

「衰え朽ち果てた骨の身に、思い掛けなく突然のご挨拶だが、貴方は一体どうしたと言うのですか」。

それでも、李は再拝し額《ぬか》ずいてやめなかった。老人は益々頑なに拒んだが、李は、日暮れ時から夜に掛かっても、あえて坐ろうとせず、拱手の礼を取って老人の前に立ち尽くしていた。老人はしばらく俯いていたが李の様子を見て言った、

「貴方の真心がこれ程なのだから、私としても隠しておくわけには行かないな」。

李はすぐさまひれ伏して涙を流し、詳しく妻の最後の様子を述べた。すると、老人が言った、

「私はずっと前からこの事は知っていた。しかし、早く訴えて来ないので、今では建物もすでに壊れてしまい、どうしても間に合わないので、私はもう裁判を拒否していた。今となってはどうしようもないのだ。しかし、君のために、試しに一つの方法を試みてみようと思う」。

そう言うと、老人はやおら立ち上がり、北の戸口から出て、一〇〇歩余り行った所の桑の林で大声に叫んだ。するとたちまち、一つの大きな役所の建物が現れた。大きな建物が建ち並び、それぞれの殿堂の前には、威儀を正した衛兵が整然と配置に付いており、王者の殿堂にも見まがうばかりであった。田先生は紫のうちかけを着て、

机に向かって坐り、その左右に役人達が列をなして居並んでいた。たちまちの内に、伝達が地下の世界に行き渡り、間もなく十数隊の部隊が各隊一〇〇騎余りの兵を擁して、前後して馳せ参じて来た。その指揮官は、皆身の丈一丈余りで、眉目魁偉、門塀の外に整列していた。衣冠を整え、慌しい気持ちで、今は何事なのかと問い交していた。程なく、拝謁する者が地下の各地から集まって来た。盧《ろ》山神《ざんしん》(7)、江瀆神《こうとくしん》(8)、彭蠡神《ほうれいしん》(9)等が、皆田先生の前に伺候して来た。全員が集まったのを見て、田先生が言った、

「近頃この州の刺史の娘が、出産に当たり、乱暴な鬼のために殺された。事情から察するに、娘は甚だ恨みを残していると思われる。汝等事情を存じていないか」。

一同は平身低頭して答えた、

「はい！」

また田先生が聞いた、

「どうして訴訟の申し立てをしなかったのだろう」。

また皆が答えた、

「訴訟事件にはどうしても発起人が必要です。この事件は訴訟人がいないのですから、摘発の仕様がありません」。

また田先生が聞いた、

「誰か賊の姓名を知っている者はいないか」。

すると一人答える者がいた、

「これは西漢《せいかん》の鄱《は》県王《けんおう》(10)呉芮《ごぜい》の仕業です。今の刺史邸は、芮の昔の住まいだった所で、今に至るまで自分の腕

力を頼んで土地を独占し、往々にして暴虐の限りを尽くすので、土地の者は、手を焼いているのです」。

田先生が言った、

「すぐに捕らえて参れ」。

しばらくすると、捕り手が呉芮を縛り上げて連れて来た。先生が詰問したが、呉芮が罪を認めないので、今度は斉の娘を連れて来るように命じ、一同は、しばらく李の妻が法廷で呉芮と対決する様子を見ていたが、しばらくすると、呉芮が抗弁に行き詰まり、こう言った、

「きっと産後で体が弱っていたのでしょう。私を見ると、驚きと恐怖で失神してしまったのです。故意に殺したわけではありません」。

それを聞いて田先生が言った、

「人を殺すのに、棍棒を使うか刃物を使うかによって違いがあるか」。

そして呉芮を捕らえ、天曹[11]に送らせた。そして今度は、李氏の寿命がどのくらいなのかを急遽調べさせた。しばらく待っていると、役人が伝えて来た、

「本来更に合算して三二年あり、四男、三女を生むはずです」。

田先生は一同に向かって言った、

「李氏の寿命は元々長いのだ。もし再生させなければ、折角の審議が無意味になってしまう。諸官の意見はどうかね」。

すると一人の年老いた役人が、進み出て意見を述べた、

「東晋の頃、鄴で一人の人物が横死を遂げましたが、この事件に巧く当てはまります。その事件の時は、葛真《かっしん》君《くん》(12)に具魂《ぐこん》(13)を断って元の体を作らせ、生き返らせたのでしたが飲食言語、嗜好行楽、全て異なる所はありませんでした。ただ寿命が尽きるに当たって、形を留める事はありませんでした」。

田先生は言った、

「具魂とは何のことか」。

すると、役人が言った、

「生きた人間の三魂七魄《さんこんしちはく》(14)は、死ねば離散してしまい、元々寄り集まる所はないのです。今寄り集まって一体となっていましても、続絃膠《ぞくげんこう》(15)で塗り合わせているだけのことで、大王が街中で家来を派遣して情報を集め、またそれを元に戻すのと同じ事です」。

田先生はその答えに納得し、李の妻の方を振り返って言った、

「この処置を取ろうと思うが良いか」。

李の妻は答えた、

「この上なく幸せな事です」。

しばらくすると、一人の役人が、七、八人の女性を連れて現れた。彼女等はいずれも李の妻に似ており、役人が彼女等を推して一箇所にまとめると、一人の女性になってしまった。彼女は薬の入れ物を持っており、その中には、薄い飴のような物が入っていて、彼女は李の妻の身体にそれを塗った。李の妻は、初め訳が分からず、空中から地上に投げ落とされた感じがしていたが、夜が明けると、昨夜見た事はすっかり忘れていた。

そして、田先生と李氏夫妻の三人は、一緒に桑の林の中にいた。田先生は李の方を振り返って言った、

「大分苦労したが、ひとまずめでたく事が済んでよかった。すぐ連れて帰るが良い。彼女の親族に会ったら、生き返ったという事だけを言って、余計な事は言わないように。私はまたここから去ることにする」。

李が妻を伴って饒州に帰ると、一家の人々は驚き疑うばかりで、とても本当の事と思えなかったが、しばらく経ってから、ようよう本当に生き返ったという事を信じるようになった。李夫婦はその後子供を数人作ったが、その親類の中には、幾らか事情を知っている者がいて、言っていた、

「他にはこれと言って変わった所はなかったが、ただ立ち居振る舞いの軽妙な様子は、普通の人と違っていた」。

注

（1）元和年間――八〇六年～八二〇年。
（2）饒州――旧治は、今の江西省鄱陽県。
（3）隴西――旧治は、今の甘粛省隴西県。
（4）横死――不慮の死。事故・災害などを含め、思い掛けない災難による死。
（5）九華洞――神仙の住まう仙洞の一つ。
（6）仙官――神仙界の役人の一般称だが、この話では、地方神などを配下に従えていることから、かなり身分の高い官職に位置づけられていることが分かる。
（7）廬山神――江西省にある廬山の神である。
（8）江瀆神――大小河川の神である。
（9）彭蠡神――鄱陽湖の神である。

(10)西漢の鄗県王――西漢は前漢、前漢時代に鄗県に封建されていた地方豪族。
(11)天曹――董愼の注(11)参照。
(12)葛真君――神仙の名。
(13)具魂――魂や魄をばらばらに切り離した魂の素材を言うらしい。後に出る三魂七魄は、一人の人間の持つ魂魄を合わせて呼んだもの。
(14)三魂七魄――一人の人間の持つ三種の魂と七種の魄を総称したもの。
(15)続絃膠――魂魄を繋ぎとめる接着剤。

居延部落長　きょえんぶらくちょう

北周の静帝《せいてい》の初年(1)の事である。居延部落長《きょえんぶらくちょう》(2)の勃都《ぼつと》骨低《こってい》は、わがまま勝手な男で、逸楽に耽り、生活ぶりは豪奢を極めていた。ある時不意に数十人の者が彼を訪ねて来た。その中の一人が名刺を差し出して、

「ある部落の部落長(3)をしておりますす成多受《せいたじゅ》という者です」。

と名乗り、面会を求めて来た。骨低は名刺を見て尋ねた、

「何故部落名を名乗らないのかな」。

多受が答えた、

「我々は数人ずつそれぞれ部落が違い、名前も別に作っていません。苗字は『馬《ば》』という者もいれば、『皮《ひ》』と

いう者、『鹿《ろく》』という者、『熊《ゆう》』という者、『麞《しょう》』という者も、『衛《えい》』という者も、『班《はん》』という者もいますが、名前はみな『受《じゅ》』です。ただ私は部落長をしていますから、『多受《たじゅ》』(4)と呼ばれています」。

骨低がまた尋ねた、

「君等はみな芸人(5)のように見えるが、何ができるのかな」。

多受が答えた、

「皿回し(6)の芸をいささか。しかし、通俗的な事は好みませんので、専ら堅い芸(7)をお目に掛けています」。

骨低は喜んで言った、

「それはまだ見た事がないな」。

すると一人の芸人が進み出て言った、

「私共はとにかく腹が減って、ごろごろぐうぐう、腹の皮が体を三廻りしています。ご主人様が食事を充分下さらなければ、口を開けたままこうしておりますので」。

骨低はその催促を快く受け容れて、芸人達に充分食事をさせるように言いつけた。

すると一人の芸人が立ち上がって言った、

「それでは一つ私めが『大小あい助け、最後にはもとに戻す』芸をお目に掛けましょう」。

そう言い終わると、いきなり側にいた背の低い男を呑み込んだ。次には肥った者が痩せた者を呑み込み、互いに相手を呑み込んで行って、最後には、部落長と背の高い芸人の二人を残すのみになった。

すると、背の高い芸人が言った、

「それでは最後にはもとに戻す芸をお目に掛けることに致します」。

そして彼はすぐさま一人を吐き出し、吐かれた者はまた一人を吐き出し、代わる代わる吐き出して行って、最後にはもとの人数に戻ったのだった。

骨低は非常に驚いて、手厚く褒美を取らせ送り返した。

翌日も彼等は来て昨日と同じ芸を演じて見せ、それから半月の間それが続いたので、骨低もさすがに厭きて食事を出すのをやめた。すると、芸人達は腹を立てて言った、

「ご主人は我々が幻術を使っていると思っておられるんでしょう。今度はどうか殿様の奥様やお子様をお借りしてやらせて下さい」。

そう言うと、骨低の息子や娘、弟、妹、甥、姪、妻や妾に至るまで、皆腹の中に呑み込んでしまい、一同は腹の中で助けを求めて泣き叫んでいた。骨低は恐ろしくなって、階段を下りて地面にひれ伏し、家族の命乞いをした。芸人達はそれを見て皆笑いながら言った、

「大丈夫。心配要りません」。

そしてすぐに彼等を吐き出した。家族一同は皆無事に出て来たが、骨低は酷く腹を立て、彼等を血祭りに挙げてやろうと考え、密かに跡を付けさせた。すると彼等は一軒の屋敷跡で姿を消した。骨低がそこを掘らせてみると、地下数尺の瓦礫の下から大きな木の檻を掘り出した。中に皮袋が数千枚入っており、檻の側に穀物が置かれていたが、触ると皆灰になってしまった。更に檻の中から竹巻《ちくかん》(8)の書を発見したが、文字が摩滅していて、ただ幽かに三四字ばかり文字らしいものが見え、墓の名前らしかった。

骨低はこの皮袋が皆怪異の原因だったということが分かったので、取り出して焼いてしまおうと思った。すると袋たちが檻の中で叫んだ、

「我々はもう生命がなく、もうじき消滅する身なのです。ただ李都尉《とい》[9]様が水銀をここに残してくれていたお蔭で、しばらく命を長らえておりました。私たちは都尉の李少卿《しょうけい》様が食料を運ぶのに使われた袋なのです。建物も崩れてなくなってしまい、長い年月が経ちましたのに、私たちはこうして生き長らえていますので、居延山の神様[10]が、私たちを芸人にして下さいました。私たちはこうして山の神様におすがりして今に至っているのですが、もし貴方様が私たちをこのまま生かしておいて下されば、これからはもうお屋敷をお騒がせすることはございません」。

しかし、骨低は袋たちの願いを聴き入れず、残っていた水銀を自分の物にし、皮袋は全て焼いてしまった。怨み苦しむ声が聞こえ、血が流れ出た。袋を全て焼いてしまうと、骨低の屋敷の居間も廊下も扉も窓も、皆苦痛の声を上げた。それは丁度袋を焼いた時のようで、一月余りやむことはなかった。その年、骨低の一家は皆病死してしまい、一年経つ内にその血統は完全に消滅した。また残っていた水銀の所在も分からなくなった。

注

（1）北周の静帝の初年——原文は「周静帝初」。西暦五七九年。

（2）居延部落長——居延部落の所在は不明だが、今日の甘粛省張掖・酒泉の辺りと思われる。部落長の原文は「居延部落主」。

（3）ある部落の部落長——原文は「省名部落主」。「省名」は、部落の名称を省略する意。原文では「省名部落主」

の後に、「成多受」という姓名が続いている。

(4) 多受――原文には「某帥名多受」とある。「帥名」は逐語訳すれば「頭領としての名」であり、部落長として与えられている名である。

(5) 芸人――原文は「伶官」、楽官の意味である。文末に彼等自身が名乗った「伶人」という表現が出て来る。音楽を聴かせる者の意から転じて、後世中国では、「曲芸師」と称するようになった。

(6) 皿回し――原文は「椀珠」、正しくは「椀珠伎」と呼ばれていたらしい。鉢や皿など、身近の什器を使い楽曲に合わせて演じた芸。便宜的に我が国の皿回しに準えておく。

(7) 堅い芸――原文は「言皆経義」で、前の句の「性不愛俗」に対応している。「通俗を好まず、正統を追求する」というのは、どうやら初対面の挨拶らしいが、一応表現通りに訳しておく。

(8) 竹巻の書――各一枚に一行ずつ書けるよう幅をそろえ、長さを揃えて作った竹簡と呼ばれる竹の板に記した文章。保存する場合は、竹簡を順序良く揃え紐で編んで巻物の形にして保存した。

(9) 都尉――都尉の種類は非常に多いので、ただ都尉というだけでは確かには分からないが、「都尉李少卿」という呼び換えがあるので、朝官としていずれかの省に所属した次官であった可能性もある。

(10) 居延山の神様――酒泉から張掖に掛かる辺りの丘陵の神と思われる。

岑順　しんじゅん

汝南《じょなん》郡出身の岑順は、字を孝伯と言い、若い頃から学問が好きで文才があり、成長してからは兵学(1)を最も得意とするようになっていたが、彼は家が貧乏で、定住する所がなかった。

ある時陝州《せんしゅう》(2)に旅行したことがあったが、彼の遠縁に呂《りょ》という者があり、所有していた別荘に不吉な事がしばしば起こるのでそれを取り壊そうとしていた。岑順はその事を知ってそこに住まわせてくれるように頼み込んだが、それを知った者の中には彼に思い止まるよう勧める者もいた。しかし岑順は、

「天命には定めというものがある。何で恐れることがあろうか」。

と言って受け付けず、そこに住み込んだ。

それから一年余りたったある日、順は一人で書斎に入っていたことがあった。彼が書斎にいる時は、家の者も入ることを許されなかったのだが、その夜、どこからともなく攻め大鼓(3)の音が聞こえて来た。順は音のする所を確かめようと思って外に出てみたが、部屋から出ると何も聞こえなかった。しかし、順は一人で喜び、これは戦に長けた石勒《せきろく》(4)の兆に違いないと勝手に思い込み、心中に幸運を祈りながらこんなことを考えていた、

「これはきっと冥府の軍(5)が私を助けてくれようとしているに違いない。もしそうなら、きっと私を引き立ててくれる時期を教えてくれるはずだ」。

その数日後の晩、夢に甲冑《かっちゅう》を付けた武士が現れて、順に告げた、

「金象《きんしょう》将軍の使いの者です。塞の夜警がお騒がせしたと思いますが、御貴殿がお受け入れ下さった通り(6)でございます。謹んでお教えを承りたいと存じますので、折角のお徳をお持ちである以上は、何卒ご自愛下さりますよう。これから世に出ようとの大志をお持ちである以上、小国を顧みる必要はありますまい。今我が国では敵国が城塁を犯しつつあるこの時に当たり、お席を設えて賢者をお招きし、お教えを承りたいと望んでいる所でございます。

どうぞしかるべきお指図を賜りますようお願い申し上げます」。

この挨拶を聞いて、順は言った、

「将軍の天賦の優れた素質を持ってすれば、軍は真に規律正しく率いられているに違いありますまい。今親しくお声を掛けて頂き、卑賤の身としては、犬馬の労を厭わぬ志(7)を持ってお国のために働かせて頂きたいと思います」。

この返事を聞き届けて使者は戻って行った。

金象将軍の使者を見送ると同時に順は眼が覚め、しばらくぼんやりとして、起き上がったままの姿勢で夢の知らせを思い返していた。すると突然太鼓の音や角笛の音が周囲から起こり、それが次第に激しくなって来たので、順は身支度を整えてベッドを離れ、新しく興った喧騒の世界に入って行くために祈りを捧げた。

間もなく、戸口や窓から風が吹き込み、帳や簾が吹き煽られ、不意に灯火の光の下に武装した数百騎が現れて、左右に走り回った。いずれも高さ数寸ほどで、鎧を着、武器を持って、あたり一帯に散開し、たちまちの内に陣構えの配置に付いた。

順が驚きながら神経を研ぎ澄ませてそれを見ていると、間もなく兵卒が檄文《げきぶん》を届けて来た、

「将軍のご伝言をお届けに参りました」。

順が受け取って見ると、それにはこうあった、

「隣接する蛮族が、絶えず国境を騒がせ、このような事が十数年続いています。将も年老い兵も疲弊し、白髪頭《しらがあたま》が鎧のまま寝ています。天は連接の地にこのような強大な敵を配され、勢いを止めることはできません。貴殿は素質に恵まれお徳をそなえられ、その上学業に励んでおられるので、しばしば良い噂が聞こえてきます。できる

ことならお力添えをお願いしたい所ですが、如何せん貴方は無論現世で要職に就かれるべき方。今我々の小国がどうしてお招きできましょう。この度は天那国《てんなこく》が北山賊《ほくさんぞく》と連合し、日を選んで会戦することになりました。勝敗は深夜に決する見通しですが、成否の程は分かりません。甚だもってお騒がせする次第です」。

順は使者に礼を言い、室内の灯火を足してその様子を見守っていると、夜半過ぎ、太鼓や角笛の音が周囲に響き渡った。

元々東側の壁の下には鼠の開けた穴があったのだが、いつの間にかそれが城門となり、幾重にも敵軍がそこを目指して押し寄せた。何度も進軍の合図の太鼓が打ち鳴らされ、全ての城門から防衛軍が出撃した。整然と旗印が陣形を作り、騎馬隊が風のように突き進み、歩兵隊が雲のように押し寄せた。両陣営はそれぞれ予定の陣構えを取り、東の壁の下には天那軍、西の壁の下には金象軍が布陣した。各部隊が配置に付くと、軍師が出て進言した、

「まず騎馬隊は三度斜行して止まり、将は横に動いて四方を睨みます。輜重車は真っ直ぐ突入して戻ることはありません。後は先に定めた軍略を守って過たないように致します」。

それを受けて、王が一言、

「よし！」

と言うと、すぐに進軍の太鼓が打ち鳴らされ、両軍共に騎馬が一頭、斜めに三尺進んで止まった。そして次の太鼓でそれぞれ歩兵が一人、横に一尺移動した。そしてまた次の太鼓で、車が進んだ。このようにして太鼓の音が次第に早まり、同時にそれぞれの兵が動いて、武器や大炮、矢や石が乱れ飛び、しばらくすると、天那軍は大敗を喫し、壊滅して多くの死傷者を出し、王は単騎南に逃げて、数百人がその後を追い、西南の隅に投じて守った

ので、辛うじて危難を免れた。

これに先立ち、西南の隅には薬が用意してあり、王が臼の中に休むと、そこが小さな城になった。金象軍は大勝し、たくさんの甲冑と捕虜を収得し、戦場にはたくさんの乗り物や死骸が残された。順がその戦場の様子を俯瞰していると、騎馬の武将が一騎陣を離れて順の前に戦勝報告に来た、

「勝敗は時の運で、運に恵まれた者が栄えます。高い所から見そなわす天の御意思は、風のように吹き過ぎるもので、この度は幸いに勝つことができました。貴公はどうお考えですか」。

順は応えた、

「将軍の英明は白日をも貫き、天の御意思に違うことなく、時に乗じて勝ちを得られました。密かに霊妙なお働きを窺っておりましたが、真に慶賀に堪えません」。

こうして数日会戦したが、勝敗は定まらなかった。金象国王の容貌は魁偉《かいい》で、その勇姿には衆に抜きん出たものがあった。

城中に酒宴を開いては、珍味を並べて順をもてなしてくれた。また順のために金銀財宝が贈られ、順はその生活の中に富み栄えて、欲しい物は皆具わり、そのまま親戚朋友とやゝ疎遠になり、ただ何もせずに暮らし、家から出ないようになった。

家の者はその様子を怪しんだが、その原因が分からないでいるうちに、順の顔色が次第に憔悴し、幽鬼《ゆうき》に取り憑かれた様子が明らかになって来た。親戚一同その異変に気が付いて問い詰めたが何も言わないので、強い酒を飲ませて酔わせ、厠に行くように仕向けて密かに鍬やシャベルを用意し、順が厠に行ったのを見計らって彼を遠

ざけておき、シャベルで室内をめちゃめちゃに掘り起こした。そして、八九尺も掘り下げると、急に陥没して穴が開き、見るとその下は古い墓で、墓には煉瓦で固めた堂が作ってあり、おびただしい数の盟器《めいき》が埋葬されており、その中には、甲冑数百があり、その前に金で作られた将棋板があり、金や銅で作られた馬や武器の類が備えられていた。それによって、順の聞いた軍師の言葉が駒の動きを表していたことが分かった。やがて掘り出した物を焼き払い、土地を平らにならしたが、順が得た宝物は皆墓に埋葬されていた物だった。

順はそれを見ると、恍惚として目覚め、大いに吐いた。その後はすっかり気分も治り、家にはもう不吉な事は起こらなくなったと言う。時に宝応元年(8)の事であった。

注

（1）兵学――軍事に関する学問。兵学の聖典と言われる「孫子」を中心に、数種類の古典がある。ただし、原文は「尤精武略」。逐語訳すれば、「尤も兵法に精通していた」。

（2）陝州――今の河南省陝県に州治があった。

（3）攻め太鼓――原文は「鼓鼙之聲」。進軍の合図の太鼓。

（4）石勒の兆――原文は「石勒之祥」。石勒は、南北朝時代、後趙の高祖。戦に長け、北朝随一の強大国を作り上げた。ここは冥府の石勒が自分を助けてくれようとしている前兆という意味。

（5）冥府の軍――原文は「陰兵助我」、上記注（4）参照。

（6）お受け入れ下さった――原文は「蒙君見嘉」、冥府からの招きを受け入れたという意味。上記注（4）（5）参照。

（7）犬馬の労を厭わぬ志――原文は「犬馬之志、惟欲用之」。

（8）宝応元年——七六二年四月～七六二年一二月。

元無有《げんむゆう》

宝応年間(1)の事である。元無有という者がいた。折から仲春の末(2)、揚州の郊外を一人で歩いていると、日暮れ時になって激しい風雨に襲われた。それは丁度戦乱の直後だったので、人家の多くは避難してしまっており、無有は、道端の空き家に入って雨宿りした。しばらくすると雨は上がり、月がようよう差し上って来たが、無有はそのままそこに泊まることにして、北の窓辺に坐っていると、思い掛けなく、西の廊下の辺りで人声がした。

それから程なく、月光の中に四人の人影が現れた。衣冠はそれぞれ違っていたが、互いに会話を楽しみつつ、吟詠する声も伸びやかだった。その中の一人が言った、

「今晩はまるで秋のように、風月の様子が素晴らしい。皆それぞれ詩にして、日頃の思いを述べ合おうではないか」。

その提案を受けて中の一人が早速詩にして朗詠した。吟詠は音吐《おんと》朗《ろう》々(3)、明瞭に聞き取れるので、無有は一句漏らさず聴き取った。

初めの一人は衣冠を付けた背の高い男で、まずこう吟じた、

「斉の白絹や魯《ろ》の薄絹は霜や雪のように白く、澄み通って高く響くのは我が発する声」。

二番目に吟じたのは黒い衣冠の背の低い男で、彼の詩はこうだった、

「素晴らしい客人と過ごす清夜の宴、明るく照らす灯燭は我が持する所」。

三番目の着古した黄色い衣冠の男も背が低く、彼はこう吟じた、

「清冷な泉の水は朝を待って汲み、桑とつるべ縄(4)は引き合いながら常に出入する」。

四番目の古着の黒い衣冠を付けた人物の詩はこうだった、

「薪を焚き泉の水を貯めて沸かし、他人に飲ませてやるのが私の仕事だ」。

無有もこの四人が変わった人間だとは思わなかったし、四人の方でも、無有が吹き抜けの堂の中にいるのを気にする気配はなかった。彼等は代わる代わる相手を称え、それぞれの得意とする所を羨ましがっていた。それはたとい阮籍《げんせき》(5)の詠懐詩《えいかいし》を以ってしても、筆を加えることはできない様子であった。夜明け方、四人は元の場所に戻って行く様子なので、無有がついて行ってみると、堂の中にはただ古い杵と灯燭台と水桶と壊れた鐺《かま》(6)があるだけだった。そこで無有は、あの四人はこれらの物が変化したのだということを知ったのだった。

注

(1) 宝応年間――七六二年四月~七六三年六月。
(2) 仲春の末――太陽暦では四月末ということになる。従って、年号が宝応に変わって間もない頃ということである。
(3) 音吐朗々――明るく、大きな声で詩などを朗詠する様子を表す形容詞。
(4) 桑とつるべ縄――桑は水桶の素材。桑の材で作った水桶と水を汲むために水桶につけるつるべ縄。

（5）阮籍――字は嗣宗。生没年は二一〇年～二六三年。竹林の七賢の一人。詠懐詩はその代表作。

（6）鐺――音はトウ。三本足の釜の一種で、鼎ほど大きくない。

韋協律の兄　いきょうりつのあに

太常寺《たいじょうじ》(1)の協律《きょうりつ》(2)である韋生には兄がおり、大変なつわもので、常々並大抵の事では恐れないと言って自慢していた。どこかに不吉な家(3)があると聞けば、彼は必ず行って一人で泊まりこんだ。弟が役所の同僚にこの話をすると、同僚の中に彼を試してみようと言う者がおり、たまたま延康《えんこう》(4)の東北の角に馬鎮西《ばちんぜい》(5)の家があって、いつも怪しげなものが多く現れるというので、彼をその家に連れて行き、酒と肉を振舞って、夜になると皆帰って行った。

韋生の兄は大きな池の西にある東屋《あずまや》の中に一人で泊まることになった。彼は暑い上に酒を飲んでいたので肌脱ぎになってそのまま寝、真夜中になってやっと目が覚めた。起き上がりもせずに目を開けていると、一人の子供が現れた。身の丈は一尺ばかりで、身体は短く脚が長く、色は黒く、池の中から出てゆっくり近付き、階段から登って彼の前に来た。彼は起き上がりもせずにそのままの格好で言った、

「横になれば悪い子だ。また真っ直ぐな子が俺の所に来るものか」。

すると、その子供は、彼の寝ているベッドの周りをぐるぐる回り始めた。しばらくして、彼は枕の向きを変え、仰向けに寝た。すると、それがベッドに上って来る気配がした。それでも彼が動かないでいると、しばらくためらっ

ていたが、やがて二本の小さな脚が彼の脚に沿って上って来る感じがした。それはまるで濡れた鉄のように冷たく、上は心臓にまで感じられた。歩みは非常に遅かったが、彼は動かずにいた。それが段々登って来るのを待って、腹の辺りに来た所で、彼はいきなり手で触ってみた。するとそれは何と一個の古い鉄の鼎で、もう脚が一本取れていた。そこで、それを帯でベッドの脚に繋いでおいた。

翌朝、また人々が集まって来てそれを見たので、彼は夜中起こった一部始終を話してやり、杵でその鼎を打ち砕くと、中には血の色が滲んでいた。この事があってから、人々は彼の強さを信じるようになった。こうしてこれから家宅に起こる怪異はなくなったのだった。

注

（1）太常寺――官署の名。宗廟の儀礼の事を司る。卿と少卿が一人ずつ置かれていた。
（2）協律――官職名。音楽の事を司る。
（3）不吉な家――原文は「凶宅」。怪異現象の起こる家。
（4）延康――首都の街区の名と思われる。
（5）馬鎮西――「鎮西」は、西域地方の防備に当たる地方官の通称と思われるが、未詳。

曹恵《そうけい》

武徳の初年(1)、曹恵《そうけい》という者が江州の参軍(2)になった。官舎には仏間があり、そこに二体の木の人形があった。どちらも丈は一尺ほどで、彫刻は非常に優れた物だったが、色は剥げ落ちてしまっていた。恵はそれを家に持って帰り子供に与えた。ある時子供が餅を食べていると、その人形が子供の手を引いて餅を欲しがった。子供が驚いて恵に知らせると、恵は笑いながら言った、

「人形を持って来てごらん」。

それを聞くと、人形が言った、

「軽素《けいそ》にはちゃんと名前があるのに、何で人形などと呼ぶのだ」。

そう言って食べ物の方を振り返り睨んだが、その様子は生きた人間と変わりなかった。恵は人形に聞いた、

「お前はいつの時代の物だ。とても巧く人の真似ができるが」。

軽素と軽紅《けいこう》が言った、

「私たちは宣城《せんじょう》の太守謝家(3)の人形ですよ。当時天下の人形作りは、沈隠侯《しんいんこう》(4)の家の老僕の孝忠《こうちゅう》さんに敵う者はいませんでした。軽素も軽紅も孝忠さんの作った物です。隠侯が宣城様の不幸を憐れまれて、宣城様の葬儀の日に私たちを贈られたのです。ある日、墓の中で、丁度湯で楽夫人《がくふじん》の足を洗っている時、外で賊の怒鳴り声が聞こえ、夫人は恐れて裸足のまま白い螻蛄《おけら》に変身してしまいました。しばらくすると二人の賊が松明《たいまつ》を持って墓の中に入って来て、埋められていた財宝を全て奪い去り、宣城様が頸に付けられていた舒国《じょこく》(5)の瑟瑟《しつしつ》の首飾りまで、賊が顎を叩き壊して奪い去ったのでした。その時、賊は軽紅たちを見て、この二つの人形は悪くない。子供の玩具にしてやろうと言って、私たちを持ち出したのです。時に天平二年(6)の事でした。それから何軒か持ち主が変わり、陳王朝の末に、麦鉄杖《ばくてつじょう》(7)の甥がここに持って来たのです」。

恵がまた尋ねた、

「謝宣城は王敬則《おうけいそく》(8)の娘と結婚したと聞いたが、お前はどうして楽夫人と言ったんだ」。

すると軽素が言った、

「王氏は生前の妻、楽氏は冥界の妻なのです。王氏はもと屠殺場や酒場のような賤業者出身の人で、性格が粗暴で力が強く、冥界でも、宣城様とはうまくいっていませんでした。宣城様の厳しいお顔を見ては石を砕いたり、かんぬきを持ち上げたりして脅すのです。我慢できなくなった宣城様は、ご自分で密かに天帝に願い出られ、彼女を離婚するお許しを頂いたのです。子供たち二女一男は、みな母親について行きました。そして、楽彦輔《がくげんぽ》(9)様の八番目のお嬢様をおもらいになったのです。お姿も性格も美しい方で、書をよくされ、琴を弾くのがお好きで、殷東陽仲文《いんとうようちゅうぶん》(10)様や謝荊州晦《しゃけいしゅうかい》(11)様の奥様方と仲が良く、毎日楽しくお付き合いなさっておられました。宣城様は口ぐせのように言っておられました、『私の才能は、昔の詩人と比べれば、ただ一人東阿《とうあ》(12)にだけは敵わないが、他の文士たちは皆私のまな板の肉のようなもので、如何にでも料理できる』と。南曹の典銓郎(13)におなりになってからは、潘黄門(14)様と同列に並ばれ、肥えた馬にも乗れますし、軽いお着物もお召しになれ、生前の百倍も恵まれておられます。けれども、一〇ヶ月に一度参内せられ、それを晋、宋、斉、梁とお続けになったのですから、ご苦労な事で、近頃はおやめになられたとも聞いております」。

この話を聞いて、恵は聞いた、

「お前たちの霊力はこの通りなのだから、私はお前たちを手放そうと思うがどうか」。

すると彼女等は応えた、

「軽素らの変化の力を使えば、できないことは何もありませんが、貴方のお気持ちがもし手放さないということであれば、結局逃げることはできないのです。盧山の神様が随分前から軽素を舞姫にしたがっておられますから、もし今お別れさせていただければ、きっと神様のご加護が得られることでしょう。しかし、貴方がもし最後に一つお助け下さるお気持ちがおありでしたら、どうか絵描きさんに頼んで化粧を施していただけませんか」。

恵はすぐに画工を呼んで二体の人形を塗り直させ、錦の刺繍のある着物を着せた。すると軽素が笑いながら言った、

「この度は舞を論ずるのではなく、きっと彼の夫人になるのでしょう。貴方に差し上げるお礼もございませんが、どうか僅かな言葉を記念に残させて下さい。『百代の中、他人を以って会する者は、忠臣たらざるはなし。大いなる位に居らん。鶏角《けいかく》骨に入り、紫《し》鶴黄鼠《かくこうそ》を喫す。中不《しんふ》害《がい》(15)。五度泉室に通い、六代の吉昌をなす』」。

その後ある人が盧山神に詣でたが、その時巫女《みこ》が言った、

「神様は新しく二人の妾を得られた。翠《みどり》の釵《さい》(16)と花の簪《しん》(17)を欲しがっておられる。お前が買って差し上げるが良い。きっと大福が降るであろう」。

参詣した者は、言われた通り翠の釵と花の簪を買い求め、それを焚いた。すると、願いが叶ったと言う。恵は人形達が記念に残した言葉の意味が分からなかったので、時の知恵者と呼ばれる人々に尋ねたが、誰も分からなかった。ある人が、中書令(18)の岑文本《しんぶんぽん》(19)がその三句の意味を知っていたと言うが、彼も人のために教えてはくれなかった。

注

(1) 武徳の初年——唐の高祖が建国した始めの年(六一八年)。

（2）江州《こうしゅう》参軍《さんぐん》――江州は、時代によって州治が変わったが、当時は今日の江西省九江県にあった。

（3）宣城の太守謝家――宣城は今日の安徽省宣城市。宣城の太守謝家とは、六朝斉の人、謝朓の家。宣城の太守になった所から、謝宣城と呼ばれる。東昏侯を助けて順調だったが、政変に遇い、投獄されて終わる。生没年は四六四年〜四九九年。

（4）沈隠侯――梁の沈約、字は休文、隠侯は諡。生没年は四四一年〜五一三年。

（5）舒国――春秋時代の国名。今日の安徽省盧江県付近に古城があった。

（6）天平二年――西暦五三五年。天平は東魏孝静帝の年号。

（7）麦鉄杖――隋の勇士。車騎将軍。一日に五〇〇里歩いたと言う。遼東の戦いで戦死した。

（8）王敬則――六朝斉の高帝の時の尋陽郡侯。明帝に背き、殺さる。没年は四九八年。

（9）楽彦輔――名は広、彦輔は字。談論をよくし、官は尚書令に至る（〜三〇四）。

（10）殷仲文――晋の東陽太守。後謀反を企て誅せられる。没年は四〇七年。

（11）謝晦――六朝宋の人。少帝の時、中書令となる。後廃立を企て、文帝によって誅せられる。生没年は三九〇年〜四二六年。

（12）東阿――姓名不詳。東阿は漢代の県名だから、この詩人は、何らかの形で、東阿県の役職についていたものと思われるが、未詳。

（13）南曹典銓郎――官名。吏部員外郎として選院の事を司る。

（14）潘黄門――潘岳、字は安仁。給事黄門侍郎に任官したから、こう呼ぶ。

（15）申不害――戦国時代、韓の人。法家の祖。

（16）釵――音はサイ。二股に分かれた二本足の簪。

(17) 簪——音はシン。頭巾や冠の上から髷に止めるために刺す簪。
(18) 中書令——政府中央の三省の一つ、中書省の長官。尚書省、門下省と合わせて三省と言う。
(19) 岑文本——字は景仁、諡は憲。官は中書令に至った。唐代の説話中にしばしば名の出る人物。特異な能力を持つ人物と考えられていたらしい。

古元之　こげんし

後魏《こうぎ》の尚書令《しょうしょれい》(1)古弼《こひつ》(2)の甥に古元之《こげんし》という者がいた。わけがあって、若い頃古弼に養ってもらっていたのだが、ある時、酒を飲んでいる内に身体の具合が悪くなって死んでしまった。古弼の悲しみようは特に激しく、三日のかりもがり(3)が過ぎると、また彼の生前の様子が思い出されて、もう一度別れが言いたくなって、人に言って棺を壊させた。ところが、棺を開いてみると、何と元之がもう生き返っていたのである。

元之は人々に意識を失っていた時の事を語ってくれた、

「まるでわけが分からず、夢を見ているようでしたが、誰かが冷水を身体に掛けてくれて、見上げると、それは常人とは思えぬ様子をした人で、きちんと衣冠を付け、赤い裳裾《もすそ》に蜺《にじ》(4)の模様の帷子《かたびら》を羽織っていて、とても威厳があり、私を見て言いました、

『私は古説《こせつ》だ。お前の遠い先祖だよ。今丁度和神国《わしんこく》に行きたいと思っているのだが、袋を担いで付いて来てくれる者がいないので、お前を捕まえたというわけだ』。

そう言うとすぐ私に大きな袋を背負わせたのです。それは重さが一鈞《いっきん》(5)ほどもある重い袋でした。また、一本の竹の杖をくれて、それは長さが一丈二尺ほどもありました。私に馬に乗って付いて行かせたのですが、とても速く飛んで、それもずっと空中を飛んで行ったのです。西南の方に飛んだのですが、どのくらい飛んだか分かりません。遥か遠くまで飛んだのですが、越えた山や河の数は数えつくせるものではありませんでした。そして気が付くと地上に降りていて、そこはもう和神国でした。その国は、山はあるのですが大きな山はなくて、高いものでも数十丈に過ぎません。山肌は皆碧玉を積み上げたような感じでした。石の隙間には緑の篠《しの》や、珍しい花や果物があり、軟らかい草が良い香りを漂わせ、小鳥が綺麗な声で囀っていました。山頂は皆平らでまるで砥石のようでした。水も豊富で、一つの山に二、三百もの清らかな泉が湧き出しているのです。原野には普通の木はなくて、どこもかしこも様々な果樹が生えているのでした。柘榴《ざくろ》などもありました。どの果樹も花を開き葉を茂らせておりました。花は非常に鮮やかに赤く、その下に翠の葉が茂っているのです。いろいろな花や実がどの木にもいっぱいで、こういう状態が一年中変わらないのだそうです。ただ一年に一度だけ人知れず花と実を付け替えます。すぐに新しいものが育つのです。その新陳代謝が人の知らぬ間に行われます。

田畑には皆大きな瓢《ひさご》が育っています。瓢の中には五穀が実っているのです。味も香りも素晴らしく、中国の稲や粱《おおあわ》の比ではありません。人はそれを食料にすることができます。耕作する手間が掛かりません。湿潤な平原が常に潤っているのです。雑草も生えません。

一年に一度、樹木の枝幹に、五色の絹や木綿の糸ができます。人は欲しい色を選んで採り、自由に糸を紡ぎ布を織ることができるのです。人が作る錦や絹と異なりますが、蚕の世話や木綿糸紡ぎの手間が掛かりません。

四季の気候はいつも穏やかで心地よく、中国の二、三月の気候のようです。蚊、虻《あぶ》、蚋《ぶゆ》、蟻、虱《しらみ》、蜂、蠍、蛇、蝮、守宮《やもり》、百足、蜘蛛、蚯蚓《みみず》のような虫はいません。また、梟《ふくろう》、鴟《みみずく》、烏、鷂《はいたか》[6]、鶻鵃《くこく》[7]、蝙蝠《こうもり》の類もいません。また、虎、狼、豺《やまいぬ》、豹、狐、狸、貘《ばく》[8]、駮《ぼく》[9]などの獣もいません。また、猫、鼠、豚、犬などが起こす騒音や害もありません。また住人は皆背の高さも容貌の美醜も同じです。嗜欲愛憎などもありません。

人は皆二男、二女を作ります。隣同士になれば代々結婚して彼等もまた二男、二女を作ります。笄年《けいねん》になれば嫁ぎ、二〇歳になれば娶ります。人の寿命は皆一二〇歳で、生涯に夭折、疾病、瘖《おし》、聾《つんぼ》、跛《びっこ》、躄《いざり》などの心配はありません。一〇〇歳以下は皆自分で記憶していますが、一〇〇歳以上になると、自分の歳は記憶していません。寿命が尽きると、途端にその所在が分からなくなります。亡くなった一族の者でも、皆その人を忘れます。そういうわけで、人々は憂いということを知らないのです。

食事は正午に一度取りますが、中間には、酒、飲み物、果実を取るだけです。食べた物もどう消化されるのか知りません。だから、便所という物を置きません。穀物倉を持つこともしません。余った食料は畑に残しておいて、必要な者が取ればよいのです。灌漑や野菜の販売もしません。野菜類は各自自分の所で充分足りています。一〇畝[10]ごとに一箇所ずつ酒泉が湧いています。味は美味しくて香りも良いものです。国の人々は毎日誘い合って遊覧します。昼間酒に酔いながら歌を詠って楽しみ、日が落ちると解散します。昏睡するということはありません。

人々は下女や下男を持ってはいますが、彼等は皆気の利く人たちで、人の必要な事が分かっていて、人に催促させるということは、決して致しません。

建物は自由に使用できますが、どこも壮麗に保たれています。国の家畜は馬だけです。よく馴れていて脚が速いです。秣《まぐさ》を用意する必要はなく、自分達で野草を食べています。積み藁《わら》には近付きません。人が乗りたければ乗って、乗り終わったらまた放してやります。無論持ち主という者はおりません。

かの国には役人が充足しています。役人になっても、身を置く場所が分からないので、一般人に混じっています。役人としてしなければならない仕事がないからです。君主という位はあるけれども、君主は自分が君主であることを知らず、一般の役人に混じっています。身分の上下を問題にする仕事がないからです。

雷鳴や風雨もありません。風は吹いてもそよ風で、無風と区別できません。物に吹きつけることはあっても、吹き落すほど強くありません。雨も一〇日に一度くらい降りますが、降るのは必ず夜で、物を潤す緩やかなもので、流れるほどは降りません。

国中の人が皆仲が良く、親族のようで、みな明るく穏やかです。

交易商売というものはありません。利益を求めないからです。

古説は、あの国に着いてから私に言いました、

『これが和神国だよ。彼等は神仙ではないけれども、風俗は悪くない。お前は、戻ったら、世の人々にここの話をしてやるがよい。私はここに着いたのだから、すぐに戻って袋を担いでもらう別な者を探すから、お前はもう要らない』。

そう言って彼は私に酒を飲ませ、何杯か呑む内に思わず深酔いしてしまって、やがてまた目覚めると、もう生き返っていました」。

この時から、元之は世事に疎くなり、役向きの事を全て忘れて、山水を遊行し、自分で知和子《ちわし》と名乗るようになり、

最後は行方が分からなくなった。

注

（1）尚書令――尚書省の長官。尚書省は、中書省、門下省と合わせて三省と呼ばれる中央官庁の一。宮廷の文書、及び詔勅の発行を管理する中書省と公文書の発行管理を分担し、一般の公文書の発行管理を任とし、実務的行政機関である吏部、戸部、礼部、兵部、刑部、工部の六部を総管した。

（2）古弼――実務的には吏部尚書の立場から、尚書令に任じた。

（3）かりもがり――埋葬前の一定期間（ここでは三日間）遺骸を棺に収めて死者の霊を祭る儀式。

（4）蜺――雌のにじ。雄のにじは虹。中国の古い説話では、にじは怪獣の姿で登場する。

（5）鈞――三〇斤。一八〇キロ。

（6）鷂――鷹の一種。はしたか。

（7）鴝鵒――はっちょう。九官鳥の仲間。舌の先を切って丸くすると人の言葉を真似られるようになると言われる。九官鳥はインド原産だが、これは中国原産で、体の特徴は、全身黒色で両翼に白い斑点がある。

（8）驀――馬の一種。詳細は不明。

（9）駮――体形は馬に似て、頭上に一角があるという。一角獣。虎や豹を食うと言う。

（10）一〇畝――約六・七アール。

蘇履霜　そりそう

太原(1)の節度使馬《ば》侍《じ》中《ちゅう》燧《すい》(2)(3)の小将(4)だった蘇履霜《そりそう》は、一時期、先の節度使鮑防《ほうぼう》(5)に仕えたことがあった。鮑防の出陣に随行したある日、回紇《かいこつ》(6)を討伐しようと対陣していた時、防は指揮官の一人劉明遠を指して、履霜に進軍しない怠慢をとがめて斬れと命じた。蘇履霜は命令を受けたが、何度も劉明遠に目配せし攻撃するよう促した。それに気づいた劉明遠は急遽突撃を開始したので、斬首の禍(7)を免れることができた。そんな事があってから、一〇年余り後に劉明遠は死んだ。その後蘇履霜も冥界に行き、冥界で劉明遠に遇った。彼は履霜に言った、

「生前には貴方の計らいで死ぬべき命をすくわれ天寿をまっとうできたので、何とか御礼をしたいと思っていたのですが、それができませんでした。今日やっと平素の願いが叶えられます」。

そして、劉明遠は一本の路を指差した。それは雑木の茂った路だった。彼は言った、

「この路をいらっしゃい。そうすれば必ず舎利王に遇えます。王は生前馬侍中様の武将でした。舎利王にお会いになって訴えれば、必ずまた生き返ることができます」。

明遠は、そう言って彼を行かせた。履霜は言われた通りに行った。十数里進むと、劉明遠が言った通り、狩りをしている舎利王に出会った。舎利王は以前から履霜を知っていたから驚いて尋ねた、

「どうしてここに来たのだ」。

履霜は答えた、

「冥官に呼ばれて来たのです」。

舎利王は言った、

「君は来てはいけない。早く帰ったほうがよい」。

そして、判官の王鳳翔に早く帰らせるように、またその時彼に書状を一通届けさせるようにと命じた。それから改めて履霜に向かって言った、

「私に代わって侍中に伝えてくれ。『これから二年経つと節度使を辞めることになる。そして一年以内に朝廷に入らなければならない』と。君はもう人の世を棄てたのだから、決してこれを他に漏らさないでもらいたい」。

鳳翔は命令を受けて、命籍を調べ、蘇履霜を現世に戻す手続きを取った。

履霜は現世に戻るために初めの関門に差し掛かると、そこで、現世で酒飲み仲間だった数人の友人に出会った。彼等は履霜に言った、

「君は一人で帰って行くんだ。我々は羨ましいが、できないことだ」。

履霜は生き返ってから五、六日経って鳳翔に会いに行った。すると鳳翔は予めそのことを知っていて、履霜に聞いた、

「舎利王から何か話があったか」。

履霜は答えた、

「ありました。しかし、他の者に言わないようにと言われました」。

鳳翔が言った、

「私もその事は知っている。お前はひとまず帰れ。私が折を見て侍中に言おう」。それから一〇日ほどして、鳳

翔はその事を馬侍中に告げた。その後、侍中は履霜を呼んでこの事を訊ねた。履霜も見た通りを詳しく話した。鳳翔の陳べた後のことである。両者の話を突き合わせて確かめると、全く履霜の話した通りだった。考えて見ると、鳳翔は生きたまま冥界の役所の仕事をしていたのである。それまで隠していたのでそれを知る者はいなかった。履霜が生き返ったことからそれが洩れたのだった。

注

（1）太原――今の山西省太原汾州二府の地。旧治は今の山西省太原市付近にあった。
（2）馬燧――字は洵美、謚は荘武。最高位は同中書門下平章事（七二六年～七九五年）。
（3）侍中――宮中の官。唐では門下省の長官。
（4）小将――少将。
（5）鮑防――字は子慎、謚は宣。代宗の時、太原尹兼節度使（七二二年～七九〇年）。
（6）回紇――ウイグル。
（7）斬首の禍――戦場における将の怠慢に対する刑罰。

景生《けいせい》

河中郡《かちゅうぐん》猗氏県《いしけん》（1）出身の景生という人がいた。学業を積み経典に精通した人で、数十人の学生を集め指導していた。ある年の年末、家に帰る途中で偶然もとの宰相呂譚《りょたん》に出会った。古い知り合いなので、学生達と別れ、車の後部に同乗させてもらって行くことになった。学生達は景生に別れ、先に景生の家に行ってこの事を知らせた。景生が家に着いた時には、彼の身体はすでに死んで家に横たわっていた。それから数日後、景生は生き返って冥界で見て来たことを語った。

冥界で黄門侍郎(2)の厳武(3)と朔方《さっぽう》(4)節度使の張或然《ちょうこくぜん》(5)に遇った。景生は生前周易が得意だったので、呂譚に頼まれて周易を講じていたが、まだ講じ終わらないうちに呂譚は死んでしまった。しかし、呂譚は死後も周易の残り分が聴きたいので、景生を冥界に呼んで続きを講じさせることにした。

その時、厳武と張或然は丁度冥界の左右の御史台《ぎょしだい》(6)の長官になっていたが、呂譚が景生を呼んだのを知って、怒って呂譚に言った、

「景生はまだここに来てはいけないのだ。勿論冥界に勾留することはできない。どうして私事で人を害することができようか」。

そう言って、二人は呂譚に景生を手放すよう求めたので、呂譚はやむを得ず、それを認めた。

その折、張或然は景生を引き止めて、二人の息子の事を委嘱した。一人は曾子《そうし》と言い、一人は夫子《ふうし》と言った。閏年の正月三日に北の間を作ろうとしているが、曾子の新婦にそれを建てるのを思い止まらせなければならない、早く辞めさせれば、大きな災難を免れることができる、というのである。

景生が蘇って、数日してからその家に知らせたが、その時には問題の部屋はもうできており、曾子の妻はもう死んでいた。また、張は息子たちについても、曾子は刺史で終わるだろう。夫子も刺史になるけれども、勤まらないだろうと言っていたが、その後皆その言葉通りになったのだった。

注

（1）猗氏県――旧治は今の山西省安沢県付近にあった。
（2）黄門侍郎――宮中に侍従し諸事を管領する官。
（3）厳武――字は季鷹。黄門侍郎は宮中の官だが、地方における武人としての活躍が目立つ人物。剣南節度使となる。吐蕃を破った功により、鄭国公に封ぜられた（七二六年～七六五年）。
（4）朔方――北方の意。区画の名称は朔方郡。旧治は霊州、今日の甘粛省霊武県付近にあった。
（5）張或然――生没年不詳。或の字は戒に作っている本もあり、或は字の誤りである可能性もある。
（6）御史台――糾察、弾劾を任とする官署の名。長官を御史大夫と言い、次官を御史中丞と言う。

崔紹　さいしょう

崔紹《さいしょう》は、博陵王玄暐《げんい》(1)の曾孫で、祖父の武《ぶ》は、桂林(2)で役所勤めをしたことがあり、父の直《ちょく》は、元和の初年、南海(3)で役人になり、端州(4)で太守に任官した。直の執務振りは清廉を極め、少しも余財を残さず、家族に給する以外には、尽く親類や友人に振る舞い、手元に残すということはしなかった。この謹厳実直な官僚である崔直の一家に、更に試練が襲い掛かった。

太守として一年余りを過ごすうち、直は中風を患って退職を余儀なくされることになってしまったのである。それからは、旅館に臥せって、寝たまま何もできずに年を重ねた。元々貧乏で何もない上に、長年の闘病生活で、亡くなる時には、家財はすっかり尽き果てていた。こういう状態だったから、崔の一族は、本来の根拠地である北地へ帰る(5)こともできなかった。

崔紹はこういう貧窮生活の中でも必死に善良な生活を維持し、本来の体面を保っていた。

その頃丁度南越《なんえつ》(6)の役所では、一般に人材不足を補って、落魄した有識者を掬い上げ、政務を代行させる政策が執り行われていたので、崔紹は生活苦から、これを頼って生活を維持していたのである。

紹の娘婿に賈継宗《かけいそう》という者がおり、彼は紹の母方の伯父の夏侯氏《かこうし》の子で、日常付き合いが多く、紹はその家とは極めて昵懇《じっこん》にしていた。大和六年、賈継宗は瓊州《けいしゅう》(7)の招討使《しょうとうし》から康州(8)の牧《ぼく》に転じたので、紹に家を挙げて親戚づきあいを申し入れて来た。その康州に属する県に端渓《たんけい》(9)があったが、その端渓の次官の隴西《ろうさい》出身の李彧《りいく》は、先の大理評事景休《けいきゅう》の甥で、紹とは無二の親友で、平素から親しい付き合いがある上に、二人の住まいが接近しており、彧の家の飼い猫がいつも紹の家に往来して鼠を捕まえていた。

南方の風俗では、他所の猫が自分の家に来て子を生むのを大変不吉な事として、酷く嫌う習慣があるのだが、たまたま彧の家の猫が紹の家で二匹の子を生んでしまい、紹はそれを酷く嫌って、童僕に命じて三匹の猫を籠に詰めさせ、石を加えて、出られないように上から縄できつく縛り、河に投げ込ませた。

それから一月と経たない内の事だった。紹は一族の本家の滎陽《けいよう》の鄭氏の不幸に遇って、職を辞して遺族の救済に当たらなければならなくなり、生活が一層苦しくなった上に、孤児や寡婦など数人の遺族を抱えては、毎日の食費にもこと欠くようになった。そこでやむを得ず、しばし羊城《ようじょう》(10)の街に出かけて親戚や友人に物乞いして回っていたが、大和八年(11)五月八日に至って、ついに康州の官舎を引き払って、海浜の諸郡を渡り歩くようになり、同年九月一六日には雷州にやって来た。

紹の家は一字天王《いちじてんのう》(12)を祭るようになって二代になっていたのだが、雷州の旅館に泊まっていたその月の二四日、彼は急に高熱を発して、一晩の内に重態に陥り、二日目には死んでしまった。

死ぬ間際、不意に二人の人物が現れた。一人は黄色い着物を着ており、一人は黒い着物を着ていた。その一人が手に持った書状を見せながら言った、

「王の命令で貴公を逮捕する」。

紹は、とっさにそれを拒んで言った、

「平生善を行なうことに努め、悪をなした覚えはない。それが今どんな事のために逮捕されなければならないのですか」。

すると、二人の使者は大変怒って言った、

「貴公は罪のない者を三人も殺して、被害者から訴えが出ている。そのため、天王の御託宣が下り、被害者と対決させようというのだ。今更何で冤罪を唱えて王命に逆らおうとするのか」。

そう言って使者は命令書を見せた。紹はそれがはっきり見えたが、細かく読むことは許されなかった。紹はただ恐ろしいばかりで、裁きの内容は分からなかった。そのまま紹は逮捕されて行った。

しばらく待つと、一人の神のような威厳のある人が現れた。紹を逮捕した二人の使者はひれ伏して敬礼した。

神は紹に言った、

「お前は私を知っているか」。

紹は答えた、

「知りません」。

神が言った、

「私は一字天王だ。お前の家で供養してもらって長いことになる。いつも報いてやりたいと思っていたのだが、今お前に災難が降り掛かっているのを知って、救いに来たのだ」。

それを聞いて、紹はひれ伏して救いを求めた。すると、天王が言った、

「お前はただ私について来ればよい。何も心配するな」。

そう言って王は歩き出した。紹はそれに続いた。二人の使者は紹を後ろから押して行った。広い道路が際限なく続いており、そこを五〇里余り歩いた。王が紹に聞いた、

「お前は疲れていないか」。

紹が答えた、

「それほど疲れていません。まだ二、三〇里は大丈夫です」。

天王が言った、

「もう着くところだ」。

そうこうする内に、遥か彼方に城門が見えた。城壁の高さは数十仞《じん》(13)あり、楼門は非常に大きかった。二人の神がそれを守っており、その神は天王を見ると、横にどいて直立し敬礼した。更に五里進むと、また城門があり、四人の神が守っていた。その神たちが天王に行った礼も前の門の神と同じだった。また三里ほど行くとまた城門

があり、その門は閉まっていた。天王は紹に言った、

「お前はちょっとここで待っていてくれ。私が先に入る」。

そう言って、天王は空中に飛び上がり入って行った。しばらくすると、鎖を揺する音が聞こえ、城門がぽっかり開いて、一〇人の神が見え、天王もその中にいた。神の顔色はとても憂鬱そうに見えた。また一里行くと、また一つの城門が見え、街路が八つに分かれていた。街路は極めて広く、道の両側にはいろいろ名も知らない樹が植えられていた。神の姿が非常に多く、その無数の神たちが皆街路樹の下に立っていた。八つの街路の中の一本は特に幅広く、西に向かっていた。その道を行くと、また一つの城門があり、門の両側にはそれぞれ数十間の楼閣があり、皆簾を垂らしており、街路には人も物も多かった。乗り物も多く、紫や赤がひんぷんと行き交い、また馬に乗っている者も、驢馬に乗っている者もあり、人間界と全く変わらなかった。この門には神の看守はいなかった。更に一門があり、それを潜ると、中には高い楼閣が建ち並んで、その間数も数知れず、皆珠の簾や翠の幕を掛けて眩いばかり、楼上には婦人の姿ばかりがあって、男性の姿はなかった。衣服は鮮やかで、装飾も新奇に、全て贅を極め、この世にない物ばかりであった。その門には赤い旗や銀泥で塗られた旗が数多く立てられていた。また、紫の着物を着た人が数百人おり、天王は、紹を門外に立たせて、自分だけ中に入っていった。使者は紹を大王に会わせるために一つの広間に導いた。判官たちも皆広間の前に集まっていたが、緑の服を着た王判官という判官は、階段を降りて紹と向かい合い、非常に丁寧に挨拶を交した。紹が挨拶すると、彼も挨拶を返して、気候を話題にし、年齢にまで話が及ぶほどの親しさであった。そして紹を招いて階段を登って席に着かせ、茶を命じ、しばらくしてから紹に言った、

「貴公はまだ生きていないのです」。

紹は初めその言葉の意味が分からず、非常に不安な気持ちでいた。それと察して、王判官が言った、

「冥界の役人は『死』という言葉を嫌うのです。だから『死』を『生』と言い換えます」。

そして茶を催促し、茶が来ると、判官が言った、

「飲んではいけません。これは人間界の茶ではありません」。

しばらくすると、黄色い着物の人が、茶を一瓶提げて来て言った、

「これは人間界の茶ですから、貴方は飲むことができます」。

紹は三杯飲み干した。それから、判官は紹を大王に引き合わせた。大王は手に一通の文書を持って、紹を待たせ、まず自分は一字天王と向かい合って坐った。天王は、大王に言った、

「ただこの人の為に来たのです」。

大王が言った、

「被害者が上訴している。たとい自分の手を下して殺さなくても、口で処分を命じ、河に投げ込んで殺させたのだ」。

天王は紹を訴えて来た被害者達を呼ばせた。紫の着物の者が一〇人余り、命令に答えて出て行った。しばらくすると、一人の紫の長着を着、象牙の笏《しゃく》と一通の文書を持った神人が、一人の婦人と二人の子供を連れて来た。その三人は、いずれも人間の身体に猫の頭を持っていた。婦人は暗い色の裳裾《もすそ》に黄色い上着を着、一人の女の子も同じ服装で、一人の男の子も同じ服装に黒い上着を着ていた。三人の原告は大声に泣いて、泣き止まず、崔紹が理不尽に害を加えたと訴え続けていた。天王は紹に言った、

「早く貴公の口から功徳を施してやりなさい」。

紹は、恐れ慌てていたために、いつも現世で唱える経文や仏の名をすっかり忘れてしまい、ただ佛頂《ぶっちょう》尊勝《そんしょう》経《きょう》だけを覚えていたので、これで願を立て、それぞれに写経一巻ずつを施して、経を唱え終わると、婦人らの姿は見えなくなった。大王と一字天王は紹に階段を登って席に着かせ、紹は大王を拝して礼を述べた。大王が答拝したので、紹は遜《へりくだ》って言った、

「私のような凡夫が被害者に訴えられて、罪は本来許されないものなのに、あえて生還を望むのです。大王様は貴い身分のお方なのに、このように答拝して頂いたのでは、私は本当に身の置き所がなくなります」。

すると、大王が言った、

「貴公の仕事はもう終わった。すぐ存者《そんしゃ》の路に帰りなさい。存者と亡者《もうじゃ》とは路が異なる。無論礼拝を受けることはできないのだ」。

大王は紹に尋ねた、

「貴公は誰の家の子弟か」。

紹は自分の親族を詳しく答えた。すると、大王が言った、

「もしそうなら、君とは親戚になる。他ならない人間界では馬僕射《ぼくや》(14)なのだ」。

それを聞くと、紹はすぐ立ち上がって言った、

「馬僕射の甥の皤夫《はんふ》は私の妹の夫です」。

すると、大王は皤夫の所在を尋ねた。紹が答えた、

「大分長らく会っていませんが、家が杭州にあることは知っています」。

大王がまた言った、

「ここに来た事を変に思いなさるな。天の命令を頂いて調べさせたのだが、今は人道に返すことにしよう」。

そこで今度は王判官を見て言った、

「崔殿はどこにお泊まり頂くのか」。

判官が答えた、

「某の宿舎にお泊り頂きます」。

それを聞いて天王が言った、

「それは結構」。

紹がまた大王に言上した、

「大王様は生きておられれば、お名前もお徳も極めて重く、官位も極めて高くていらっしゃるのですから、人間界にお戻りになって高貴な身分でおられるべきです。どうして冥界の役に就いていていてよいものですか」。

すると、大王が笑いながら言った、

「この官職はなかなか得やすいものではない。先には杜司徒《しと》[15]がこの職に就いておられたが、常に厚く司徒の恩愛を被っている内に、司徒が私を推挙され、ご自身が退いて代られたのだよ。だからこの職に就くのはそう容易な事ではない」。

紹はまた質問した、

「司徒はどなたに代わって任官されたのですか」。

大王が言った、

「李若《りじゃくしょ》初に代わったのだ。若初は性格が厳しく、仁に欠ける所があったため、天帝が長くここにいさせず、杜公が代わることになったのだ」。

紹はまた言った、

「思い掛けなく、折角ここに来ることができたのですから、更に大王にお伺いしたいと思います。私は冥界には生きた人間の戸籍が保存されていると聞いております。私自身は才能もない上に病気持ちですから、もう人間界で官職に就こうなどという欲はありません。ただ一度親戚や友人の様子が知られればありがたいと思うのですが、駄目でしょうか」。

大王が言った、

「他の人間なら見せない所だが、貴公の場合は、親しい間柄のことだから、特別に見せてあげることにしよう」。

大王は王判官に向かって言った、

「一度だけ見せてやることにする。しっかりと約束を守らせてもらいたい。決して他言させないように。もし他に漏らせば、一生涯唖《おし》でいなければならない」。

紹がまた言った、

「私の父もここにいるのでしょうか。彼にも命を与えてもらえますか」。

大王が言った、

「ここで職に就いているよ」。

紹は泣きながら言った、

「一度だけ会わせてもらえませんか」。

王が言った、

「死んでから長年になるから、会えないな」。

紹は立ち上がって大王にいとまを告げた。一字天王は、紹を王判官の館まで送って行った。全ての設備は充分に整っていて、人間界と変わらなかった。

王判官は紹を一つの廊下に案内した。その廊下はまた別な楼閣に通じていた。判官が紹を案内して戸口を入ると、壁面全体に金の看板や銀の看板が掛かっており、人間界の高貴な人々の姓名が並んでいた。将軍と宰相の位は金の看板に、将相以下の高官は銀の看板に名前が並べられており、また別に長い鉄の看板があって、州県の役所の官僚の名前が並べられていた。この三種類の看板に記されているのは、全て在世の人たちばかりであった。そして、死者が出れば、その度毎に名前が看板から外されるのである。

王判官が紹に言った、

「これを見るのは構いませんが、板上の人の官職は、絶対に世間に話してはいけません。すでに位に就いている者については、まだ言う事もできますが、まだ位に就いていない者については漏らすことができないのです。大王の先ほどの戒めを犯すことになります。在世している人たちが良い心で行っていれば、必ず良い報いが得られますが、冥界の役所が悪い心の人を誅罰する時は特に甚だしいものがあります」。

紹は王判官の館に三日滞在したが、朝晩の決まりは厳しく、時刻を告げる太鼓は数百回叩かれていたが、角笛の音は聞こえなかった。紹は判官に聞いた、

「冥界の全ての事は人間界の様子によく似ているのですが、ただ太鼓の音ばかりで、角笛の音がないのはどういうわけですか」。

王判官が言った、

「そもそも角笛の音は龍の鳴き声を真似たものです。龍は金精のもので、金精は陽の精です。冥界は至陰《しいん》の所ですから、至陽《しよう》の音を聞きたがらないのです」。

紹がまた判官に尋ねた、

「冥界には地獄があると聞いていますが、どこにあるのですか」。

王判官が言った、

「地獄は種別が多く、ここから遠くない所にあります。罪人は犯した罪の重さによってそれぞれに見合った地獄に入れられるのです」。

紹がまた尋ねた、

「ここの城の規模や人口は何でこんなに盛大なのでしょう」。

王判官が言った、

「ここは王城ですよ。盛大なのは当たり前でしょう」。

紹がまた聞いた、

「見たところ王城の住人の定住状態は海のように際限なく広がっているように見えますが、これだけの人がいて、罪を犯してしまい地獄に入るような人は出ませんか」。

王判官が言った、

「王城に住んでいる者は、みな罪があっても極軽いもので、地獄に行ってはいけないのです。生き返りの審査を待って、それぞれ分に応じて生命を授けられるのです」。

また、紹はここで、康州の流人(16)で、宋州出身の田洪《でんこう》評事に遇った。康州に流れて来て二年、洪は紹のすぐ隣に住んで、しかも彼等は何代か代を重ねて付き合いのあった古い馴染みだったので、すこぶる仲が良かった。紹が康州の官舎を引き払った日、評事はまだとても健康だった。ところが、紹が康州を離れた半月後、洪は伝染病に罹って死んでしまったのだった。これは全て紹が食を求めて各地を彷徨っていた間の事で、全くこの事を知らず、冥界に逮捕されて来て、先に来ていた田洪に遇ったのだった。田と崔は顔を見交わし、互いに泣いた。田が紹に言った、

「私は君と別れた後、一〇日も経たずに死んでしまったのだ。君はまた何で不意にここに現れたのだ」。

紹が言った、

「大王に逮捕されて少しばかり取調べを受けたのだが、事は間もなく済んで、すぐに放免されることになった」。

洪が言った、

「少しばかり頼みたい事がある。私は元々子がなくて、孫の鄭氏の子を養子にしてすでになついていたのだが、年六〇にして、初めて自分の子ができたのだ。今冥府で人の世継ぎを取って、異姓の家を継がせ、もう自分の子ができたのに、他所の子を本家に返そうとしないと言って、この事のために酷く責められている。君が人間界に

帰ったら、どうか私のために何とか工夫して息子に手紙を送り、早く鄭氏の子を本家に返させてもらいたい。また、私のために、康州の賈様に伝言を頼みたい。『私は老弱の身で遠い地に追われることになりましたが、ご主君は情が厚く、何かにつけて頼らせて頂いておりました。私が身まかると、ご主君は、また子供を北に帰らせて、私の遺骸を本土に埋葬させて下さり、私の家族に僻地に残される悲哀を免れさせて下さりました。仁人の心得とは、もとよりこうあるべきだとは言え、私の如き卑賤の身が、どうしてそのご配慮に値しましょうか。この黄泉にご恩を頂くのみで、お情けに報いる力のないのが恨めしい限りです』と」。

言い終わり、二人で慟哭して別れた。

王判官の館に三日滞在したが、王判官が言った、

「お帰りになられるのが宜しいです。長くここにおられるのはよくありません」。

一字天王が紹と共に帰ってくれることになり、大王は見送ってくれた。天王は荷物が多く、先導の騎馬や従者が街路に溢れ、天王は小さな車に乗って進んだ。大王は紹に馬を手配してくれ、全部の城門を潜り終えると、大王は馬を下り、紹はそこで大王に拝礼して別れることになった。天王は車に乗ったまま降りず、紹と共に大王に別れの挨拶をした。紹は跪いて大王を拝した。大王も答拝して戻って行った。

紹と天王はそのまま冥府に別れを告げて人間界に向かった。道の途中で、四人の人を見た。皆人の身体に魚の頭を持ち、濃い緑色の上着を着て、笏を持っていた。彼等の上着は少しばかり血で汚れていた。深い穴の縁に立って、泣きながら紹を拝して言った、

「命が危ないのです。この穴に落ちる所です。貴方でなければ救って頂けません」。

紹が言った、

「私に何の力があって貴方がたを救えるのですか」。

四人が言った、

「貴方はただ認めて下さればそれでよいのです」。

紹が言った、

「分かりました」。

四人は礼を言い、またこう言った、

「命はもう貴方に救って頂きました。更に真にあつかましいお願いが一つあるのですが、お許し頂けますか」。

紹が言った、

「私にできることなら、して差し上げましょう」。

彼等は言った、

「四人とも貴方に金光明《こんこうみょう》経《きょう》を一度唱えて頂きたいのです。そうして頂ければ、罪業《ざいごう》のある身を脱することができるのです」。

紹はまたそれを許し、唱え終わると、四人の姿は見えなくなった。

やがて雷州の旅館に戻ると、自分の身体がベッドに横たわって、布団が手足に掛けられていた。天王が言った、

「これが貴公の身体だ。ただゆっくりと入れば良い。恐れることはない」。

天王の言葉通り、身体に入ると、生き返った。蘇生して家人に聞くと、死んでもう七日になるという。ただ心

臓と口、鼻の辺りはほんのり温かかったと言う。蘇生してから一日余りの間は、まだうっすらと天王が前にいるのが見えた。また、階段の前に一つの木の盆があって、盆の中に四匹の鯉が飼われていた。紹がこれは何の魚ですかと聞くと、家人が答えた、

「本来ご馳走しようと思って買って来たのですが、貴方が急にお亡くなりになってしまったので、調理が間に合わなかったのです」。

紹が言った、

「これは穴の前にいた四人に違いない」。

そこで、それを池に放ってやるように言いつけ、祈りを捧げて金光明経一部を写経した。

注

（1）崔玄暐――諡は文献。時代は則天武后の治世の末、周政権が崩壊して、玄宗の改革が起こらんとする動乱期に政界にあり、数奇な運命を辿った人物。武后の末、長安初年（七〇一年）天官侍郎から鳳閣侍郎同平章事（宰相）となり、後中書令（中書省の長官）を経て博陵郡王に拝せられたが、後政界を追われ、古州（ベトナム北部の諒山）に流され没した。

（2）桂林――秦が桂林郡を置いて以来、時代によってしばしば移動があったが、今日の広西省桂林市付近に昔からあった地名。

（3）南海――南海郡。広州の州治があった。州治には変わりはなかったが、唐代の南海郡の郡名は、置廃を繰り返していたらしい。旧治は今日の広東省広州市。

（4）端州――旧治は今日の広東省高要県。

（5）北へ帰る――博陵王玄暐以来、崔紹の一族は北方博陵の辺りを本地と考えていた。
（6）南越――広東、広西の両広地方。
（7）瓊州――州治は、今日の広東省瓊山県付近にあった。
（8）康州――州治は、今日の広東省徳慶県治。
（9）端渓――県名としては上記注（8）の康州の付属県。正確な硯の原石の産地は、高要県の東南にある爛河山の西の麓。
（10）羊城――別名五羊城。広州城の別称。戦国時代、楚の威王の宰相となった高固の故事に基づく。高固が楚の相になった時、五匹の羊が穀物の袋を銜えて広州城の禁庭に来たという。
（11）太和八年――八三四年。
（12）一字天王――俗信の生み出した神格と思われるが、詳細は不明。
（13）仞――古代中国の長さの単位。諸説あるが、一仞を七尺とする説が有力らしい。
（14）僕射――唐代では宰相の呼称として、宰領する官名の後に付けて用いられた。尚書僕射の類である。
（15）司徒――周代には大を付けて、大司徒と呼ばれ、大司空、大司馬と共に三公と呼ばれ、政治の中枢に置かれた。後には、大を略して司徒、司空、司馬と呼ばれるようになる。教育の事を司る官。
（16）流人――流罪人。高い官職に就いていた者が、とがめを受けて、地方官に左遷されて行くことはよくあった。流人とは、その左遷されて僻地に行く者を言う。

盧頊表姨　ろきょくひょうい

洺州《べいしゅう》刺史(1)の盧頊の叔母は、一匹の狆《ちん》を飼っており、花子と名付けていつも可愛がっていた。ある日、花子を見失い、誰かに殺されてしまったようだった。それから数ヶ月後、盧頊の叔母は突然亡くなった。

夫人は冥府で李という判官に会った。彼が言った、

「貴女は天命が尽きようとしていたのですが、ある人が一生懸命嘆願するので、もう一二年生きられることになりました」。

礼を述べて退出し、大通りを歩いて行くと、大きな家があり、綺麗な婦人が下女一〇人ほどを従えて、遊びに出ようとしているところだった。彼女は通りかかった夫人に気がついて、呼んで来るように下女に言った。そして、呼ばれるままに入って来た夫人に言った、

「奥様は私がお分かりになりますか」。

夫人は言った、

「分かりません」。

彼女が言った、

「私は花子ですよ。いつも卑しい畜獣の私に眼を掛けて、可愛がって下さいました。私は今李判官の愛人になっているのですが、昨日奥様をお呼びしたのは私なのです。冥府は私の嘆願に冷たくて、たった一紀(2)しか加えてくれないので、私がこっそり十二を二十に書き換えて、養って頂いたご恩に報いたのです。少しすると李が参ります。

どうか本名を仰《おっしゃ》って下さい。夫人の敬称では間に合いません」。

そう彼女は懇願した。

しばらくすると李が戻って来て、別室で歓談することになった。

彼女は初めに乙の字の形を書き加えて、年を書き直した事を李に言った。李がそれを責めようとすると、彼女が言った、

「私は平生たくさんのご恩を頂いていましたので、こうしてお返ししたのです。万に一つもない事だとしても、お考え頂けば、必ず分かって頂けると思いまして」。

李はそれを聞くと、嬉しそうな顔つきで言った、

「こういう事はそう簡単な事ではないのだが、お前の真心には負けたよ」。

そう言って、李はその処置を認めたのだった。

別れに臨んで、彼女は夫人に言った、

「お帰りになったら、どうか私の死骸を埋葬して下さい。死骸は履信坊《りしんぼう》(3)の北側の塀の下で、糞に塗れています」。

夫人は蘇ってから調べてみると、果たして彼女の言葉通りにあったので、自分の子供を埋葬するように手厚く葬ってやり、夢の中の彼女の恩返しに感謝した。その後、二〇年経って夫人は身《み》罷《まか》ったのであった。

注

（1）洛州――北周が作った州。旧治は今の河北省永年県治。
（2）一紀――一二年。

(3)履信坊――洛州の街区の名称。

盧渙　ろかん

黄門侍郎盧渙は、洛州《べいしゅう》(1)の刺史となった。洛州に属する翁山県《おうざんけん》(2)には、渓谷が奥深く、人気のない所があり、かつて盗人が墓を盗掘したことがあった。後に自首して来た盗人が、次のような話を盧渙に物語った。

初め行った時に、車の轍の中に花模様の煉瓦を見たのです。そこで、それを掘り起こして、それが古墳である事を知りました。早速一〇人を集めて、県に願書を差し出し、しばらく道端にいさせてくれるよう、許可を求めたのです。県が許可してくれたので、私たちは麻を播いて(3)、他の者に見られないようにし、力一杯掘りました。墓の隧道(4)に入ってだんだん墓室に近付いて行くと、三つの石の門があって、皆鉄で閉じられていました。

そこで、その盗人は、まず呪文を唱え、斎戒《さいかい》(5)してから近づいて行ったと言う。行って見ると、二つの門が開いており、どちらの門の中にも、銅の人や馬が数百体収められて、それぞれ干戈《かんか》(6)を持っていたが、その造りは極めて精巧なものだった。

盗人は、今度は三日間斎戒して行って見ると、中門が半ば開いていて、黄色い着物の人が出て来て言った、

「私は漢の征南将軍劉(忘名)だ。必要な事を言うために使わされた。私は、生前には賊を征伐して大きな手柄を立て、死んでからは、勅令によって棺をお守りし、また銅の人や馬を鋳て、在りし日の衛兵の様子を象ってい

るのだ。様子からすると、きっと財貨を得る事が狙いなのだろうが、この部屋は見ての通り、他に何もないし、それに官署の葬儀というものは、宝物、財貨の類は埋めないものだ。何でわざわざ神に祈ってまで、墓を犯す必要があるのだ。もしまだ辞めないのなら、きっと両損は免れないぞ」[7]。

こう言い終わるとまた中に入り、門は元通り閉ざされた。それからまた数日、斎戒し、呪文を唱えて墓に行くと、門が開いて、一人の腰元が出て来て将軍の言葉を伝えたが、盗人が耳を貸さずにいると、二つの扉が急に開いて、大水があふれ出て来て、盗賊は皆溺れ死んでしまった。ただ一人だけ泳いで助かった盗賊が自首して来て、事の顚末を詳しく語ったのである。

盧涣がもう一度墓の中を調べさせると、中門の内側に一つの石のベッドがあって、髑髏が横たわっていたが、水が溢れて、もう半分ベッドから垂れ下がっていた。そこで、二つの門を封じて、隧道を塞いだのだった。

注

（1）洺州——盧頊表姨の注（1）参照。

（2）翁山県——所在不明。今日知られているのは浙江省、広東省など中国南部の同名地であって、河北省のような北方のものはない。

（3）麻を播いて——麻は背が高く成長するから、麻をたくさん生やして墓の入口を隠そうとしたのである。

（4）隧道——平地から墓室まで、棺を運び入れるために斜めに掘った坂道。

（5）斎戒——神に近づくために、穢れを払って身を清めるための行い。

（6）干戈——銅製の兵士の像が手に持っていたたてやほこ。干戈と二字熟語として用いられる場合は、戦争の意味になる。

（7）両損は免れない――両方の損。つまり、墓が破壊される事と盗賊自身が命を失う事。

侯遹《こういつ》

隋の開皇《かいこう》年間の初め頃、(1)広都《こうと》(2)県の孝廉(3)侯遹は、都入りするために剣門《けんもん》(4)の入口まで来ると、ふと四つの大きな石が目に付いた。いずれも大きさは一斗枡《いっとます》(5)ほどだった。遹はそれが気に入って、書物の籠に入れて驢馬に背負わせて行った。途中で一休みして、鞍を外してみると、石は皆金に変わっていた。遹は都城に着いてそれを売り、銭百万を手に入れた。彼はその金で美女十数人を買い、大きな家を建て、近郊に良い畑や別荘を作った。

ある時、春の良い景色を堪能しに遊びに出かけることにし、美女達を皆車に載せて連れて行き、場所を選んで車から降り、酒肴を設えて酒宴の準備をすると、思いがけず、一人の老人が大きな笈《おい》(6)を背負って来て、宴席の端に坐った。遹は怒って彼を罵り、召使に命じて力ずくでどかそうとした。それでも老人は動こうとせず、また怒りもしないで、あぶり肉を口いっぱいに頬張りながら笑って言った、

「私は君の借財を返してもらいに来たのだ。君は以前に私の金を持ち去ったのを憶えていないか」。

そう言うと、遹の連れて来た美女一〇人余りを捕まえて、みな笈の中に投げ込んでしまった。それでもまだ笈の中にはゆとりがあった。

美女達を一人残らず捕らえてしまうと、老人は笈を背負って駆け出した。その早さは鳥のようで、遹は召使に

追いかけさせたが、たちまち見失って、所在が分からなくなってしまった。

その後、遹の暮らしは日毎に貧しくなり、また昔の生活に戻ってしまった。十余年後、蜀に帰るために剣門山まで来ると、そこでまた、先の老人を見た。例の美女達を連れて遊びに出かける所で、客や従者の数は非常に多かった。彼等は遹を見て大笑いした。遹が声を掛けたが、何も言わないので、近付こうとすると、また見失ってしまった。剣門の前後を調べたが、全くこの人物の消息はなく、ついに探しようがなくなってしまった。

注

(1)開皇年間の初め頃——原文は「隋開皇初」。開皇元年は五八一年で、この頃は隋はまだ統一を成し遂げていず、戦争の最中だった。しかし、主人公は孝廉で推挙され、都に試験を受けに行くところなのだから、科挙が制定された(五八七年)後、全国統一(五八九年)前後の頃の話のはずである。

(2)広都——県名。旧治は今日の四川省双流県の東南。

(3)孝廉——科挙の科目名。主人公は広都県で、孝廉の科で推挙され、都の試験を受けに行くところだったと思われる。

(4)剣門——剣門山。四川省の綿陽地方から陝西省の漢中地方に入るために通らなければならない難所。都へ行くためには避けられない所であった。

(5)一斗枡——原文は「大如斗」で、一斗は一〇升だから、一斗枡ほどの石四個を書物用の籠に入れて運ぶのは無理な感じがするが、「斗」を「柄杓」の意味に取るのもおかしいので、一応一斗枡と訳しておく。

(6)笈——旅行などに用いた物を入れて背負うのに使う箱。日本では修験者などが今でも用いている。

蕭志忠《しょうしちゅう》

唐の中書令(1)蕭志忠《しょうしちゅう》(2)は、景雲元年(3)、晋州(4)の刺史になり、臘日《ろうじつ》(5)に狩りを行おうとして大きく網を仕掛けて準備した。

その前日の事である。ある薪取りが霍山《かくざん》に入って薪を取っていたが、急に脚気《かっけ》が痛み出して帰れなくなり、山の岩窟の中に泊まっていた。あまりの痛さにうめきながら、灸をすえようと準備していると、にわかに人の声が聞こえて来た。初めは盗賊でも来たかと思い、木立の陰に腹ばいになって様子を見ていた。折から月の非常に明るい晩で、月明かりに背丈一丈余りの人影が見えた。鼻には三つの角があり、身体には豹の皮をまとっていた。眼は閃々と輝き、谷に向かって長い叫び声を挙げた。すると、その声に応じて、虎や兕《し》(6)や鹿や猪、狐、兎、雉、鴈などが、一〇〇歩余りの所に駆け集まってその人を取り囲んだ。その人は、動物達に向かって言った、

「私は北帝(7)から使わされた冥府の使者である。明日は臘日で、蕭様がいずれ狩りにお出でになる。お前たちは、ある者は射殺され、ある者は槍で突かれ、ある者は網に掛けられ、ある者は棒で打ち殺され、またある者は、犬に嚙み殺され、ある者は、鷹に襲われるだろう」。

これを聞いて、動物達は皆地に伏して恐れ戦き、命乞いをしている様子だった。年老いた虎と大鹿が使者の前に跪いて言った、

「わし等の命は、そうなっても分相応だと思いますが、しかし、蕭様は情け深いお方だから、ご自分から望んで動物を殺すおつもりではなく、ただ年中行事としてなさるおつもりでしょう。だから、もし少々都合が悪くなれ

ば取り止められますよ。お使者には何か私たちを救って下さる良いお知恵はありませんか」。

使者が言った、

「私とてお前たちを死なせたくはない。今は帝の命令で、お前たちに定めを伝えただけだ。これで私の使命は果した。後はお前たちが自分で考えれば良い。しかし、私は東谷の厳四兄が知恵者だと聞いている。お前たちは彼に頼んで助けてもらったらどうだ」。

動物達は皆喜んで転げ回り鳴き叫んだ。使者はすぐに東に向かって歩き始め、動物達は皆それについて行った。その時、薪取りの脚は少し良くなっていたので、付いて行って見ることにした。

東谷に行くと、数間ほどの草葺の家があり、黄色い冠を被った人が、虎の皮を掛けて、寝ていたが、使者が近付くと、気が付いて起き上がり、使者を見て言った、

「久しぶりだな。いつも君の事を思っていたよ。今日来たのは、動物達の臘日の運命を心配したのだろう」。

使者が言った、

「正にお見通しの通りだ。みんな兄に救いを求めて来たのだ。四兄何とか知恵を貸してやってくれないか」。

虎と大鹿も跪いて哀願した。すると、黄色い冠が言った、

「蕭様は人を使う時、決まってその人たちの飢え凍えを気遣う。もし滕六《とうろく》(8)に祈って雪を降らせ、巽二《そんに》(9)が風を起こせば、狩りは中止になる。私は昨日滕六の手紙をもらい、彼が連れ合いを亡くしたことを知っている。また、泉家の五番目の娘をもらって歌姫にしたところが、嫉妬深いので返したという事も聞いている。もしお前たちが美人を探し当てて彼に贈れば、雪はすぐ降るに違いない。また、巽二は酒好きだから、良い酒を手に入れて彼に

贈れば、風はすぐに吹いて来る」。

二匹の狐が、人に媚びる事は得意だから、それはできると言い、河東県[10]の次官の崔知の三番目の妹が美しくて色気があると言い、また、絳州《こうしゅう》[11]の盧司戸《しこ》[12]は酒を醸すのがうまく、妻がお産をしたからきっと良い酒があるに違いないと言いおいて、出て行った。獣たちは皆歓声を挙げた。

黄色い冠が使者に言った、

「あゝ、仙人の体質を持ち仙都に住む身が、千年獣の身でいようとは思わなかった。鬱々として志を得ず、その気持ちを詩に表してみた」。

そう言って、彼は自作の詩を朗詠した、

「昔は仙人だったが、今は虎になっている。人間界に落ちぶれて、たっぷり風雨を味わった。更にまだらの毛皮を着て我が身を覆うのか。千年を過ごした何もない山の暮らしはなんとも苦しいものだった。しかし、仙質を持ちながらの左遷生活はもう時が満ちた。後一一日で仙都に帰る。久しくここにいて、いざ別れるとなると、怨み心がどうしても残る。そこで、この思いを数行の詩にして壁に残すことにした。後の世の人に、かつて私がここにいたことを知らせるためだ」。

そう言って彼は家の北側の壁にこう記した、

「八千丈の下界に一億年の時を過ごす。仙薬を焼き宙空に飛ぶこの質が、中天より謫せられて斑皮を被る。六〇年間流血に食し、汚濁の内に猿猴と飲み、景雲元年紫府に昇る」。

時に薪取りは平素から読書の嗜みがあったので、密かにこれを記憶しておいた。

しばらくすると、狐が美女を背負って来た。ようやく笄年《けいねん》(13)に達した年頃で、紅の袖でしきりに眼を拭っていたが、半ば化粧の落ちた顔に妖艶な美しさがあった。また、もう一匹の狐が美酒を二瓶背負って来た。強烈な香気が漂っていた。厳四兄は、すぐに美女と二瓶の美酒をそれぞれ別な袋に入れ、朱の符を二枚作ってそれぞれの袋に貼り、水を吹き付けると、二つの袋はそれぞれ別な方角に飛んで行った。薪取りは見つかるのを恐れて、すぐに路を探して戻って来た。

夜明け方、にわかに風雪が降り出して一日中降り続いて止んだ。蕭刺史は狩りを中止した。

注

(1) 中書令——中書省の長官。
(2) 蕭志忠——正史に伝がない。生没年不明。
(3) 景雲元年——七一〇年七月~同年一二月三一日。
(4) 晋州——旧治は、今の山西省臨汾県。
(5) 臘日——陰暦一二月八日の祭り。
(6) 兕——一角獣。シ。水牛に似た一角獣。
(7) 北帝——北極星を神格化して言ったもの。
(8) 滕六——雪の神の俗称。
(9) 巽二——風の神の俗称。
(10) 河東県——旧治は、今の四川省雅安県。
(11) 絳州——旧治は、今の山西省新絳県。

（12）司戸――戸口、籍帳等民戸関係の諸事を司る官職。郡に属する者を戸曹参軍、州に属する者を司戸参軍、県に属する者を司戸と呼んだ。

（13）笄年――女子一五歳。初めて笄を刺す年。

淳于矜　じゅんうきん

東晋の太元年間（1）の事である。瓦棺寺《がかんじ》（2）の仏図《ぶっと》前《ぜん》（3）の淳于矜《じゅんうきん》は色白の美少年だった。ある日客を送って石頭城《せきとうじょう》（4）の南まで行くと、一人の娘に遇った。とても美しい容姿をしていた。矜は一目で惚れ込んで、声を掛けて話すうち、すっかり意気が溶け合い、城の北側の一角に連れ込んで、心行くまで逢瀬《おうせ》を楽しんだ。別れ際、また次の出会いを約束し、また会った。互いに夫婦になりたいと思った。娘が言った、

「貴方のような婿さんが得られたら、死んでも悔いはありません。けれども、私は兄弟も多く、両親も健在ですから、まず両親に相談しなければなりません」。

矜は娘を家に帰らせ、両親に相談させた。両親もそれを許してくれたので、娘は下女に命じて、銀一〇〇斤と絹一〇〇疋を取り揃えさせ、矜の婚礼費用の足しにした。しばらく経って、この夫婦は二人の男の子を生んだ。夫婦は子供たちを秘書監《ひしょかん》（5）にしたいと思って努力した。すると翌年、願いどおり、騎馬の兵士が迎えに来て、車に載せ、太鼓を叩き笛を吹きながら連れて行った。

それから数日経って、猟師が矜を訪ねて来た。犬を数十匹連れていて、その犬たちが飛び込んで行って、たち

まち矜の妻と子供を嚙み殺した。すると、三人の死骸は狸になった。妻が持って来た銀や絹は、草や死人の骨だったのである。

注

（1）東晋の太元年間――孝武帝の年号（三七六年〜三九六年）。
（2）瓦棺寺――東晋哀帝の創建。金陵（南京）の鳳凰台に建てた。
（3）仏図前――若い僧の役名。
（4）石頭城――後漢末建安一七年に呉の孫権が、石頭山上に築いた城。石頭山は、江蘇省江寧県の西にある山名。
（5）秘書監――官名。図書を管理する官。

来君綽　らいくんしゃく

隋の煬帝《ようだい》が遼《りょう》に遠征した時、彼の一二軍が全滅した。総管の来護《らいご》は法によって殺されたが、煬帝はその子供たちを皆殺そうとした。君綽[1]は心配になり、連日秀才[2]の羅巡《らじゅん》、羅逖《らてき》、李万進《りまんしん》らと逃げる相談をして、一緒に亡命して海州[3]まで逃げた。

宵闇の中で道に迷ったが、道端に灯火を見つけ、一緒にそこに足を止めた。数回門を叩いていると、一人の召使が出て来て挨拶した。君綽が聞いた、

「ここはどなたのお宅ですか」。

召使が答えた、

「科斗様のお屋敷で、姓は威《い》とおっしゃって、この府の秀才です」。

門を開いてはいると、門は後ろでひとりでに閉まった。召使は、中門を叩いて言った、

「蝸児《かじ》、今四五人のお客が見えた」。

蝸児もまた一人の召使で、門を開き、灯りを持って客を案内した。

「お泊まりになるお客様方、ベッドも布団も十分ありますよ」。

突然一人の少年が、灯りを持って出て来て言った、

「六郎様がいらっしゃいました」。

君綽らは階段を降りて主人に会った。主人は物言いは明るいが、語る話はどこへ飛ぶか分からないという感じの人だった。彼は自分で名乗った、

「威汚蠖《いおわく》です」。

気候の挨拶を済ませ、客を導いて、主階から昇って座に着くと主人が言った、

「私はこの州の郷賦《ごうふ》(4)に与かっています。ですから、貴方がたとは同輩と申せましょう。大空の下での素晴らしい出会い、これこそ心から願う所です」。

すぐに酒の支度を命じて座を和らげ、酒が回るに従って、冗談交じりの談話に油が乗ってきた。それは周囲の者が応対できない調子で、君綽はすこぶる不満であった。理屈で挫いてやろうとしたが、うまく行かないので、杯を挙げて言った、

「私に洒落言葉を一つ始めさせて下さい[5]。一座の中で姓名が双声である人[6]について言います。失敗したらお決まり通りに致しましょう。始めます、『威汚蠖、本当は自分の姓を謗《そし》っているのです』。

一同、拍手して大笑いし、うまく言い得たと称えた。汚蠖に順番が回ってくると、彼は洒落の趣向を変えて言った、

「座中の人の姓を歌にしましょう。二字から三字に繋ぎます。『羅李、羅来李』」。

一同は皆その器用な言い回しに己の才を恥じた。羅巡が主人に聞いた、

「君のような風雅な才を持つ人が、その気になれば雲や龍のような高みに身を置くこともできように、どうして折角の名を自ら貶めているのかね」。

すると、汚蠖が言った、

「私は長い間出世される方の供応のお仲間に加えてもらってはおりますが、いつも主催者に貶められ、後回しにされて来たのですよ。こうなってはどうして汚い池にいる尺取虫（蚯蚓のこと）と違いがありましょうか」。

巡がまた聞いた、

「貴方のご一族は、どうして氏族名が登録されないのですか」。

汚蠖が言った、

「我が一族はもとは田氏で、斉の威王の流れを汲むものです。丁度桓や丁のようなものですよ。学んだことはありませんでしたか」。

そうこうする内に、蝸児がご馳走をたくさん運んで来た。山海の珍味が充実していた。君綽も巡も夜を徹して腹一杯食べ、ベッドを並べて寝た。

朝遅く、汚蠖に別れを告げ、君綽らは後ろ髪を惹かれる思いで数里歩いたが、どうしても汚蠖のことが忘れられず、また戻って来て昨日の酒宴の場所を見たが、全く人の気配はなく、ただ汚い池の辺に長さが数尺あるような大蚯蚓が一匹いるだけだった。また、かわになやおたまじゃくしがいたが、皆大きさは通常の数倍あった。それでやっと汚蠖と二人の召使は、これらの物だったということが分かった。一同は皆夕べ食べた物を思い出して、気持ちが悪くなり、黒い泥や汚水を数升吐き出した。

注

（1）君綽――殺された来護の息子。

（2）秀才――始めに主人の身分を言った召使の言葉に、「この府の秀才です」とあるように、科挙に応ずるために地元で推挙される資格のある者を言う言葉である。科挙の科目名としての秀才ではない。隋代の秀才は、科挙の科目名となる唐代の秀才と違って、非常に数が少なく。獲得が難しかった。

（3）海州――旧治は、今日の江蘇省東海県の南。

（4）郷賦――地元の秀才の中から選ばれる、科挙の試験を受けさせるための人材候補。

（5）酒落言葉を始めさせて下さい――原文は「請起一令」。人の集まった場所で行われる遊戯で、短い文句を順番に従って言って行くゲーム。その短い言葉を「令」と言い、早口言葉や、酒落言葉など、いろいろな種類の遊び方があった。ここは、次注に見るように、「双声」という言葉の発音を「令」の条件にした遊びである。

（6）姓名が双声である――双声というのは、言葉の始めの子音が同じである事。姓名が双声であるというのは、姓の始めの子音と、名の始めの子音が同じであるという事。この場合は、「威（wei）」の始めのwと、「汚（wu）

蠖」の始めのwが共通していることを言う。遊戯の中で、威汚蠖が趣向を変えているが、ゲームの基本条件である双声の条件は変えていない。「羅来李（luo lai li）」とlの音が通っている。

滕庭俊《とうていしゅん》

文明元年[1]の事である。毗陵《ひりょう》[2]の滕庭俊はもう長いこと熱病を患っており、発作が起こるたびに全身が火で焼かれるように熱くなり、数日経ってやっと治まるというようなことを繰り返していた。名医も治せない病気であった。後に選ばれて洛陽に行くことになり、滎水[3]の西十四五里まで来た所で日が暮れかかり、まだ旅館のある所までは距離があるので、通りかかった道端の家に泊めてもらうことにした。主人は用事でしばらく出かけると言い、出かけて行ってまだ戻らない間、庭俊は手持ち無沙汰なままに、嘆息してつぶやいた、

「旅に出れば苦労多し、日暮れて主人帰らず」。

するとにわかに髪の毛も禿げて疎らになり着物もよれよれの老人が建物の西側から出て来て、庭俊に挨拶した、

「この年寄りが、分かりもしないくせに文章が好きな性質でして、たまたま旦那様がいらっしゃるのを知らず、いつものように和且耶《わしょや》と連句を作ろうと思っていましたところ、旦那様が『旅に出れば苦労多し、日暮れて主人帰らず』と吟じられたのを伺いました。曹丕《そうひ》[4]の食客だった子常《しじょう》もこれには敵いますまい。私と和且耶はどちらも渾家《こんけ》[5]の食客ですが、貧乏だと言っても酒はあります。旦那様をお迎えして、素晴らしいお話を伺いましょう」。

庭俊はこれをとても珍しい事だと思って聞いた、

「ご老人はどちらにお住まいですか」。

すると、老人は怒って言った、

「私は渾家の掃除を手伝ってやってる身だ。姓は麻《ま》、名は来和《らいわ》。排行は一。(6)君は麻大《まだい》と呼べば良い」。

庭俊は、気の利かないのを詫び、彼について一緒に行った。家の西の角を曲ると二つの入口があった。門が開いており、綺麗な高い建物が素晴らしかった。中に入ると、酒や料理が並べてあった。麻大は庭俊に挨拶して共に席に着いた。しばらくすると、中門からまた一人の客が入って来た。それを見て麻大が言った、

「和が来ました」。

和且耶は、階段を降りて挨拶し、すぐ席に着いた。且耶が麻大に言った、

「今丁度君と連句がしたくなって来たのだが、君の詩題はできたかね」。

麻大は、題目を書いて見せて言った、

「同じく渾家の平原門館での連句一首、私はもう四句作った」。

麻大の詩にはこうあった、

「自然に渾家の隣にいると、良い香りが全身に付く。ただひたすら清浄を好み、人はこれで灰や塵を掃き棄てる」。

私も四句作ったが、且耶が言った、

「私のは七言だ。韻もまた違う。どうしよう」。

麻大が言った、

「単独で一章にすれば良い。それでも良いだろう」。

且耶はしばらくして自分の詩を吟じた、

「冬の朝は常に火を頼りにして過ごし、春になると我家に帰って子孫を作る。ある時は護符に向かって筆の端に坐ったが、やはり渾家の門にいて食を求めよう」。

庭俊はこれでもまだ自分のいる渾家の様子に気が付かなかった。ここの門館の素晴らしい建物を見ては、ここでしばらく寛ぐことにしようと考えて、詩を作った、

「田文《でんぶん》(7)は客を好むと言われ、幾多の食客を養った。もし馮煖《ふうけん》(8)の存在がなければ、今は厠下《そっか》の客にでもしてもらいたい」。

且耶と麻大は顔を見合わせて笑って言った、

「どうして卑下なさる必要がありますか。もう貴方は渾家の客になっていらっしゃるのだから、今日は腹一杯食べましょう」。

そこでご馳走を数十回追加して腹一杯食べた。

やがて主人が帰って来て、庭俊を探したが見えないので、召使に呼ばせた。庭俊がその呼び声に答えて、

「はい!」

と返事をすると、建物も、麻大と和且耶の二人も一遍に見えなくなり、庭俊は厠の下に坐っていて、傍に大きな青蝿と使い古した箒があるだけだった。庭俊は熱病を患っていたのだが、この後急に治ってしまい、もう発作が起こらなくなった。

注

（1）文明元年――六八四年二月～八月。

（2）毗陵――旧治は、今の江蘇省丹徒県の東南。

（3）滎水――河南省滎陽市付近を流れる河の名。

（4）曹丕――曹操の長男。魏の文帝。

（5）渾家――普通に使えば、妻の意味なのだが、ここでは、「渾」の発音が「溷」（厠）に通じる所から、洒落て「厠」の意味で使っている。

（6）排行は一――　排行に関しては、劉諷の注（4）参照。排行の一番目は、一の代わりに大で呼ぶこともある。麻大。

（7）田文――孟嘗君の本名。食客三千人を抱えたという、戦国時代斉の王子。

（8）馮煖――孟嘗君の食客の一人。孟嘗君の代理で薛に行き、借主を集めて債権を回収し、券を全部焼き捨てて、孟嘗君の徳を示したという。

伝奇

裴鉶撰

裴鉶の「伝奇」を今日に伝えるものは、「太平広記」の収める全一三話の文章がその全てであって、民国に入って商務印書館が「旧小説」の中に、一三話を選んで収めているが、これも「太平広記」の文章によったものである。著者の裴鉶の事跡は僖宗《きそう》朝に黄巣《こうそう》を討伐して名を上げた高駢《こうべん》の従事になっていたという事以外知られないが、「伝奇」の著作については、北宋の陳師道《ちんしどう》が彼の「後山詩話《こうざんしわ》」中に、「傳奇唐裴鉶所著小説也。(「伝奇は唐の裴鉶が著した小説である。」)」と書いているので、裴鉶の著作であることには間違いない。

序文の最後に、「芸人の語り物を意識しながらあえて創作を交えて話を作っている裴鉶の『伝奇』」と述べたが、中には、「五台山地」のように、誤って紛れ込んだと思われる例外的な文章もある。しかし、全体としては、話を面白く創作する事に専念している傾向が強く、怪異な事項を伝えることに集中する傾向の強かった志怪とは趣を異にしている。

先に『古代中国の語り物と説話集』を著した際、同書の一六五頁に、裴鉶が自らの短編小説集に付けた「伝奇」という命名は、「自分の作品の素材を多く語り物の『伝奇』から得ている所から付けた題名だったのかも知れない」と述べたが、これには、実は、逆の関係もある事を想定しなければならないのである。逆の関係とは、つまり物語が先にできて、それをもとに語り物芸人が歌詞を作り曲をつけて実演するという行程である。これは、同書の一七六頁に、北宋の趙令畤の「商調蝶恋花鴬鴬伝」を引いて述べたことだが、裴鉶の「伝奇」の話も、当然語り物のために作られた話である可能性も考えなければならない事であった。

「五台山地」の文章のように、誤って紛れ込んだに違いないものは別として、「伝奇」中の話には、どれにも話を面白くするための工夫の様子が見受けられる。

ただし、その面白さというのは、いわゆる俗受けのする現世的な面白さであったろうと思われるもので、「玄怪録」のように伝統的な志怪の幽明界の事柄を条件とする面白さとは異質のものである。

ここに予め一例を示すとすれば、冒頭の「崔煒《さいい》」の話には、偶然の積み重ねで話の筋に変化を持たせる工夫がなされている。

すなわち、事の起こりは、主人公が中元で賑わう寺の境内で災難に遇っている老婆を救ったことに始まり、その礼にもらった「疣取《いぼと》りの艾《もぐさ》」を持って疣のできた人の難儀を救いながら、いろいろな事に遭遇するという話なのだが、彼の様々な経験を繋ぐものは、全て偶然であった。

崔煒が最初に疣を取ってやったのは、寺の老僧だったが、彼は煒に感謝しながら自分には謝礼する力がないからと、代りにやはり疣で悩んでいる任《じん》老人という金持ちの老人を紹介してくれた。そこで煒は紹介状を持って任老人に会い、疣を取ってやるが、この任の家は、「独脚神《どっきゃくしん》」という三年毎に人身御供《ひとみごくう》を強要する恐ろしい神を祭っている家だった。そのため命を狙われることになった煒は、彼に好意を寄せる娘の計らいで逃げ出すが、追っ手に追われながら逃げる途中、誤って古井戸の中に落ち込むと、井戸の底に唇に疣のできた大蛇がいて、彼がそれを取ってやると、大蛇がお礼に南越王《なんえつおう》の宮殿に導いてくれたと言うのである。このように全てが偶然で繋ぎ合わされて運ばれて行くのだが、改めて読んで来た事件の跡を振り返ってみると、偶然過ぎて腑に落ちない所も見えて来る。例えば、任老人が祭っている「独脚神」という恐ろしい神のことは、紹介状を書いた寺の和尚は全然知らなかったのだろうか。それは任老人が秘密にしていたということもあり得るとしても、三年に一人ずつ人が殺されるということになれば、長い間には事が発覚しないでは済むまいと思われる。「伝奇」の面白さの裏には、ともするとこういう疑念を抱かせる軽さが目立つのである。この程度の手軽さを認めながら読み進め、話の終段に至ると、ようやく自分の家に戻れた主人公が、改めて任老人の屋敷を訪ねようとして尋ね行き、その時になって初めてそこが秦の始皇の時の南海の尉であった任囂《じんごう》の墓だということが分かったというのだから、話の始め近くからここに至るまで主人公は知らぬ間に冥界に紛れ込んで行動していたということが分かって話が終わる。

この説話集を「玄怪録」と比較する場合には、神仙界の事を取り上げる場合にも、それが普通の人間が努力することによって達することのできる、現世と地続きの所にあるものとして著していることに注意しなければならない。

例えば、「陶尹二君」の話の中では、登場する男女二人の神仙に、自分たちは元秦の役夫と宮女だったのが、苦労を重ねてこの山に住み着くことができ、世の煩わしさを避けて、木の実を食べて生きられるようになり、その結果長命を得て、空も飛べるようになったのだと説明させている。

また、「趙合」の話では、殺されて砂漠に埋められていた女性の幽霊の訴えを聞いて同情した主人公が、その娘の遺骨を郷里に持って行き埋葬して、その礼に、得道して神仙になっていたその娘の祖父が、「参同契続混元経」の解説書を作ってくれ、主人公は、それによって、科挙に応ずることを止め、その解説書によって神仙になるための勉強に励み、終に得道して仙人になったという話になっている。

ここに、作話法について特徴の目立つ話を数話抜き出して例示したが、この説話集全体として言える事は、志怪の世界でステレオ・タイプになっているような話の筋を踏襲することは絶対にしていないということである。どの話にも必ず独自の工夫を加えた所がある。そうして志怪の世界から離れ、「伝奇」独自の世界を作ろうとする傾向の顕著に見えるのがこの説話集の特徴と言える。しかし、この工夫がともすと荒唐無稽の一歩手前というところまで踏み込んでいることもあるし、時には無理な筋を作ってしまうこともある。そこで、各話の注の前にその話に特に加えられた筋の工夫や話の見所、あるいは疑問点などを拾い上げ注記することにした。注の前に見える〔この話の特徴〕というのがそれである。

【伝奇目次】

全二三話

崔煒《さいい》

貞元年間(1)の事である。もとの監察崔向《さいきょう》(2)の息子で崔煒《さいい》という者がいた。向は世間には詩人として知られていたが、最後は南海(3)の従事で没したために、煒は南海で暮らしていた。心持の大まかな男で、家産などは気に掛けず、専ら豪侠な振る舞いが好きな性質だったから、父親が死んで数年足らずして、家財を使い果たしてしまい、仏寺に寝泊まりすることが多くなっていた。

この日は中元の日で、番禺《ばんぐう》(4)の人は仏廟に供え物をするのが習わしだった。崔煒が泊まっていた開元寺の境内も賑わって、多くの出し物が行なわれていた。煒は寺の庫裏《くり》から外の様子を見ていたが、乞食の老婆が躓いて、酒店の酒瓶をひっくり返してしまったのを見た。炉の前で酒の燗をつけていた男が怒って、その老婆を殴りつけた。老婆が駄目にした酒の値段は、たかが一緡《びん》(5)に過ぎないのである。煒は気の毒になってそこへ行き、着物を脱いで、それを酒代にして老婆を助けてやった。老婆は礼も言わずに立ち去った。

翌日老婆は煒の所へ来て言った、

「私の災難を助けてくれてありがとう。私は灸をすえて疣《いぼ》を治すのが上手なのだ。今越《えつ》の井岡山《せいこうざん》(6)の艾《もぐさ》を少々持っているからお礼にこれを上げよう。もし疣で悩んでいる者がいたら、これを一回すえてやるだけで、それが治るばかりか、肌が綺麗になるんだよ」。

煒が笑ってそれを受け取ると、老婆はすぐにどこかへ行ってしまった。

その後数日経って、煒は海光寺へ遊びに行ったが、そこで、耳に疣のある一人の老僧に出会った。煒は老婆の言葉を思い出し、老婆にもらった艾を取り出して試しにすえてみた。すると老婆が言った通り、疣はその場ですぐ取れて、跡が綺麗に治った。

僧は大変に感謝して煒に言った、

「私はこれと言ってお礼に差し上げる物も持ち合わせておらず、できるのは、ただ経を唱えて貴方の幸せを祈って差し上げることだけです。この山の下に任《じん》老人と言う人が住んでいて、巨万の富を蓄えています。この人もまた私と同じ病気で悩んでいます。もし貴方が治してあげれば、きっと充分なお礼がもらえることでしょう。宜しければ紹介状を書いてあげましょう」。

煒は応えた、

「宜しくお願いします」。

その紹介状を持って任老人に会うと、彼は大変喜んで、煒に助けてくれるよう鄭重に頼んだので、煒は艾を取り出して灸をすえると、これまたすぐに治った。

すると、任老人は崔に言った、

「私の苦しみを除いて下さって、本当にありがとうございます。大した御礼もできませんが、とりあえず銭十万を差し上げたいと思います。どうぞお寛ぎになって、ごゆっくりなさって下さい」。

煒はそこで泊めてもらうことにした。

煒は平生琴や笛の嗜みがあったのだが、この家で誰かが琴を弾いているのを聞いたので、お手伝いの少年に誰が弾いているのか聞くと、

「この家のお嬢さんですよ」。

と言うので、煒は琴を借りて弾かせてもらった。すると、娘はそれを聞いて、すっかり彼が好きになってしまった。これは煒を紹介してくれた寺の老僧も知らなかったことだが、この任家は「独脚神《どくきゃくしん》」という特異な鬼神を祭っている家だった。この神は恐ろしい神で、三年毎に人間を一人殺して供えなければならない神であった。しかも、煒が泊まった時は、丁度三年目で、生贄《いけにえ》を供える時が迫っていたのである。

任老人は、生贄にできる人間を探したけれども得られないので、良くない考えを起こし、子供たちを呼んで、自分の考えを打ち明けた、

「応接間に泊まっている客は、もう今後来ない客だし、血族でもない。だから神への生贄にするには丁度良い。大恩も時によっては報われないものだと言うではないか。まして、こんな小さな病であれば尚更だ」。

夜半に掛かる頃煒を殺すことにして、こっそり煒のいる部屋に閂を掛けておいた。煒はこれに気づかなかったが、娘は密かにこの計画を知り、こっそりと刃物を窓の隙間から差し入れて、煒に告げた、

「我が家は鬼神に仕える家なのです。今夜貴方を殺して神を祭ろうとしています。貴方はこれを使って窓を破ってお逃げなさい。そうしなければ、少し経ったら死にますよ。この刃物も持って行きなさい。邪魔になりませんから」。

煒は恐ろしくて冷や汗を流しながら、刃物を揮い、艾を持って、窓格子を断ち切って躍り出し、鍵を抜いて逃げた。

任老人は、咄嗟に気がつくと、家の下僕一〇人余りを引き連れて、刃物を持ち、松明《たいまつ》を持って、六、七里後を追って来た。もう少しで追いつかれそうになった時、煒は慣れない道で、足を踏み滑らし、大きな枯れ井戸の中に落

ち込んだ。追跡者達は、足跡を見失って帰って行った。

煒は井戸の中に落ち込んだが、枯葉が積もっていたので、負傷することはなかった。夜が明けてから、自分の落ちた穴をよく見ると、それは大きな穴で、深さが一〇〇丈以上もあり、井戸の口から抜け出す方法はなかった。四方の空間も、広々と広がって、千人も入れるかと思われるほど広かった。中に一匹の白蛇がとぐろを巻いており、体の長さは数丈もありそうだった。蛇の前に石臼があって、上の岩から何か飴蜜《あめみつ》のような物質が滴り落ち、その臼の中に入っていた。蛇はそれを飲んでいたのである。

煒は蛇が何か特異な性質を持っているのを察して、蛇に向かって叩頭し祈って言った、

「龍王様。私は不幸にも、誤ってここに堕ちてしまったのです。どうか王様、哀れと思って、害を加えないで下さい」。

煒は、そう言って、白蛇の飲み残しを飲んだ。そうすると飢えも乾きも感じなくなった。煒は近寄ったついでに、蛇の唇をよく見ると、唇に疣ができていた。煒は蛇が気の毒になって、灸をすえてやろうと思ったのだが、如何せん火を得る方法がなかった。しばらく悩んでいると、どこからか火が風に運ばれて穴に入って来た。煒はそれで艾に火をつけ、蛇の口を開けて灸をすえてやると、疣は煒の手の動きに従って地面に落ちた。蛇が飲食する時に長い間疣が邪魔になっていたのだが、取ってもらうと、たちまち楽になった。蛇はそれに感謝して、直径一寸もある珠を吐き出して、報酬として煒にくれた。しかし、煒は受け取らずに、蛇に言った、

「龍王は雲や雨を自由にすることができるし、陰陽も気に掛ける必要がなく、天変地異も心のままに、行くも隠れるも自由自在、どんな事でも必ず道があるのでしょう。沈んだ者を救い、もし引き揚げて下さって、人間の世

界に帰れたならば、生死に関わる感激は肌に刻まれて、生涯忘れられないものになるでしょう。私はただ一度帰れさえすれば、宝物を戴くことは願いません」。

それを聞くと、蛇は珠をまた呑み込んだ。そして、くねくねとどこかへ行くような様子を見せた。煒はそれと察して、蛇に拝礼し、蛇の背に跨って行くに任せた。蛇は井戸の口から出るのではなく、洞穴の中を奥の方へ数十里進んで行った。その穴の中は漆のように真っ暗闇で、ただ蛇の出す光だけが、両壁を照らしていた。煒は時々そこに昔の男性の姿が描かれているのを見た。皆衣冠束帯の正装であった。その洞穴は、最後に一つの石の門に行き当たった。門には、金獣が環を噛んでいる形の取っ手が付いており、その前はがらりと開けて明るかった。そこまで来ると蛇は頭を垂れて進まなくなり、煒を降ろした。煒は、もう人間の世に着いたのだと思って、扉を開いて入ると、中は一つの部屋になっており、広さは百歩余りあった。穴の四壁はそれぞれ穿たれて小部屋になっており、中央には錦の刺繍を施した帳が数間の幅で垂れており、その表面には、金泥と紫の紐を垂らし、更に珠や翡翠の玉が飾り付けてあり、眩《まばゆ》く輝いて、明星の連綴《れんてい》のようだった。帳の前には金の炉が置いてあり、炉の上には、蛟や龍や鸞や鳳、それに亀や蛇や鸞雀が飾り付けられており、皆口を開けて香の煙を吐き、良い薫りが立ち込めていた。その側には小さな池があり、金の壁で縁取られ、湛えられた水銀の上に、鴨や鷗が浮かんでいたが、それらは皆瓊や瑤を刻んで作り水銀の上に載せているのだった。

四壁に作られた小部屋には、寝台が置かれてあり、どれも犀の角や象牙で飾られ、その上に、琴や瑟《おおごと》(7)や笙《しょう》や篁《こう》(8)などの糸管楽器や、鼗《とう》(9)や鼓《こ》や柷《しゅく》(10)や敔《ぎょ》(11)などの打楽器が置かれていた。その豪華さは全て書き尽せるものではない。

煒が仔細に見ると、まだ手の跡が真新しいものばかりであった。煒は一瞬呆気に取られた。どこの御殿に迷い込んだのか。見当もつかなかった。しばらく経ってから、琴を取って、試しに弾いてみた。四方の小部屋の戸や窓が一斉に開いた。側仕えの少女が出て来て、笑いながら言った、

「玉京子《ぎょくけいし》がもう崔の若様を送って来ましたよ」。

少女が駆け戻って行くと、しばらくして四人の女性が現れた。皆古風な髻を結って、虹色の着物の裾を引きながら出て来て、煒に言った、

「なぜ崔殿は、勝手に皇帝の御所に入られたのか」。

煒が琴を手放して、丁寧に拝礼すると、女性たちも挨拶を返したので、煒は言った、

「皇帝の御所とおっしゃるが、皇帝はどこにおられるのですか」。

女性が答えた、

「今はしばらく祝融《しゅくゆう》(12)様の宴会に出向いておられます」。

彼女等は煒に椅子を勧め、琴を弾かせた。煒が胡笳《こか》を弾くと、

「何の曲ですか」。

と聞くので、

「胡笳ですよ」。

と答えると、

「胡笳とは何ですか。私は知りませんが」。

と言うので、煒は説明した、

「漢の蔡文姫《さいぶんき》は、中郎邕《よう》の娘ですが、しばらく胡に捕われていて、戻ってから、胡にいた頃感動した物語を思い出しながら琴を弾いてこの調べを作り出し、胡が笳《あしぶえ》を吹く時の哀調を琴の音で表したのです」。

この説明を聞いて、女性たちは満足し、ニコニコしながら、

「大した新曲ですね」。

と言った。そして甘酒の用意を命じ、杯を勧めた。しかし、煒は叩頭して、帰りたい気持ちを一生懸命述べた。

女性が言った、

「崔様がここへいらっしゃったのも皆定めと言うものですよ。何で早々に慌てて帰る必要がありますか。どうかしばらくお待ちになって。その内羊城《ようじょう》(13)の使者が参りますから、それに付いて行けばよいのです。崔様に申し上げておきますが、これから田《でん》夫人を呼びますが、皇帝はもう田夫人にお側にお仕えすることをお許しになったので、お会いすることができるのです。あまり細かいことを詮索して根掘り葉掘り聞かないで下さいね」。

そして、侍女に田夫人を呼ばせたが、夫人は気が進まず、言って来た、

「まだ皇帝の詔《みことのり》を戴いていませんから、崔様にお目に掛かれません」。

女性たちはもう一度呼ばせたがやはり駄目なので、煒に言った、

「田夫人は本当にお徳の優れたお方で、世にまたとない方です。立派な方にお仕えすることを願うのも、やはり宿命ですね。夫人は斉王の娘なのです」。

煒が聞いた、

「斉王とはどういう方ですか」。

女性が答えた、

「王の本名は横《おう》で、昔漢が初めて斉を滅ぼした時、海島におられた方です」。

しばらくすると、日光が入って来て、団欒の場を照らした。煒が見上げると、上に一つの穴が見えた。ぼんやりと人間界の天の川が見えたような感じがした。四人の女性が言った、

「羊城の使者が来ました」。

一匹の白い羊が空中からだんだん下がって来て、やがて床に降り立った。その背中に衣冠をきちんと着こなした一人の男性が乗っており、大きな筆と上に篆字《てんじ》を記した一封の青い竹簡《ちくかん》を持っていた。彼は、床に降りると、その竹簡を香机の上に進呈した。四人の女性は侍女に命じて、それを読み上げさせた、

「広州刺史の徐紳《じょしん》が死んで、安南都護《あんなんとご》(14)の趙昌《ちょうしょう》 充《じゅう》が替わって赴任しました」。

女性の一人が、甘酒を酌んで使者に飲ませて言った、

「崔様が番禺へ帰りたがっておられるので、一緒に連れて行ってあげて下さい」。

使者が承諾すると、女性は煒の方を振り返って言った、

「後で御使者のために、衣服を改め場を整えて、労ってあげなければなりませんね」。

煒は、ただ「はいはい」と受け答えるばかりであった。四人の女性たちが言った、

「皇帝からのお達しで、崔様に国宝の陽燧珠《ようすいじゅ》を差し上げよ、とのことです。これを彼の地に持っていらっしゃれば、胡人が十万緡《びん》で買いに来るそうです」。

そう言って、侍女に玉の箱を開けさせ、珠を取って煒に与えた。

煒は、拝礼してそれを受け取ったが、四人の女性に言った、

「私はまだ皇帝に拝謁したこともございませんし、また親族でもありません。それなのにどうしてこんなにして下さるのですか」。

女性が言った、

「貴方様のお父様が越台で詩をお作りになって、それが徐紳を感動させ、彼に台の修復をさせたのですよ。皇帝はその事に感謝して、詩をお作りになり、お父様の詩にお続けになりました。珠を贈る意味はすでに詩に表されています。私が説明するよりも、崔様お分かりになりませんか」。

煒が言った、

「皇帝のどういう詩でしょうか」。

すると、女性は侍女に命じて、羊城の使者の持っている大きな筆の軸の上にその詩を書かせた。詩にはこうある、

『千年経って荒れ果てた台は、路の片隅に見捨てられていた。それが太守のお蔭で修復されたのである。これも皆君が千年の忘却を払拭してくれたお蔭で、その恩に感じているのだが、この気持ちはどうしたら伝えられよう。とりあえず、貴君の美しい夫人に、お返しとして明珠を贈ることにしよう』。

煒は言った、

「皇帝はそもそも何と言う御姓名でおられますか」。

女性が答えた、

「後で自然に分かることでございますよ」。

女性は煒に言った、

「中元の日に、美味しいお酒とご馳走を広州の蒲澗寺《ほかんじ》の静かな部屋に用意して下さい。私たちは田夫人を送って参りますから」。

煒は再拝していとまを告げ、使者の羊の背中に乗ろうとした。すると女性が言った、

「鮑姑《ほうこ》の艾をお持ちなのを知っています。少し置いて行って下さいませんか」。

そう言われて煒は艾を女性に渡したが、鮑姑とは何者なのか分からなかった。そうして女性たちと別れると、一瞬の内に穴から出、平地に降り立った。途端に使者と羊は消えてしまった。星の位置を確かめると、時刻はもう五更であった。急に蒲澗寺の鐘の音が聞こえ、寺に行くと、僧が朝粥を振舞ってくれた。そこで一休みした後、崔は広州に帰って来た。広州では、煒は借家住まいをしていた。着くとすぐに家に戻って、様子を聞くと、出てからもう三年経っているということが分かった。館の主人が煒に言った、

「貴方はどこへ行っていたのですか。三年も帰らないで」。

煒は、実情を知らせることはしなかった。自分の部屋の戸口を開いてみると、塵の積もった腰掛がきちんと元の位置に置いてあり、何となく物寂しい思いがあった。刺史が誰かと尋ねると、徐紳が死んで、趙昌充が後任に入ったということだった。

煒は波斯邸《はしてい》(15)に行って、密かにこの珠を売ったが、一人の老胡人が一目これを見ると、地に這って礼拝し、言った、

「貴方は間違いなく南越王趙佗《ちょうだ》(16)の墓に入って来られた。そうでなければ、この宝を得られるはずがない。なぜ

なら趙佗は珠を陪葬品として一緒に埋葬されたからです」。

煒はそこで実情を話してやった。この時初めて皇帝が趙佗だという事を知ったのだった。佗はかつて南越の武帝と称した事があったからである。

そこで、十万緡を得て珠を売った。煒は胡人に尋ねた、

「どうやって見分けたのですか」。

胡人は言った、

「これは我が大食国《たいしょくこく》(17)の宝陽燧珠です。昔漢の初め、趙佗は異才のある者に命じて山に登り海を渡って、これを盗ませ番禺に持って来させたのです。今に至るまで僅かに千年ですが、我が国に占いを立てられる者がおりまして、来年国宝が帰って来るはずだと言いましたので、我が王が私を呼んで、大きな船に大金を積んで、番禺に来て探させたのです。今日果して国宝を得ることができました」。

そう言って、老胡人は玉液を出して珠を洗うと、光が部屋全体を照らした。彼はすぐに船の準備をして大食国に帰って行った。

煒は、大金を得ると、それで家産を立て直した。しかし、羊城の使者を訪ねたが、こちらの方は、一向に手懸りがなかった。その後、城隍廟《じょうこうびょう》(18)に祭りがあって、ふと神像を見ると、使者に似ていた。また神筆の上に細かい字があるので見ると、それは侍女の書きつけたものだった。そこで、酒や肉を用意して供え、廟屋《びょうおく》を塗り替え、また建て増しした。これで羊城は広州城であることが知られたのである。廟には五匹の羊の像があった。

煒はまた任老人の家を探したが、村の古老に尋ねると、それは南越の尉任囂《じんごう》(19)の墓だということだった。

また、越王の殿台に登って先人の詩を見ると、こう題されていた、

「越の井岡山の畔には松やヒノキが年老いている。そして越王の台には、秋草が生えている。古い墓には長い間詣でる子孫もなく、今は万人に踏まれて官道になってしまっている」。

そして、越王がこの詩に続けた作品を見ると、筆跡がとても素晴らしいので、管理人に尋ねると、徐大夫紳がこの台に登って、崔侍御の詩に感動して、自筆の詩を添え、併せて台殿を塗り替えたので、煌びやかなのだということであった。

その後、中元の前日に綺麗で香りの良いご馳走を豊富に取り揃え、甘酒を添えて、蒲澗寺の庫裏で待っていると、時刻が夜半に掛かる頃、果たして、四人の女性が、田夫人を連れて現れた。容貌振る舞いは艶やかで洗練されており、言葉遣いは雅やかで淡白であった。四人の女性は、煒と盃を交し合い談笑して、夜明け方いとまを告げた。崔は再拝し終わって、手紙を彼女等に託し、越王に届けてもらうことにした。言葉遣いは謙虚に、礼儀を尽くして、慎み深く書き送った。そして、夫人と部屋に戻ると、煒は夫人に聞いた、

「斉王の娘がどうして南越人と結婚することになったのですか」。

すると、夫人は言った、

「私は国が敗れ、家が滅び、越王に捕らえられて彼の側女の一人になったのですが、王が崩ずると、それに伴って、殉死させられました。今はいつの時代か知りませんが、酈《れき》食《い》其《き》[20]が煮られたのを見たのは昨日のように覚えています。いつも昔の事を思い出す度に、悲しくなり涙が出て来るのです」。

煒は質問した、

「あの四人の女性は何者ですか」。

彼女は言った、

「二人は甌越《おうえつ》(21)王揺《よう》の献じた者で、他の二人は閩越《びんえつ》(22)王無諸《むしょ》の進めた者です。共に皆殉死した者ですよ」。

煒はまた質問した、

「先頃の四人の言っていた鮑姑と言うのは何者ですか」。

彼女は言った、

「鮑靚《ほうせい》(23)の娘で、葛洪《かつこう》(24)の妻ですよ。灸を多く南海で修行しました」。

煒は昔の媼を思い出して驚き嘆いた。煒はまた聞いた、

「蛇を呼んで玉京子と言っていたのはどういう事ですか」。

彼女は言った、

「その昔、安期生《あんごせい》(25)が長い間この龍に跨って玉京(26)に出仕していたので、玉京子と呼ぶようになりました」。

煒は穴の中で龍の飲み残しを飲んだお蔭で、皮膚は若々しく柔らかで、筋力も軽く健康であった。その後南海に十余年いたが、金を散じて破産し、道門に帰依して、家族を連れて羅浮山《らふざん》(27)に行き、鮑姑を訪ねたが、その後はついに行方が分からなくなった。

〔この話の特徴〕

序に示したように、たくさんの場面をつなぎ合わせて変化に富んだ長い物語にしているが、プロットの要所をつなぎ合わせているのは、この話の場合全て「偶然」である。初めに疣を取ってやった寺の和尚は、

わざわざ紹介状まで書いてやった任老人が「独脚神」という恐ろしい神の信者だということを知らなかったのだろうか。まして、終段で、任老人の屋敷跡が、任翼の墓の跡だと明かされてみると、崔煒に紹介状を書いてくれた和尚までが、その正体を疑われてくることになる。あるいは、老婆を助けた時から崔煒はすでに冥界に誘われていたのかもしれない。

注

（1）貞元年間――七八五年～八〇五年。

（2）崔向――生没年不詳。本文中に監察崔向と記されている所からすると、一時期は、監察御史を務めた経歴があったということかも知れない。そうであれば、中央官職の経験者という事になるが、しかし、最終官が広州の従事であったとすると、これはどこかで余程の罪に問われ、左遷されて終わったと考えなければならない。

（3）南海――県名。広州の州治があった。旧治は今の広東省番禺県の東南。

（4）番禺――県名。旧治は今日の広州市。

（5）緡――ぜにさし。この字の意味は、元々穴あき銭を通して束ねる縄のことである。それが、漢の武帝朝から始めて、千銭を一単位として数える習慣ができた。そこで、本来ぜにさし縄の名称であった「緡」が、銭千枚を貫いたものを「一緡《びん》」として、貨幣の単位を表す言葉として使われるようになった。「一緡」はまた「一貫」とも言う。

（6）井岡山――江西省井岡山市にある山塊。

（7）瑟――シツ。おおごと。形は琴に似ているが、遥かに大きく絃の数も多い。ちなみに、琴の長さの標準が、三尺六寸とすれば、瑟の長さの標準は、八尺一寸で、絃の数は、琴の標準を七絃とすれば、瑟は二十五絃、また二十七絃である。
（8）篁──コウ。笛の一種。
（9）鼗──トウ。ふりつづみ。太鼓の両側に紐の先に玉の付いたものがそれぞれ一本ずつ付けられており、太鼓に付けられた柄を持って太鼓を振って鳴らす楽器。
（10）柷──シュク。箱形の中に撥を入れて、壁面を打ち鳴らす楽器。音楽の始めの合図として使う。
（11）敔──ギョ。虎が伏した形の楽器で、虎の背中に二四個のぎざぎざの刻みを入れ、木片でそれをこすって音を出す楽器。音楽の終わりの合図として使う。
（12）祝融──顓頊の子或は孫と言われる。高辛氏の火正（火を司る官職）であった。火の神、夏の神、南海の神等として祭られる。
（13）羊城──広州出身の高固が楚の宰相になった時、五匹の羊が穀物の穂を銜えて広州城の庭に集まって来たという故事がある。この話の終段はそれを踏まえている。広州城の別名、五羊城とも呼ばれた。
（14）安南都護──安南都護府の長。唐代六都護府の一。南の国境防備の中心であった。今日のヴェトナムのハノイに府治を置いていた。
（15）波斯邸──ハシ邸、ペルシャ邸。唐代、外国人を泊める為に作られた施設。
（16）趙佗──秦の始皇の時、南海郡龍川県の県令だったが、二世の時、病床にあって死の間近い南海郡の尉の任囂に呼ばれ、尉（小郡の長、大郡の長は守）の職務を摂行することを委ねられた。そのため尉佗と呼ばれることもあった。秦滅亡の後は自立して南越武王を称し、漢の高祖が封じて南越王とした。高后の時、自尊して南越武帝と称したが、文帝の時、帝の命を受けた陸賈に責められ、帝号を止めて、藩臣となった。注（19）参照。

(17)大食国――サラセン帝国。唐代の頃、ペルシャ、メソポタミヤ、アラビヤ、エジプトを制圧した大帝国。
(18)城隍廟――都市の守護神である城隍神を祭る廟。
(19)任囂――秦の始皇の時、南海郡の尉として活躍し、擾乱の甚だしかった南越中にあって、郡を守るために城塁を築いた。注(16)参照。
(20)酈食其――漢建国時の説客。沛公の説客として働き、舌先三寸で斉の七十余城を下したが、韓信が斉を攻撃したため、酈食其は裏切り者と見做され、煮殺された。
(21)甌越――今日の浙江省永嘉県一帯の地。甌江の名から付けられた地名。
(22)閩越――今日の福建省の地。
(23)鮑靚――生没年不詳。晋の東海の人。字は太玄。自分の前世の事を覚えていたという伝説がある。南海太守となり、百余歳で死んだ。
(24)葛洪――生没年は二八四年~三六三年。葛玄の姪孫。字は稚川。号は抱朴子。葛玄の弟子の鄭隠から煉丹の術を学ぶ。散騎常侍兼大著作に召されたのを固辞。交趾が丹沙を産出すると聞き、句漏の令を志願する。子姪を伴って、広州から羅浮山に登って、煉丹に成功。ここに没す。著作は、抱朴子、神仙伝、集異伝、等。
(25)安期生――秦の琅邪阜県の人。秦の始皇帝が東遊した時、三昼夜共に語らったと伝えられる。学は河上丈人に受け、長寿を得た。千年翁。
(26)玉京――天帝のいる所。
(27)羅浮山――広東省増城県の東にある。中国には、羅浮山と称する山が有名なものだけでも五箇所ある。その中で位置関係、及び伝説の所在などから見て尤も可能性の高いのがこれである。

陶尹二君《とういんにくん》

唐の大中の初め頃（1）の事である。陶太白《とうたいはく》と尹子虚《いんしきょ》という二人の老人がいた。彼らはお互いに心に誓い合って親友になっていた。彼らは嵩山《すうざん》（2）と華山《かざん》（3）の二つの山によく出かけ、松脂《まつやに》や伏苓《ぶくりょう》（4）を取るのを生業にしていた。

ある日、二人は仕事のついでに手製の酒を持って行き、芙蓉峰《ふようほう》（5）に登って、景色の良い所を探し、松林の大きな木の下で休むことにした。そこで、壺を傾けて飲み始めると、二人が坐っている松の大木の上の方から、手を打って笑う二人の人の声が聞こえて来た。二老人は驚いて立ち上がり、上を見上げて声を掛けた、

「もしや神仙がおられるのではありませんか。どうですか、降りて来てご一緒に一杯召し上がりませんか」。

木の上で笑っていた者が答えた、

「我等二人は山の精でも樹の精でもありません。私は秦の役夫《えきふ》で、彼女は秦の宮女なのです。貴方の酒の匂いをかいで、ちょっと酔ってみたくなりました。しかし、私たちは、姿が変わってしまっており、毛髪も奇怪な有様なので、貴方がたを怖がらせるのが心配ですぐには降りて行けないのです。しかし、安心して待っていて下さい。私たちは洞穴へ帰って着物を着替えて参りますから、どうか私たちを見捨てて行かないで下さい」。

二老人は言った、

「分かりました。お待ちしています」。

しばらく待っていると、不意に松の根方に一人の男性が現れた。古風な服装ながら、上品に着こなしていた。また女性が一人現れた。髷を結い、彩の綺麗な着物を着ていた。

二老人は拝礼し、にこやかに彼らを迎えてまた松の下に坐った。しばらくしてから、陶老人が改まった態度で男性に問い掛けた、

「神仙はいつの時代の方で、どういう目的でここに来られたのか、伺わせて頂けませんか。お側に侍れたのですから、伺いたいのですが」。

男性が言った、

「私は秦の役夫なのですよ。家は元から秦の人間で、私が少年として、少し成長した時に、始皇帝の子供狩りがあったのですよ。晩年の始皇帝は神仙術を好まれて、不死の薬を求めておられ、徐福《じょふく》(6)に惑わされて、童男童女千人を狩り集め、これを率いて海島に連れて行く計画が立てられました。私は童子としてその数の中に入っていたのです。ただ見える物と言えば、鯨の起こす怒濤や身の縮む雪、蜃気楼が空に聳え、渡る石橋の柱は傾き、蓬萊の峰(7)の靄《もや》が遥か遠くに漂い、魚の餌食になるのを恐れて、雀のようなちっぽけな命を惜しむ。私はそんな危難の中で、奇計を編み出して、この禍から逃れ出たのです。帰って来て、姓名を変えて、儒者になりました。ところが、数年と経たない内に、始皇帝の焚書坑儒《ふんしょこうじゅ》(8)に遭遇したのです。儒臣は血に泣き、文人は悲号しました。私はこの時も、殺される者の数に入っていたのです。この危急の事態の中で、私はまた奇計を編み出して、この苦難から逃れたのです。私はまた姓名を替えて板築職人になりました。そうすると、またまた秦皇はいかがわしい進言に振り回されたのです。今度のは、長城作りでした。西は臨洮《りんとう》(9)から作り始めて、東は海浜まで、国境を越えてゆく雁が悲しげに鳴き、塞を越えて垂れ込める雲は寂しげな風を吹き送ります。郷愁が募って魂が宙に舞い、果てしない砂漠に力を吸い取られ、険しさに足を取られて骨を痛め、雪に埋もれ氷に衝《あた》り、この苦難の中で、私はまた

役夫としてその数に入っていたのです。この苦労の中で、私はまた奇計を編み出してこの災難を逃れることができました。私はまた姓名を変えて、今度は大工になりました。ところが今度は、始皇帝の崩御に行き逢ったのです。驪山《りざん》(10)を穿って大きな墓室を作ることになりました。玉の階段に、金の縁取り、珠の樹には瓊の枝。絹や錦で飾られた宮殿、雲や霞に囲まれる楼閣、それを作った大工や石工は、最後には皆隧道《すいどう》(11)の奥に閉じ込められるのです。この時も私はその数の中に入っていました。しかし、私はまたまた奇策を編み出してこの危難を逃れたのです。全て四回奇計によって災難を逃れるうち、私は世に遇わない事が分かったので、私はこの山に逃げて来て、松脂や木の実を食べて齢を伸ばすことができました。この毛の伸び過ぎた女はもと秦の宮女で、やはり殉死(12)させられる者でした。私と同じく驪山の禍を逃れて、一緒にここに隠れ住んだのです。一体これまで何年過ごしたのでしょう」。

二老人は言った、

「秦から今の世まで、正統に継いだ者だけを数えても、九代一千余年になります。興亡のことは、数え尽くせません」。

二老人は共にこの二人の前に額づいて言った、

「我等二人は、何とか大仙人にお目に掛かりたいものとそればかりを願って、長年こうして参りました。それが今ようやくお会いできました。金丹(13)大薬の事、お話いただけましょうか。もし聴く事ができれば、この身の滅ぶまで、ご加護を敬い続けます」。

するとと古代人の男性が言った、

「私は元から凡人なのですよ。ただ世の中の心配事を断ち切ることができて、木の実を食べて暮らすようになり、空中を飛べるようになりました。長年経つ内に、毛髪も紺緑《こんりょくしょく》色になり、生と死、俗と仙の境が感じられなくなりました。鳥獣は仲間になり、猱狖《どうゆう》とも遊べるようになりました。飛ぶこともできますし、雲が後から付いて来ます。体を失って、体を得ました。性もなく情もなく、金丹大薬がどんな物かも知りません」。

二老人は言った、

「大仙が木の実を食べる方法を教えてもらえますか」。

男は言った、

「私は初めヒノキの実を食べました。それから松脂を食べました。そうすると、体中に腫れ物ができて、腸が痛みました。しかし、一ヶ月とかからずに、肌は滑らかになり、毛髪も潤いを増して、数年経たないうちに、虚空を飛ぶのも梯子があるような感じで、険阻な所を歩くのも平地を歩くのと同じになりました。ふわふわと風に乗って飛び、広々とした大空へ雲と共に昇って行きます。次第に虚無に交じり合い、あるがままの自然に打ち融けて、彼と我と、ものを見るに二物の隔てがなくなり、精神を澄ませば精神は爽やかに、気を養えば、気は清らかになります。そして体の根源を残し、命の脈絡を保っていれば、天地はいつまでも支え覆ってくれますし、雲気も軟らかく包んでくれます。日月は快適に明暗を繰り返してくれますし、河川も山岳も自然の凍結と融解を繰り返してくれます。そういうわけで、私の体は、もう損なわれることがなくなっているのです」。

二老人は、この話を聴き終わってまた拝礼して言った、

「謹んでお教えを承りました」。

酒は飲んで殆どなくなり掛けていた。古代人の男は、松の枝を折って、玉の壷を叩きながら詩を吟じた、

「ヒノキを食べて身は軽し山岳の間に。是非には意味もなく人間《じんかん》に至る。冠裳しばらく備えて浮世を論じ、一《いっ》時《とき》を雲と遊ばん碧落《へきらく》の間に」。

男性が吟じ終わると、女性がそれに和して吟じた、

「誰か比べん昔と今と、時には霞を踏んで山岳に遠ざかる。笛の音はまだ秦の楼閣に寂しく響いておりますか。ここでは綺麗な雲が私の草の着物を惹いています」。

古代人の男が言った、

「私は貴方がたとたまたまお会いしたのですが、お別れするとなれば、やはり惹かれるものがあります。私は万年の松脂と、千年のヒノキの実を少しばかり持っています。貴方がたお二人でこれを分けて召し上がりなさい。俗世を離れることができるでしょう」。

二老人はそれを拝受して、酒で呑んだ。二人の仙人が言った、

「我々は行きます。善くご自身の道を養って、機密を漏らしたり、自分の性を自慢したりするのはいけません。神仙の気を小さな世界に暴露してはいけないのです」。

二老人は再拝して別れたが、何か超然と俗界を離れたような感じがしていた。

二人の仙人の行方は分からなくなったが、二人の着ていた着物が、しばらくの間、風に吹かれて花びらか蝶の羽のように舞い上がって行くのが見えていた。

陶尹二人の老人は、今は蓮花峰《れんげほう》(14)上に住んでいるが、顔は少し赤みを帯びて、髪の毛はすっかり緑色になって

おり、言葉を交すと、良い薫りが口いっぱいに溢れている感じで、歩くと塵埃が体から離れて行く感じだったということ。雲台観《うんだいかん》(15)の道士が、しばしば彼らに遇っている。また、時には道を得た由来を詳しく話してくれた。

〔この話の特徴〕

話の主人公陶尹二老人が山中で逢った男女二人の者は、自らは元々秦の役夫と宮女で、普通の人間なのだが、それが山で生活するようになって、特別な生き方ができるようになったと言っていた。その役夫と名乗る男の説明の文句はこうであった、

「私は元から凡人なのですよ。ただ世の中の心配事を断ち切る事ができて、木の実を食べて暮らすようになり、空中を飛べるようになりました。……」

そして、最後には、万年の松脂と千年のヒノキの実を二老人に分けてくれるのである。こうして、この二老人も、「毛髪も紺緑色になり、生と死、俗と仙の境が感じられなく」なったのであろうか。

注

(1) 大中年間――八四七年~八五九年。

(2) 嵩山――河南省登封県の北にある。五岳の中岳。古くは嵩高の名で呼ばれたこともあった。上に三峰があり、東を太室、西を少室、中央を峻極という。

(3) 華山――同名の山が多い。有名なものだけで四箇所。ここの場合は、作品の終わりに蓮花峰の名が出て来るので、確定できる。五岳の西岳。陝西省華陰県の南にある。蓮花峰はその中峰、東峰を仙人掌といい、南峰を落雁峰という。いわゆる華岳三峰である。

(4) 茯苓――ぶくりょう。「まつほど」とも言う。さるのこしかけ科のキノコ。松の根に寄生し、薬用にする。

(5) 芙蓉峰――同名の峰で著名な物が衡山七二峰の一つにあるが、場所的にこの話とは関係ない。この話の終

段に「蓮花峰」が出て来るので、その別称かもしれない。

（6）徐福——史記は徐市（ジョフツ）に作る。秦の方士。始皇帝に不死の薬を求める事を勧め、童男童女三千人（この話では千人）を引き連れ東海に入って終に帰らなかった、という。

（7）蓬萊山——東海の東にあり、仙人が住んでいたと言われる伝説上の山。

（8）焚書坑儒——秦の始皇帝の三四年宰相李斯の進言が認められ、儒学の経典が焼き捨てられ、翌三五年、儒者四六〇余人が穴埋めにされた。

（9）臨洮——秦の旧治は今の甘粛省岷県。蒙恬が長城を築いた時の起点である。

（10）驪山——陝西省臨潼県の東南にあり、藍田県の藍田山に連なる。山名は昔驪戎がここにいた事から付けられたと伝えられる。麓に温泉があり、唐の玄宗が、温泉宮（華清宮）を造った所。

（11）隧道——墓陵の入口から、棺を安置する墓室まで棺を運ぶ車を入れるために作られた坂道。多くは石畳の傾斜道を作っている。

（12）殉死——統治者の封建的な権力の強かった古代中国では、統治者が死んだ時、その埋葬に当たって、統治者の生前特に寵愛の深かった者を初めとして、本人の意思の如何に関わらず、縁に繋がる者を統治者の棺と共に埋葬したことを言う。言葉の意味は従って死ぬこと。

（13）金丹——神仙道教のうち、不老不死の仙人になる目的を遂げる手段として、薬を作る事を最重視する一派が最終目標とする仙薬。これを飲むことによって不老不死が得られると説くのだが、現実的には薬を焼く事自体を修行として、信者を説得していたらしい。一種の錬金術であった。

（14）蓮花峰——注（3）、及び注（5）参照。

（15）雲台観——陝西省華陰県の南にある道観（道教寺院）の名。淳熙一二年、朱熹がここを主管したと伝えられる。

許棲巌　きょせいがん

許棲巌は岐陽《きよう》(1)の人であった。進士の科(2)に推挙され、学業を昊天観《こうてんかん》(3)で学んでいた。毎日朝夕必ず神像を仰ぐのを習慣にして、朝は決まって神仙に祈って長生の福が得られるよう祈願していた。この頃は丁度、南康《なんこう》郡王検校太尉となった韋皐《いこう》(4)が剣南西川《けんなんせいせん》節度使として蜀を治めていた頃で、賓客を厚遇してくれるので、評判が良く、遠方近在から彼を慕って蜀を訪れる人が多かった。棲巌も蜀に行こうと思って、馬を一頭買おうとしたが、金銭にあまりゆとりがなかったので、自分で西の市場に行って買えそうな馬を探した。すると、異国人が一頭の馬を牽いているのに出会った。馬は痩せていて値段もあまり高くなかった。そこでそれを買って帰り、遠くへ行かなければならないので、力を付けようと、毎日秣をたくさん与えたが、馬は痩せ細るばかりであった。棲巌は、これでは目的地まで持たないのではないかと心配になり、試しに占い師を訪ねて占ってもらった。すると乾《けん》の卦《か》の九五《くご》(5)の象《しょう》が得られたので、占い師は言った、

「これは龍馬《りゅうば》です。大切に育ててやりなさい」。

それを聞いて棲巌は馬の能力を信じることにして、旅に出た。ところが、蜀の桟道《さんどう》(6)を渡っている時に、棲巌は馬もろとも崖の下に落ちてしまった。幸い落ち葉が積もっていて怪我はなかったが、上を仰いでも頂上は見えず、四面にも道はなく、落ちた谷間から脱出する方法はなかった。仕方がないので鞍を外し、下布《したぬの》を取って楽にしてやり、馬の行くに任せて進んで行った。途中枯葉の中から拳大《こぶしだい》の栗を拾って食べ、飢えを凌いだ。崖に沿って進むうち、一つの洞穴を見つけ、また馬に乗りその洞穴に入って進んで行った。上り下りを繰り返して、十数

里進んだかと思う所で、目の前ががらりと開けて平坦な川辺に出た。その辺り、木々は美しく花を咲かせており、池や沼は清澄《せいちょう》であった。

そこで棲巌は、一人の道士が石の上に横たわっているのを見た。二人の女性が側に侍っていた。棲巌は近寄って挨拶しようと思い、女性に主の素性を尋ねると、彼女らは、

「太乙真君《たいいつしんくん》(7)です」。

と答えた。そこで棲巌がそこに至った一部始終を玉女《ぎょくじょ》(8)たちに伝えると、玉女らは気の毒がって、その事を真君に話した。すると真君は棲巌に聞いた、

「お前は人間界で道を好んでいたか」。

棲巌は答えた、

「荘《そう》、老《ろう》、黄庭《こうてい》(9)を読んだだけです」。

すると真君は質問した、

「三景《さんけい》(10)の中で、どんな句を習得したか」。

棲巌は答えた、

「老子は言っています、『その精髄《せいずい》は極めて真である』と。荘子は言っています、『憩うには踵《くびす》で憩う』と。黄庭は言っています、『ただ思えばそれによって寿は無窮である』と」。

すると真君は笑って言った、

「道からそう遠くない。これなら教えられる」。

そして棲巌を坐らせ、小さな盃に何かを注いで、棲巌に飲ませて言った、

「これは石の髄だ。嵇康《けいこう》(11)も近づけなかったものだ。お前はそれが得られた」。

そう言って、真君は棲巌を別室に招じ入れた。そこには一人の道士がいて、名前を穎陽《えいよう》(12)尊師《そんし》と言い、真君のために算木《さんぎ》を置いて(13)言った、

「今晩は一〇万里東遊《とうゆう》なされます」。

棲巌がよく見ると、それは馬を占ってくれた道士であった。

この日の晩、棲巌と穎陽尊師は太乙真君に従って、東海の西龍山《せいりゅうざん》(14)の石橋の上に登って、神仙たちの宴会に参加した。参加した神仙の中に東黄君《とうおうくん》(15)がいて、棲巌を見ると、喜んで言った、

「許長史《きょちょうし》(16)の孫だ。仙人の相がある」。

夜が明けると、また太乙真君について太白洞《たいはくどう》(17)に戻った。半月をそこで過ごすと、家の事が気に掛かり、帰りたい旨を太乙真君に告げた。すると、太乙真君が言った、

「お前はもう石髄を飲んだのだ。すでに寿命は千年になっている。俗界で漏らしてはいけないぞ。荒淫するのもやめなさい。またここに来たら会おう」。

そして、乗って来た馬で送ってくれることになったが、太乙真君は、別れ際に言った、

「この馬は、我が洞中の龍だ。怒って作物を傷めたので、罰として重荷を背負わされているのだ。君には仙骨があるから、会うことができたのだ。そうでなければ、ここは太白洞天《たいはくどうてん》だ。瑤華上宮《ようかじょうきゅう》(18)だよ。どうして来られるものかね。人間界に行ったら、これを渭水《いすい》の畔で放して、好きな所に行かせてくれたまえ。決して留めないでくれ」。

こうして別れると、瞬く間に虢県《かく》(19)に着いていたが、自分の家はもうなかった。里人に聞くと、彼が出てからもう六〇年が過ぎていたのだった。太白洞を出る時、二人の玉女に、虢県の田婆《でんばば》の針を買うことを頼まれていたのでそれを買い、鞍に結び付けてやると、馬は龍になって飛んで行った。棲巖は幼い頃郷里でもう田婆を見たことがあったのだが、ここで見た田婆の様子も昔と変わっていなかった。婆もまた仙人だったのだろう。棲巖は、大中の末年、また太白山(20)に入って行った。

〔この話の特徴〕

主人公の許棲巖は、うっかり蜀の桟道を踏み外して馬もろとも落下したために、太乙真君（天帝）のいる仙洞に迷い込み、「お前は人間界で道を好んでいたか」と問われて、天帝の課す試験を受ける。棲巖はそれに合格して、神仙の世界に招じ入れられることになるのである。また、話中、神仙の宴会の場で、東横君が棲巖を見て、「許長史の孫だ」と言っていた。これから見れば、棲巖は、予め仙人になれる体質を持って生まれついていたということかも知れない。

注

（1）岐陽——岐山の南の意味から付けられた地名。今の岐山県治。

（2）進士の科——官吏になるための関門だったが、科挙の制度では、応募資格が、生徒、郷貢、制挙の三種に限られていた。この話の主人公は、昊天観という道観で学業を習っていたというのだから、この道観が果たして学館として認可されていた所かどうかによって、資格の種類が違ってくる。作品の初めに「挙進士」とあるのだから、いずれにしても、科挙の応募資格はあったことになるが、昊天観が学館であれば、「生徒」の資格で受けることになり、学館ではなくただ勉強の場所を借りていただけであれば、「郷貢」だということになる。「制挙」は特別なもので、ここでは関係ない。

（3）昊天観――道観の名。

（4）韋皐――生没年は七四六年～八〇六年。字は城武。諡は忠武。原文には、「南康韋皋太尉鎮蜀」。とあるのだが、本文に改めたように、韋皐が南康郡王になったのも、検校太尉になったのも、「蜀を鎮めた」剣南西川節度使の時期より後のことである。

（5）乾の卦の九五――「易経」乾の九五の経文は、「飛龍在天、利見大人。（飛龍天に在り、大人を見るに利あり。）」である。

（6）蜀の桟道――北の漢中地方から南の蜀の成都方面に行く場合どうしても通らなければならない難関であった。桟道は、山肌に材木を組んで作った道である。今日の四川省剣閣県付近の険しい山岳地帯に作られていた。

（7）太乙真君――北辰の神。天帝。太一とも書く。

（8）玉女――天界にいる女性の一般称。天女。仙女。

（9）老、荘、黄庭――道教の基本的経典。「老子」「荘子」「黄庭経」。このうち「黄庭経」には四種類あり、「黄庭内景経」「黄庭外景経」「黄庭遁甲縁身経」「黄庭玉軸経」がそれである。

（10）三景――道教の用語。元は修行の段階を表す言葉であって、その各段階を踏んで、全てを達成した者をも三景と呼ぶ。この話の場合は、その段階を経典三種類に当てはめて、言っているのである。

（11）嵇康――生没年は二二三年～二六二年。魏の人。字は叔夜。中散大夫。竹林の七賢の一人。弾琴、詠詩自ら楽しんで、「養生論」を著したが、時に衆を集めて力のあった鍾会の怒りに触れ、殺された。

（12）潁陽――中国上古の隠者、許由の別称でもある。命名の由来は許由が潁水の北側で畑を耕していたからと言う。堯が何度招聘しても応じなかった。この話には直接許由の名は出てこないが、「穎陽尊師」という命名には、許由の事が想起されているかも知れない。

(13) 算木を置く——この話では、太乙神の行く先とその距離を筮法によって計算したことになっている。「算木を置く」は、計算の結果を算木を置いて見せたということ。

(14) 東海の西龍山——架空の山である。ここでは、神仙たちの宴会が行われた所となっている。

(15) 東黄君——この神の由来は不明。創作されたのかも知れない。これがもし発音の共通する東皇であれば、中国南方の楚の地方で祭られる春の神のことになるのだが、この場合はあり得ない。なぜなら、楚の神の場合は、東皇太一として祭られるからである。

(16) 許長史——創作された人物。長史は諸記録官の長ではあるが、三公の属官であり、一人に特定できるものではない。

(17) 太白洞——地上に於ける天帝の居所。言わば天帝の別荘である。

(18) 瑤華上宮——美しい宮殿。天の紫微宮を言っている。天帝の御座所。

(19) 虢県——今日の陝西省宝鶏県の東五〇里に旧治があったと言うから、作品の初めにあった主人公の出身地である岐陽県にはほど近いと言える。

(20) 太白山——有名なものだけでも、中国全土に、同名の山が五箇所ほどある。しかし、この作品の末尾に出る太白山は、太白洞のあった山を言っているのだと思われる。あるいは、太白洞と書くべきを誤ったのかも知れない。

裴航《はいこう》

唐の長慶年間(1)の事である。裴航秀才(2)と呼ばれている者がいた。試験に落第したので鄂渚《がくしょ》(3)に旅をし、旧友の崔《さい》相国《しょうこく》(4)を訪ねた。その折、相国から銭二〇万を贈られ、遠路それを持って都に帰ることになった。そこで、湘水漢江(5)を船に乗ることにして、大きな船を雇った。同船する者に樊《はん》夫人という女性がいて、大変な美人だった。言葉を交わして応対するうち、帳を隔てて次第にうちとけて来た。航は慣れ親しむうち、直接顔を見て話がしたくなったが、それ以上近付く方法がなかった。そこで、下女の裊煙《じょうえん》に賂を贈って、詩を一章届けてくれるように頼んだ。その詩はこうである、

「同船した人が胡や越人であっても、心惹かれるものなのに、まして錦の仕切りを隔てて天仙に巡り会っているとは。もしも天宮に伺候できるものなら、鸞や鶴に従って、青雲に入って行きたいもの」。

詩は届いたが、しばらく待っても返事はなかった。航は何度も裊煙に尋ねたが、煙は言った、

「奥様は詩を見ても知らん顔をしています。どうしましょう」。

航は仕方がないので、途中で名酒や珍しい果物を買って、それを差し入れた。

すると夫人は、ようよう裊煙に航を呼ぶように言いつけた。帳が掲げられると、玉の肌えは冷ややかに光り、明るい花の顔に、雲なす髷は豊かに映え、月は秀でた眉に淡く、立ち居振る舞いもこの世のものならず、それがあえて塵俗のもとに天下る。

航は再び拝礼し、しばらくその美しい姿に見とれていた。夫人は言った、

「私は夫が漢南(6)におりまして、役人を辞めて幽谷に隠棲しようとしています。私を呼んで決別しようというのです。深い悲しみに心乱れながら、約束に遅れることを気遣っております。更に情を他の方に移すなど、いけない事ではないですか。貴方様とご一緒に船に乗れたのを嬉しく思います。戯れを本気になさらないで下さいね」。

航は「とんでもないです」と一言言って、酌まれた酒を飲み干して、自分の席に戻った。操は氷か霜のようで、とても冒せるものではなかった。夫人は後に裊煙に詩を一章持たせてよこした。その詩にはこうあった、

「ひとたび玉漿を飲み干せば多くの感情が芽生えます。しっかり閉ざしている霜も搗き崩せば雲英が現れます。藍橋《らんきょう》は神仙窟なのです。何も苦労して玉清宮(7)に昇る必要はありません」。

航は、その詩を見て、少し恥ずかしくなったが、しかし、詩の主旨をしっかりとは把握できなかった。その後はまた会うこともなく、裊煙を通じてご機嫌伺いの挨拶を送っただけだった。そのまま船は襄漢《じょうかん》(8)に着き、彼女は下女に化粧箱を持たせ、いとまも告げずに去って行き、誰もその行方を知る者はいなかった。航もそこら中を探したが、陰も形も見当たらず、跡を付ける気も失せて、服装を改めて、乗り物に戻った。

藍橋駅を過ぎて、間もない所で、喉が非常に渇いたので、道に下りて、飲み物の飲める所を探した。茅葺き屋根の三、四間間口の低くて狭い家があり、その前で、老婆が麻やからむしの糸を紡いでいたので、航はそこへ行って挨拶し、飲み物を求めた。すると、老婆は奥に向かって叫んだ、

「雲英水を一杯持ってきな。旦那が飲むよ」。

航は不思議な気がした。樊夫人の詩に雲英の句があったのを思い出したからである。考えても納得が行く事ではなかった。にわかに葦の簾の下から、二本の玉のように白い手が磁器の碗に水を入れて差し出した。航はそれ

をもらって飲んだが、喉が渇いていたので、まるで玉液のように感じられた。それに不思議な香の匂いがして戸外にまで流れて来た。そこで、碗を返すついでに、いきなり簾を持ち上げて見た。すると、そこに一人の娘がいて、露が玉英を潤したように、また春溶けの雪のように瑞々しく、顔の色艶は滑らかな玉と見まがうばかり、鬢は色濃い雲のように豊かに、恥じらって顔を覆い、身を隠す。赤い蘭の奥深い谷間に隠れ咲く様子もこれに比べればなお物足りず、航はしばらくその場に立ったまま、立ち去れずにいた。そして、老婆に言った、

「私の下僕も馬も飢え疲れています。どうかここで休ませて下さい。お礼は致しますから、お願いします」。

老婆が言った、

「どうぞ旦那のご自由に」。

航はそこで下僕に飯を食わせ、馬に秣をやり、しばらく休むことにした。やがて航は老婆に言った、

「先ほどお嬢さんを見ましたが、人を驚かすほど綺麗でいらっしゃる。容姿が美しいために、躊躇して嫁げないでおられるのでしょうか。結納はたくさん致しますので、私が戴きたいと思いますが、宜しいでしょうか」。

老婆が言った、

「あれには許婚が一人いるのですが、時がまだ廻って参りません。私はもう年老いて病気がちで、あの娘だけが頼りなのです。昨日神仙が私のために、霊丹[9]を一刀圭《いっとうけい》[10]贈ってくれました。しかし、この薬は玉の杵と臼で、一〇〇日間搗かないと飲めないのです。そして、もし呑めれば、寿命を延ばすことができるでしょう。貴方がこの娘を娶りたいということであれば、玉の杵と臼を手に入れて下さい。そうすれば、差し上げましょう。他の金銭や絹織物などは、私には用がありません」。

航は拝礼して礼を陳べた、「どうか一〇〇日間の猶予を下さい。必ず杵と臼を探して参りますので、もう他の人に許してはいけませんよ」。

老婆が、

「分かりました」。

と返事をしたので、航は、無我夢中でそこを飛び出し、都に行ったが、科挙の事など意に介せず、ただ下町や目抜き通りや人の集まる広場などで、大声を張り上げて玉の杵と臼を探したが、少しも手懸りが得られなかった。時には友達に出会う事もあったが、みな知らぬ顔をして行ってしまうのだった。人々は皆彼を狂人だと言っていた。そうして数ヶ月あまり過ごしたある日、一人の玉売りの老人に出逢うと、彼は言った、

「最近虢州《かくしゅう》の薬屋の卞老人《べんろうじん》の手紙をもらったのだが、玉の杵と臼を売るのだと言っていた。貴方はこれほど熱心に探しておられるのだから、私が手紙を書いて紹介してやろう」。

航は心から感謝した。期待通り杵と臼が手に入るのである。紹介状をもらって薬屋に行くと、卞老人は言った、

「二〇〇緡[11]でなければ売れないよ」。

航は有り金を全部はたき、下僕と馬を売って、やっとその額を得、杵と臼を買って、それを持って、歩いて藍橋まで帰って来た。その様を見て、老婆は大笑いして言った、

「世の中にはこういう正直な人がいるんだねえ。こうなれば、娘を惜しんで、この苦労に報いないわけには行かない」。

すると、娘もまた微笑しながら言った、

「けれども、また私のために一〇〇日間薬を搗いてもらって、それからでないと、結婚の話はできませんよ」。老婆が懐から薬を取り出してくれたので、航はすぐにそれを搗いた。それからは、毎日昼働いて夜休む日課を繰り返したのだが、夜は老婆が薬の臼を自分の部屋に持って行くので、ある日様子を見ていると、老婆の部屋から薬を搗く音が聞こえて来た。そこで、そっと覗いて見ると、何と月の世界の玉兎《ぎょくと》が杵と臼を持っているのである。真っ白な光が部屋中を照らし、光芒眩いばかりであった。そこで、航の気持ちは益々固まった。こうして一〇〇日間搗き続け、老婆は薬を呑んで言った、

「私は先に行って親戚にこの事を伝え、裴様のために婚礼の準備をしてきます」。

そして、航の方に向き直って言った、

「少しここで待っていて下さい。迎えの者が来ますから」。

そう言って、老婆は娘を連れて山に入って行った。

しばらく待っていると、車馬や下僕が迎えに着て、航を車に載せて行った。やがて大きな建物が、雲に届くほど高く聳えているのが見え、珠で飾られた扉が日に光って眩しかった。中に入ると帳や衝立《ついたて》などの設備がすっかり整っており、真珠や翡翠などの置物が飾られ、全てが行き届いて、愈々高貴な者の邸宅のようだった。やがて、仙童や玉女が航を案内して帳の内に入れ、婚礼をなし終えると、航は老婆を拝して、感涙にむせんだ。すると老婆が言った、

「裴様は元々清冷(12)なる裴真人様の御子孫で、俗世を離れるべく生まれ付いておられるのです。この婆などに感謝する必要はありませんよ」。

やがて賓客たちに紹介されたが、多くは、神仙界の人であった。後の方に一人の仙女がいて、鬟《かん》の髻に虹色の着物を着て、妻の姉だというので、航が拝礼すると、その仙女が言った、

「裴様はご存知でしょ」。

そこで航が、

「以前は姻戚関係がありませんでしたから、お会いした覚えはございません」。

と言うと、その仙女が言った、

「鄂渚から同船して、襄漢までご一緒したのを覚えておられませんか」。

それを聞いて航は大変驚き、丁寧に詫びた。後で近侍の者に聞くと、

「あれは奥様のお姉さまの雲翹《うんぎょう》夫人で、劉綱《りゅうこう》仙君の奥様であり、すでに高真の位に就いておられて、玉皇付きの女史[13]になっておられます」。

ということだった。老婆は航を妻と共に玉峰洞中の瓊楼《けいろう》の特別室に住まわせた。

それからの航は、絳《あか》い雪や瓊英の丹を食べて、体質は清らかに虚の状態[14]になり、毛髪も紺緑[15]になり、自在に神化できるようになり、昇進して上仙になった。

太和年間に至り、友人の盧顥《ろこう》が、藍橋駅の西で彼に会い、道を得た事情を話してもらった。そして、藍田の美玉[16]一〇斤、仙界の雲丹[17]一粒をもらい、長い時間話し合った。そして、親愛なる人々への手紙を託された。最後に盧顥は額づいて言った、

「貴方はすでに道を得たのだから、どうだろうか、一言だけ教えてもらえまいか」。

すると、航が言った、

「老子は言っている、『その心を虚しくし、その腹を実たす』と。今の人は、心が益々実ちている。これではどうやって道を得ようというのか」。

そう言われて、盧顥はただ呆然とするばかりであった。航はまた言った、

「人は心に妄想が多ければ、腹は収めきれなくなって精なるもの(18)まで漏らしてしまう。これで虚実が分かるはずだ。およそ人は皆不死の術も還丹の方(19)も自ずから持っているのだ。しかし、君は今すぐ教えるわけには行かない。将来言うことにしよう」。

盧顥はこれ以上頼めないことが分かって、酒を飲み終わると別れて行った。後世の人で彼に会った者はいない。

〔この話の特徴〕

この話の主人公裴航も神仙界に入るに当たってテストを受けることになるのだが、この話の場合は、それが玉の杵と臼で一〇〇日間薬を搗き続けなければならないという試練であった。しかし、婚儀が決まってから後の老婆の言葉に、「裴様は元々清冷なる裴真人様の御子孫でいらっしゃる」とあるから、裴航の場合も、予め仙人になる素質を持って生まれついていたということだろう。

注

（1）長慶年間――八二一年～八二四年。

（2）秀才――隋代のものと変わって、唐代の「秀才」は、科挙の六科目の中の一つになっていた。地元から推挙される場合の条件については、許棲巌の注（2）参照。この場合の秀才は受ける科目のこと、つまり秀才科を受ける者として推挙されていたという事である。

（3）鄂渚――武漢市西方の長江の辺。
（4）崔相国――相国は宰相の通称。長慶年間にいた人間でこの条件に当てはまる者は、二、三名いるが、特定できない。
（5）湘漢――湘水（今日の湘江）は、南から洞庭に注ぐ河なので、主人公は、鄂渚に立ち寄った後、更に南方に崔相国を訪ねたということと思われる。
（6）漢南――県名としては西魏の頃置かれたが、唐では省かれていた。従って、土地の俗称であったと考えられる。旧治は今日の湖北省宜城県。
（7）玉清宮――天帝の宮殿の一。
（8）襄漢――襄陽の南、漢江の畔にあった船着場の名称と思われるが、所在不明。
（9）霊丹――霊力のある丹薬。神仙からもらった丹薬なので、初めから霊力がある。
（10）刀圭――薬を計るのに使う匙。柄が刀銭の形に似ている。
（11）緡――崔煒の注（5）参照。
（12）清冷――人格の形容としては珍しいが、この場合は対象が神仙だから、許されるのだと思う。清らかに澄み切っている状態。
（13）玉皇の女吏――天帝の侍女として常に天帝の側に仕えていたのだろうが、上仙になっているということで、特別に庶務的な仕事を与えられていたのかも知れない。
（14）虚の状態――作品の神仙の様子から考えて、自然にありのままを保っていれば良いとして、実質的により以上を望まない状態と考えれば良い。
（15）紺緑――神仙の髪の毛の色艶を表すのに常用される表現。黒いけれども艶があり、若々しく光沢のある状態と想像される。

（16）藍田の玉――藍田山（陝西省藍田県の東南）で産出される玉。藍田山は、古代から玉の産地として知られていた。

（17）仙界の雲丹――仙人の常用する丹薬と思われる。原文は「紫府雲丹」。「紫府」は、神仙の集まる所を言う。そこに立てられた宮殿を指して、「紫府宮」という言葉もある。

（18）精なるもの――原文は「腹漏精溢」。体を虚にする事に勤める仙人も、腹の中には、残すべきものを残していたらしい。それを「精」で表わしている。

（19）還丹の方――道家の錬金術。丹を煉って、変化する様子を「還」で表す。従って、例えば、まとめて「九還丹」と言って、変化の途中から得られる九種類の仙薬を言う言い方もある。

封陟《ふうちょく》

宝暦年間(1)の事である。封陟孝廉《こうれん》(2)と呼ばれている者が、少室山(3)に住んでいた。容貌も立ち居振る舞いも清潔で明るく、性格は真面目で几帳面な性質であった。古代の典籍を学ぶ事を志して、林の奥深い所に住み、古典の奥義を探りながら星が腐草に帰るまで(4)の時間を過ごし、経書を読んでは、月が静かな窓辺に沈むまでの時を過ごしていた。ただこつこつとひたすら勉強を続け、夜も寝ずに頑張って、読んだ典籍は必ず隠れた奥義を確かめ、いまだかつて勝手に時間を切って止めるようなことはしたことがなかった。

彼の書斎の回りは景色が素晴らしかった。泉や庭石は清らかに静かに目を楽しませ、植えられている桂や蘭は雅やかでありながら、淡白を心掛けてあった。戯れている猿どもが常に庭の果物を盗み食いし、悲しげに鳴く鶴がせせらぎの畔の松に巣を営んでいた。吹きすぎる風に笹の葉が時折ささやかに音を立てるが、塵埃は昼でも立つことはない。薄い靄が竹やぶの翠の節を隠し、露が躑躅の赤い花びらを潤している。蔦蔓《つたかずら》が垣根に絡み、苔が庭石の回りに蒸している。

時刻は真夜中に掛かる頃、風が急に強烈な香の匂いを運んで来、それがだんだん庭一面に広がって来たかと思うと、にわかに車が空から降りて来て、彩の鮮やかな車輪がぎしぎしと真っ直ぐに軒端《のきば》に乗りつけた。やがて車から一人の仙女が現れ、これも綺麗に着飾った侍女たちを従えて、玉珮《ぎょくはい》の音も軽やかに、薄絹の裳裾を雲のように引いていた。身体は雪の白さにも劣らず白く輝き、顔は芙蓉の色艶を奪い、近付いて容を引き締め、襟を正して、陟に拝礼して言った、

「私は元々上仙(5)に籍を置く者ですが、今は謫せられて(6)、下界にいます。ある時は人間《じんかん》の五岳(7)に遊び、ある時は海中の三峰(8)に渡ります。月が瑤《たま》の階を照らせば、笙の音の聞こえないのを寂しく思い、虫が白壁に鳴くのを聞けば、鴛鴦の刺繍のある夜具に寝ていないのを恨めしく思います。燕はやたらに鳴き喚いて徘徊し、鸞《らん》は空しく空の彼方で歌っています。美しい瑟の音も流れを止め、蛟《みずち》を象った角盃も動きを止めています。紅の杏の綺麗な枝は、今頃は美しい御殿で眉を顰める仙女たちの口に含まれているはずで、碧の桃(9)のふくよかな花は、玉の台の仙女たちの目を引きつけているはずです。私は朝の化粧も物憂いばかり、次第に募る恋心。仙界から貴方のお姿を拝見すれば、地上での奥深く清らかで、信条も度量も正しく明瞭なお暮らしぶりが目に付き、学識は英知に富んで明

るく、文章は深遠な妙義を蓄えておいでです。その純朴なお人柄をお慕いし、孤高を保っておいでの生活ぶりに心引かれ、特に直接ご尊顔を拝し、お側に傅かせて頂こうとお願いに参った次第ですが、貴方のお気持ちはいかがでございますか」。

陟は衣服を改め、灯火を掻き起こして、真顔になって、坐り直して言った、

「我が家は元々貞節廉直を旨とする家柄で、私の性格は孤独を守って世と相容れぬ性格です。古人の残した糟《そう》粕《はく》を貪り食い、先賢の目指した所を窮め、柳を編むのを生業にして苦労を重ね、暗がりに油粕を燃やし、木綿を着て玄米を食べ、藁を焼いて藜《あかざ》を茹でます。これも皆自然にこうなっているので、決して間違ってこうなったわけではありません。とても神仙にご降臨頂くような者ではございません。お断り申し上げる気持ちは以上の通りです。どうか早くお車をお戻し下さい」。

これを聞いて、仙女が言った、

「私はまだこちらに着いたばかりで、気持ちを充分に申し上げておりません。それでは、詩一章を置いて参ります。七日経ったらまた参ります」。

詩には、次のように詠われていた、

「謫せられて、瑤池《ようち》(10)に別れを告げ蓬萊の島に参りました。折からの霞に煙る花の風情は恋心を掻き立てます。貴方のお心が常に潔白でおられるのをいとおしむ故に、貴方にお仕えして寝所を共にすることを願うのです」。

陟はそれを見ても知らぬ振りをしていた。空飛ぶ車は去ったが、窓や戸口には残り香があった。しかし、陟の心中は変わることはなかった。

それから七日目の夜、仙女はまたやって来た。騎馬の従者も前と同じだった。美しい容姿に綺麗な衣裳で、媚《こび》を作ってしなやかに入って来て、陟に言った、

「私はにわかに因縁に絡まれ、障《さわ》りが厳しく、下界に下りて蓬萊や瀛洲《えいしゅう》の島を廻り、錦で飾られた美しい宮殿の刺繡のある帳の中に暮らしていますが、赤い褥《しとね》に坐っていても恨み心が生じ、緑の夜着をまとっていても憂いが消えません。香りの良い草に舞う蝶を見ても恨めしく、綺麗な木立に囀る鶯の声にも嫉妬するのです。あの蝶たちも雌雄連れ立って戯れていますし、鶯たちもつがいの時を楽しんでいるのです。それを見るにつけ、私はいつも一人寝の寂しさに堪え、人気のない寝室に心乱れているのです。秋の寂しさを耐えるには、銀の瓶から酌むお酒に頼って、片割れ月に瞳を凝らし、一人居も忍び難い春の季節には、美しい花畑を巡り歩き、甘い薫りに包まれて行く春を惜しむのです。貴方への思いが時と共に募り、遣る瀬ないこの思いを申し上げているのです。貴方様が受け容れて下されば、お心を阻むことは決して致しません。あなた様のお気持ちをお聞かせ下さい」。

陟は真顔になって言った、

「私は一人山里に暮らして、志はすでに愚昧に固まっています。白粉なども知りませんし、況してや女色などは知ろうはずもありません。どうか速やかにお戻り下さい。何卒おとがめのなきように」。

すると仙女は言った、

「どうかその深いお疑いをいつまでも心に留めないで、お願いですから私の至らない気持ちもお汲み下さいませ。それではまた詩を一章置いて参ります。また七日経ったら参ります」。

詩にはこうあった、

「弄玉《ろうぎょく》(11)も夫があり夫婦共々道を得ました。劉綱《りゅうこう》(12)も奥方と共に登仙致しました。貴方にもしはかない朝露の命を顧みるお気持ちがおありなら、この天の車に乗って昇天しなければなりません」。

陟はまた見て見ぬ振りをしていた。

その後七日経って、仙女はまたやって来た。姿も物腰も優しくなまめかしく、美しく着飾り、はっきり明るいまなざしで、また言った、

「行く波は止め難く、西日は落ち易いもの、花木は移ろい易く、薤《おおにら》に下りた露は長く保てるものではありません。軽い泡は水に浮きますが、ほんの一瞬です。かすかな灯火が風を受ければ、一瞬たりとも保てません。無駄な争いの空元気《からげんき》は幾時保てるものでしょう。若い頑張りも美しい容貌も、少し経てば枯れ木同様になります。貴方が容貌や髪の美しさを誇れるのも、まだ凋落していないからです。綺麗な衣裳に拘るのも、典籍を貪り読むのも、老いてしまえば、どうして持ち応えられますか。私は還丹(13)を持っています。命を留める事ができるのです。私の輿入れをお許し下されば、必ずお望みを叶える事ができましょう。貴方に松の三倍の寿命(14)を差し上げる事ができるのです。両の瞳をしっかりと見開いて、仙山にも霊府にも思いのままに行けるのです。槿《むくげ》を植えて、朝色香を漂わせる必要はなくなります。燧石《ひうちいし》を打つのはお止めなさい。暗闇でも光がありますから」。

陟は眼を怒らして言った、

「私は書斎にいるのだぞ。暗い部屋で隠し事をしているわけではない。私の日常の振る舞いが正しいことは、柳下恵《りゅうかけい》(15)のように人の認める所であり、羊祜《ようこ》(16)を師と仰いで学に励んでいるのだ。何の妖精か知らぬが、やたらに迫りおって。私の心は鉄や石のように固いのだから、もう何も言うな。もしぐずぐずしていれば、必ず酷い目に

会うぞ」。

あまりの事に、護衛の一人が仙女に忠告した、

「お嬢様車にお戻り下さい。この朴念仁《ぼくねんじん》は話になりません。況してやこの様子では、落ちぶれ果てて、地獄の幽霊になるのが定めでしょう。どうして神仙の連れ合いになれるものですか」。

仙女は長い溜息をついて言った、

「私が特にねんごろに誘ったのは、この人が青牛道士(17)の子孫だからです。それにこの時を逃したら、六〇〇年待たなければなりませんよ。これは大変な事です。まったく、この人は、大変な分からず屋ですよ」。

そしてまた彼女は詩を残した、

「期待した蕭郎《しょうろう》は終に鳳楼を顧みませんでした。雲井に車を廻らせば、涙がしとどに流れ落ちます。寂しい気持ちで蓬萊や瀛洲のある東海へ帰って行きます。こんな気持ちでは、春に巡り会う昔馴染みの碧桃《へきとう》など、見るに堪えないことでしょう」。

仙女の車は門を出ると、珠玉の音を響かせながら、笙の音も寂しげに、雲の彼方に消えて行った。しかし、陟の意志は固く、少しも変わる所はなかった。

その後三年経って、陟は流行り病に罹って死んだ。捕らえられて泰山に護送されることになり、大きな鎖に繋がれて、泰山の使者が彼を駆り立てて行った。もう少しで冥府に着くという所で、思いがけず、神仙の騎馬の従者に出逢った。行列のお先払いが厳しかった。泰山の使者は、道路わきに身を屈めて言った、

「上元夫人(18)が泰山へお見えになるのだ」。

そうして行列を見送っていると、急に騎馬の従者が来て、泰山の使者に陟を連れて来るようにと言った。陟は呼ばれて行って見上げると、それは以前に彼の所へ結婚を求めに来た仙女であった。左右の者も一瞬あまりの事に嘆いたが、仙女はやがて使者に逮捕状を見せるように求めて言った、

「この人に過酷な仕打ちをしてはいけません」。

それから、大きな筆を求めて判決を下し、言い渡した。

「封陟は過去には道に迷いはしたものの、操は堅く清潔で、実際は全て愚直の性質によっているのである。その様を責めるわけには行かない。更に一紀を延ばしてやるべきである」。

仙女が判決を読み終えると、左右の者が陟に跪いて礼を言わせた。泰山の使者は鉄の鎖を解いて言った、

「仙官がもう許されたのだ。冥府はあえてお前を逮捕することはできない」。

そう言って、泰山の使者は引き返して行った。

しばらくして封陟は生き返った。それから昔を振り返って後悔し、慟哭して自分を責めた。

〔この話の特徴〕

この話の主人公封陟は、後漢代の道士であった青牛道士封衡の子孫で、そのため女仙の誘いを受けることになる。しかし、元々頑なに典籍の勉強しか知らぬ生活を送っていた封陟には、女仙の誘いは通用せず、ついに女仙を諦めさせる。その後、流行り病に罹って死んだ封陟が泰山へ護送される途中でかの女仙に行き逢い、寿命を一紀（一二年）延ばしてもらい、生き返って前非を悔いたということになっている。勉強ばかりの頑なな生き方は、間違いだということか。

ちなみに、泰山へ行く途中で逢った女仙の言葉に、「封陟は、過去には道に迷いはしたものの、……」とある。

注

（1）宝暦年間――八二五年～八二六年。

（2）孝廉――漢の武帝の時から始まった選挙科目の名称で、初めは郡の太守から、管轄地域の孝行にして清廉なる人物を推薦させる事から始まり、官吏登用科目としてあった秀才と共に、選挙科目となり、恒例として、秀才は州から推挙され、孝廉は郡から推挙されるのが習慣となり、後漢の順帝の時に、四〇歳以上という年齢制限と共に、儒者には経学を、文吏には章奏を課して試す制度ができた。しかし、隋唐で、科挙の制度が実施されるようになってからは、廃されていたはずであり、この話に、「封陟孝廉」とあるのは、単なる民間での、渾名か通称であったと思われる。従って、裴航の話の主人公が、「裴航秀才」と呼ばれながら、実際に科挙の試験に臨んでいたのとは事情が違うのである。

（3）少室山――河南省登封市にある嵩山の西峰。古くから、文人に好まれる山だった。

（4）星が腐草に帰る――蛍が腐草から生ずるというのと同様の迷信。

（5）上仙――仙界の地位の名称。神仙界の役人になる資格を与えられていたらしい。劉綱の妻の上元夫人も同様であった。

（6）謫せられ――天上の神仙界から地上の人間界に左遷されたということ。この場合は左遷の理由が明確でない。あるいは、本人の言うように、障りが酷くて、天界にいられなかったのかも知れない。

（7）五岳――中国の五つの名山。古くは天子がここに天を祭り、巡行したと言われる。後世道教信仰が盛んになると共に人間の寿命を司る山として信仰を集めた。中岳を嵩山、東岳を泰山、西岳を華山、南岳を衡山、北岳を恒山と言う。

（8）三峰――東海中にあり、仙人が住むと言われた三つの仙山。島と言われる場合もある。名称は、蓬莱、方丈、瀛州である。

（9）碧桃――「本草綱目」によれば、桃の種類は非常に多く、色の別によって名が付けられているようだが、仙人の話には、碧桃がよく出て来る。どうやら、碧桃が仙人の好んだ桃らしい。

（10）瑤池――瑤は美しい玉のこと。瑤池の瑤は、美しい意の形容詞で、玉のように美しい水を湛えた池という意味のようである。瑤池は神仙界の象徴と考えれば良い。古くは、この池は崑崙山頂にあり周の穆王がこの池のほとりで西王母に会ったという伝説がある。

（11）弄玉――秦の穆公の娘。簫の名人の蕭郎に嫁ぎ、蕭郎から簫を習って吹くと、鳳の鳴き声のように美しい音を出し、鳳が飛んで来て屋根に留まったので、穆公は、弄玉のために、鳳楼を建てたという。後、弄玉は鳳に乗り、蕭郎は龍に乗って昇天したと伝えられる。

（12）劉綱――四明山に住み、よく神仙を招いたと言う。妻の樊雲翹と共に昇天したと伝えられる。

（13）還丹――裴航の注（19）参照。

（14）松の三倍の寿命――松の寿命は千年と言われるから、その三倍は三千年である。

（15）柳下恵――本名は展禽、字は季、諡は恵。柳下は住んでいた邑の名。平生から徳行があり、下逮門で凍死しそうになっていた女性を、自分の肌の温もりで救ってやったが、里人は彼を信用しているので、それを見ても疑わなかったと言われる。

（16）羊祜――字は叔子。生没年は二二一年～二七八年。晋の武帝朝の功臣である。

（17）青牛道士――青牛は黒毛の牛。本名は封衡、字は君達。後漢代の道士。常に黒牛に乗っていた所からこう呼ばれた。

（18）上元夫人――道家の仙女の名。李白に「上元夫人詩」がある。

金剛仙　こんごうせん

唐の開成年間(1)の事である。西域人の金剛仙という僧が、清遠《せいえん》(2)の峡山寺《きょうざんじ》にいた。梵語《ぼんご》(3)ができ、舌を鳴らし、錫《しゃく》杖《じょう》を振るって物に呪文を唱えれば、どんな物でも応じないことはなかった。そうしてよく妖怪を捕らえ、蛟を捕まえた。錫杖を振るって一声発すれば、たちまち雷鳴が轟いた。

この日、峡山寺に李朴《りぼく》という者がいて、斧で巨木を伐り、刳《く》りぬいて舟を作るのが生業だったが、ふと思い立って丁度良い樹を探しに山へ登っていった。

彼は山で上に穴の開いた大きな岩を見た。その穴の側に一匹の大きな蜘蛛がいて、脚を伸ばせば一尺余りあった。見ていると、蜘蛛は岩の周辺を駆け巡って、草を噛み切っては運んで来て、自分の入った穴の入口を塞いだ。蜘蛛の姿が見えなくなると、にわかにあたりの木々が音を立て、獰猛な吼え声を立てながら、何者かが迫ってきた。船大工は怖いので、木の後ろに隠れて様子を見ていると、何と二つ頭のある大蛇の長さ数十丈もあるのが、身をくねらせながら怒ってやって来て、蜘蛛の穴の周りを取り巻いた。その二つの首を東西に振り分けて、西側にあった首が蜘蛛の穴を塞いでいた草の塊を一遍に吸い取ると、吹き飛ばしてしまった。穴を塞いでいるものは何もなくなった。すると今度は、東側の首が大きく眼を見開き、大きな口を開けて、蜘蛛を吸い込もうとした。蜘蛛は這い出してきたが、足で穴の入口に摑まって、切羽詰って、毒を吹きかけた。火のように真っ赤な毒液で、口を開けた蛇の喉を焼き、眼を焼いた。蛇は一瞬呆然としたが、また元気を取り戻して、首を持ち上げて蜘蛛を吸った。蜘蛛は見えなくなったが、更に毒を蛇に浴びせ、蛇は石の上に倒れて死んだ。蜘蛛は躍り出てきて、蛇の腹から攀じ登って二つの頭を嚙み切り、糸を出してそれを包んで、また穴に入っていった。

この一部始終を見ていた李朴は、この蜘蛛の様子を不思議な事だと思い、峡山寺に帰って、見て来たことを金剛仙に話した。仙はそこで李朴に付いて穴を調べに行くことにした。錫杖を揮って呪文を掛けると、蜘蛛はすぐに僧の前に出てきて、畏まって僧の言うことを聴いているようだった。金剛仙が、錫杖を構えなおして、蜘蛛に触れると、蜘蛛は穴の側で死んだ。

その日の夜、金剛仙は一人の老人を夢に見た。一疋の絹の織物を捧げて前に来て、言った、

「私は蜘蛛です。しかし、こうして織物もできるのです」。

そう言って、改めて金剛仙を拝んで言った、

「どうかこれをお袈裟《けさ》にして下さい」。

そう言って、老人は姿を消した。僧は目覚めて見ると、夢で見た布は、側に置いてあった。その精妙な出来栄えは、世の中の普通の繭《まゆ》の糸で織れる物ではなかった。僧はそれを縫製して衣を作った。着て歩くと、埃が寄り付かなかった。

その後数年経って、僧は番禺《ばんぐう》(4)に行った。船で天竺に帰るためである。僧は峡山の金鎖潭《きんさたん》の畔で、錫杖を揮って大声に叫び、水に呪文を掛けると、にわかに潭の水が割れて底が見えた。洗い桶に水を張ると、一匹の泥鰌《どじょう》が飛び込んで来た。長さが三寸ほどもあった。金剛仙は僧たちに言った、

「これは龍だ。私は港に行ったら、これを薬で煮て膏薬にする。それを脚に塗ると、海を渡るのは平地を歩くのと変わらない」。

この晩、白い着物の老人が、転関樽《てんかんだる》(5)を持って、寺の使用人の傅経《ふけい》の所へ来て言った、

「金剛仙が酒好きなのは分かっている。この樽は一方が美酒で、一方が毒酒なのだ。この樽は、晋帝が牛将軍(6)を毒殺する時に使った物だ。今黄金百両を貴方に上げるから、この酒であの僧を毒殺してもらいたい。あの僧は、何の理由もなく、我が子を捕まえて、膏薬にしようとしているのだ。あれが憎くてたまらず、憎しみが骨髄にまで沁み込んでしまった。しかし、どうしようもなかったのだ」。

傅経は喜んで、金と酒を受け取り、転関のやり方を教えてもらって、金剛仙の所に行き、酒を勧めた。仙が盃を口に持って行こうとした時、にわかに数歳の子供が飛び出して来て、手で盃を覆って言った、

「この酒は龍が持って来たもので、恩師を毒殺しようとしているのですよ」。

僧は大変驚いて、傅経を問い詰めると、傅経は終に隠しきれなくなって、全てを白状した。そこで、僧は子供に尋ねた、

「お前は一体どういうわけがあって私を救ってくれたのかね」。

すると、子供が言った、

「私はあの時の蜘蛛なのですよ。今はもうあの頃の悪行は棄てて、人間に生まれ変わって七年になります。私の魂は幾らか普通の人より霊力があるらしく、恩師が難儀に遇っているのが分かって、魂を飛ばして、(7)お救いに参ったのです」。

そう言い終わると、子供は姿を消した。そばで一部始終を見ていた僧達は龍に同情して、皆で金剛仙に龍の子を棄ててくれるように懇願した。僧もやむを得ず、それに従って、龍の子を放してやった。その後、金剛仙は、

予定通り船を浮かべて天竺へ帰って行った。

〔この話の特徴〕

この話の問題点は、蜘蛛がどうして金剛仙に殺されなければならなかったかということである。話の最後で、蜘蛛は、「あの頃の悪行は棄てて、人間に生まれ変わって七年になります」と言っているのだが、蜘蛛の悪行というのがよく分からない。自分を殺した金剛仙に袈裟の材料を贈ったり、金剛仙を恩師と呼んで、危急を救いに来たりするのは、彼の前身である蜘蛛に対して邪悪な生き物という通念があってのことだろうか。こういう不可解な点を無視してこの話を読めば、全体として、神通力を持った金剛仙の伝記として読むことができる。

注

（1）開成年間――八三六年～八四〇年。

（2）清遠――県名。旧治は、今日の広東省清遠市。

（3）梵語――サンスクリット語。

（4）番禺――県名。旧治は今日の広東省広州市番禺区。

（5）転関樽――原文は「轉關榼」に作る。「榼」は酒樽のこと。

（6）牛将軍――晋帝が牛将軍を毒殺したという話は、今日の二十四史・二十五史の収める「晋書」の本紀には、記載がない。晋に関わる牛姓の武将の事例は、晋建国以前の魏の支配下にあった時代を「晋書」は「宣帝紀」として記すが、その「宣帝紀」の太和元年と景初二年の条に「牛金」という武将が登場している。しかし、この人物は一属官に過ぎず、毒殺されるほどの存在ではない。どこかの逸史に見られた話かも知れない。

（7）魂を飛ばして――唐代伝奇にも、陳玄祐の「離魂記」を初め、生きた人間の体から魂が離れて行って本体とは別に行動する話はよくあるのだが、この話のように、魂が行った先で行動するばかりでなく、会話をするという筋は珍しい例。

聶隠娘《じょういんじょう》

唐の貞元年間（1）の事である。魏《ぎ》博《はく》大将（2）聶鋒《じょうほう》の娘で、隠娘という娘がいた。彼女が一〇歳の時、一人の尼が鋒の官舎に乞食《こつじき》に来た。その尼は、隠娘の姿を見ると、彼女が気に入ってしまい、鋒に言った、

「大将様にお伺いしますが、この娘さんをお預かりして教えて差し上げたいと思うのですが」。

鋒はそれを聞くと、いきなり尼を怒鳴りつけた。すると、尼が言った、

「大将様がたとえ娘さんを鉄の櫃《ひつ》の中に隠したところで、必ず盗み出してまいります」。

その晩、果たして娘の行方が分からなくなった。鋒は大変驚いて、大勢の人に捜させたけれども、何の手懸りも得られなかった。両親は常に娘のことを思い続け、泣き交わしていた。

その後五年経って、例の尼がひょっこり隠娘を送り届けて来た。尼は鋒に言った、

「教えることは全て終わりました。この子はお返し致します」。

そう言い終えると、尼の姿はふっと消えてしまった。一家の人々は悲喜こもごも、早速娘に何を学んだのか、聞き質した。娘が言った、

「初めはただお経を読んで、呪文を唱えるだけで、他には何にも習いませんでした」。

鋒はその答えに満足できず、更にしつこく問い詰めた。すると隠娘が言った、

「本当のことを言ったら、きっとお信じにならないでしょう。どうですか」。

鋒は言った、

「いいからただ本当の事を言いなさい」。

すると娘は話しはじめた、

「私は初めあの尼さんに連れられて、何里歩いたか分かりませんが、夜が明けると、広さ数十歩(3)もあろうかと思われる大きな石の洞窟に着きました。静かで人はいませんでしたが、猿が非常にたくさん棲んでいて、多くの松や蔦が、その場の様子を一層深遠な感じにしていました。そこには、私より先に二人の少女が来ていました。二人とも一〇歳で、どちらも聡明で可愛らしい子でした。ただ、二人とも物を食べないのです。そして、二人とも切り立った崖を平気で飛び回り、敏捷な猿のように木に登ることができました。そして一度も失敗しないのです。尼さんは、私に薬を一粒くれ、また長さ二尺ほどの剣を常に身に付けさせました。剣の刃先は鋭く、毛を吹き上げて割かせるのです。二人の少女について、木登りもしました。だんだん風のように身が軽くなってくる感じがしました。一年後には猿を刺す練習をしました。百回に一回の失敗もないようになりました。その後は虎や豹も刺しました。皆その首を切って持って帰るのです。三年後には飛べるようになりました。今度は鷹や隼を刺させるのです。これもしている内に、失敗はなくなりました。そんなことをしている内に剣の刃はだんだん減って、五寸も縮まりました。飛ぶ鳥も私を見ると、近づかなくなりました。四年目に入ると、二人の少女に留守番をさせて、尼さんは私を連れて街へ出かけました。どこか分かりませんが、尼さんは目的の人物を指し示して、一々その人の罪を数え上げ、私の

ためにその人の首を取って来て見せるのです。気付かせないで、胆を据えて、飛ぶ鳥のように容易にやってのけるのです。羊の角の付いた匕首(4)の長さ三寸ほどの物を渡され、昼間目的の人物を街中で刺して、人に見られずにその首を袋に入れ、尼さんの待つ洞窟に持ち帰り、薬で溶かして水にするのです。五年経った時に、尼さんが言いました、『某大官が罪を犯している。理由もなく人を何人か殺している。夜彼の部屋に行って首を取って来なさい』。また匕首を持って、その入り口の戸の隙間から忍び込み、何の障害もなく、梁の上に忍んで、眠り込むのを見届け、その首を取って持って帰りますと、尼さんは大変怒って言いました、

『何でこんなに遅くなったのだ』。

私は言いました、

『あの人が可愛い子供と遊んでやっているのを見たので、すぐに手を下すことができずにいたのです』。

すると、尼さんは私を叱りつけました、

『以後このような時に出会ったら、先にその可愛がっている者を殺し、それから本人の首を取るのだ』。

私が、謝りますと、尼さんは言いました、

『私はお前の後頭部を開いて匕首を入れておいた。傷はない。匕首を使う時はそれを抜けばよい』。

そして、また言いました、

『お前の術はもう仕上がった。家に帰れる』。

そして、私を送り返してくれたのです。二〇年後にまた一度会おうと言っていました」。

鋒は娘の話を聞いて、とても恐ろしくなり、それからは夜娘がいなくなり、朝帰って来ることがあっても、も

うあまり厳しく問い詰めることはしなくなった。それと同時にまた娘に対する可愛がり方も以前ほどでなくなったようだった。

そんなある日、鏡磨きの若者が、鋒の家の門口に御用聞きに来た。それを見ると、娘が言った、

「この人なら私の夫になれますよ」。

そして、父親にその考えを打ち明けた。父親も聴かざるを得ないので、彼女はその鏡磨きに嫁いだ。しかし、その夫は、鏡磨き以外の事には、全く無能だった。父親はたっぷり衣食を支給してやり、空いている部屋に住まわせてやった。その数年後に父親が亡くなったが、魏州の将帥たちは、彼ら夫婦の事情を知っていたので、彼を金帛管理所の下役[5]にしてやった。

このようにして数年過ごすうち、元和の頃、魏の将帥と陳許節度使《ちんきょせつどし》の劉昌裔《りゅうしょうえい》との間が不和となり、魏では隠娘に劉昌裔の首を取らせようということが取り決められて、彼女の夫は、妻を連れ、魏の将帥にいとまを告げて出発した。

ところが、劉昌裔は元より神算《しんさん》の術に明るく、隠娘らの来ることを予め察知しており、配下の武将を呼んで、明日の朝、城の北門に行き、一男一女の二人連れを待てと命じた。

一方、隠娘ら二人はそれぞれ白と黒の驢馬に跨って劉の居城に向かったが、城の北門に差し掛かったところで、たまたまそこにいたかささぎが、夫に向かって鳴き騒いだ。夫は持っていた石弓で鳥を撃った[6]が、当たらなかった。妻は夫の石弓を奪い取り、一発でかささぎを射殺した。劉の命を受けて、門のところで待っていた武将が、近付いて来て挨拶して言った、

「お会いしとうございました。それで遠くからお出でをお迎えに来ていたのでございます」。

武将は劉との約束どおり彼らに会った。隠娘夫妻が言った、

「劉僕射《りゅうぼくや》は神人《しんじん》(7)ですね。そうでなければどうして私たちの来ることを見抜けるんですか。劉様にお会いしたいです」。

劉は彼らを自室に呼んで労った。隠娘夫妻は挨拶して言った、

「僕射に背いたことは万死に値します。申し訳ありませんでした」。

すると、劉が言った、

「それは違う。人それぞれ自分の主人に親しむのは、人の常というものだ。魏は今許とどう違うのかね。どうぞここに留まりなさい。お疑いのなきように」。

隠娘が謝りながら言った、

「僕射様はお側に人がおられませんね。どうかあちらを捨てて、こちらに付きたいと思います。貴方様の神の如き御明察に敬服致しました。魏の将帥が劉様に及ばないことが分かりました」。

劉は彼らを雇う場合の必要経費を聴いた、すると隠娘が答えた、

「毎日銭二〇〇文がありさえすれば足ります」。

そこで劉は彼女の望みどおりにすることにした。ふと気が付くと二頭の驢馬の行方が分からなくなっているので、劉は人に命じて探させたが分からなかった。隠娘は後でこっそりと布の袋の中にしまった物があった。見ると、二枚の紙の驢馬で、一枚は白く、一枚は黒かった。

その後、一月余り経って、隠娘は劉に言った、

「向こうでは私がここに留まったのを知りませんから、必ず人を来させるでしょう。今晩私の髪を切って、それを赤い布に結び付け、魏の将帥の枕元に置き、戻らない意志を示して来ようと思います」。

劉がそれを許したので、彼女は出かけて行き、四更になって戻って来て言った、

「知らせを置いて来ました。明日の晩、必ず精精児《せいせいじ》を、私を殺し僕射様の首を取りに来させるでしょう。この時はどんな事をしてでも必ず彼を殺しますので、どうぞご心配なく」。

劉は屈託なく大様な態度で、恐れる様子もなかった。

翌日の夜、灯火を明るくともして待つと、真夜中過ぎに、果たして一枚は赤、一枚は白の幟がひらひらと靡いて、寝台の四隅を巡りながら打ち合っているようだった。しばらくすると、一人の人物が空中から落ちて来て床に倒れた。首と胴体が離れていた。隠娘が出て来て言った、

「精精児はもう倒しました」。

そして、その死骸を堂の外に運び出して、薬を使って溶かして水にした。髪の毛すらも残らなかった。隠娘が言った、

「明晩きっと使い手の空空児《くうくうじ》が替わりに来るでしょう。空空児の神技は他の者にはその使用を窺うことができません。鬼神もその足跡をたどることができません。虚空から暗闇に入り、陰も形もなくすことができます。私の芸も、あの境地に達することはできません。今はただ僕射様の福運に頼るだけです。ただ于闐《うてん》(8)の玉の首飾りを首の周りに巻いて、布団を抱えていて下さい。私は蠛蠓《べつもう》(9)になって、僕射様の腸の中に入って様子を窺います。

そのほかには逃げ場がありません」。

劉は言われた通りにして様子を見ていた。三更頃、目はつむっていたが、熟睡はしていなかった。果たして、屋根の上でがたんと荒々しい音が響いた。その途端、隠娘は劉の口から飛び出して、祝いを言った、

「僕射様、ご無事で何よりでした。あの人は俊鶻《しゅんこつ》のようなもので、一度打って駄目なら、翻って遠くへ行ってしまうのです。その失敗を恥じるのですよ。まだ一更と経たないうちに、もう千里の遠くに行っています」。

後で首に巻いていた玉を調べると、果たして匕首で斬りつけた跡があった。その傷の深さは、数分を越えていた。この時から、劉は彼女を一層大切に扱うようになった。

元和八年から、劉は許から禁裏に入ることになった。隠娘は従って行くことを望まず、劉に言った、

「これからは山水を尋ねて、道を得た人を訪ねたいと思います。ただ、ほんの僅かな給金を私の夫に与えてやって下さい」。

劉は希望通りにしてやった。その後だんだん彼女の行方は分からなくなったが、劉が統軍[10]の地位に着いたまま亡くなると、隠娘は、驢馬に鞭打って、一度都に現れ、棺の前で慟哭して去った。

開成年間に入ると、昌裔の子の縦《じゅう》が陵州の刺史になり、蜀の桟道[11]に行った所で、隠娘に遇った。顔立ちは相変わらず若く、縦と出会えて喜んでいた。彼女は以前と同じように、白い驢馬に乗っており、縦にこう告げた、

「貴方には大きな禍に出会う相がある。この任地には行くべきではありません」。

そして、薬を一粒出して縦に呑ませて、言った、

「来年になったら、急いでお役を捨てて都にお戻りなさい。そうすればこの禍から逃れられます。私の薬の力は、

一年の災難避けにしか効きません」。

縦は彼女の言葉を余り信じなかった。折角の心遣いの礼に、織物を彼女に贈ろうとしたが、隠娘は一切受け取らず、ただ充分に酔ってから分かれて行った。その後一年経っても、縦は官を辞めなかった。すると、果たして陵州で亡くなった。これより後隠娘を見た人はいない。

〔この話の特徴〕

主人公の聶隠娘に剣術を教えた不思議な尼は、二〇年後にまた会おうと言ったというが、結局最後までその素性は分からず、不思議な尼のままで話が終わる。これまた晴れぬ疑問は問わないことにして読まなければならない話である。

これは山奥で不思議な尼に剣術を仕込まれた女剣士の話として、立ち回りを中心に読ませる話で、この話の特徴は、軽快なリズムに乗って立ち回りの場面が語られた時に、本当の効果が現れたものかも知れない。語り物芸能向きの作品である。

注

（1）貞元年間——七八五年～八〇五年。

（2）魏博大将——魏州と博州を管轄区域とする節度使で、大将を兼ねていた。

（3）広さが数十歩——一歩は一坪。数十坪ということ。「歩」は、広さの単位の場合、日本の習慣では、普通呉音をもちいて、「ブ」と読む。

（4）羊の角の匕首——羊の角を柄に使っていたものか。

（5）金帛管理所の下役——原文は「以金帛署為左右吏」。金帛署は贈答品などを扱う役所。左右吏は属官のこと。

（6）弓で撃つ——原文は「以弓彈之」。「射」ではなく「彈」を使っている所から、矢を射る弓ではなく、石などを弾き飛ばす弓だということが分かる。

（7）神人——後に出て来る「神の如き御明察」を縮めて言ったもの。劉僕射が隠娘の来るのを予知する所に「神算の術」という言葉が出て来る。これは筮竹と算木を使って、未来の成り行きを予知する一種の占いの術である。

（8）于闐——ホータン。今日では、中央アジアのタリム河の西端にある都市名として残っているが、元は漢から宋にかけて中央アジアに栄えた西域地方の一国の名称であった。玉の産地として有名。

（9）蠛蠓——ヌカガのような、非常に小さい空中を飛ぶ虫。

（10）統軍——禁軍の各軍ごとに置かれた軍の監督官。全体を統べる大将軍に次ぐ軍事官であった。

（11）蜀の桟道——許棲巌の注（6）参照。

張無頗　ちょうむは

長慶年間(1)の事である。進士に推挙された張無頗という者が、南康(2)に住んでいた。推挙に応じようと思って、人を頼りながら番禺(3)まで来たところ、あいにく太守の交代の時期に行き逢って、宿を借りる所がなかった。野宿は病気が心配なので、旅館に泊まったが、人を頼っての貧乏旅行なので、従者達は皆逃げてしまった。その旅館で偶然易の上手な袁大娘《えんだいじょう》(4)に出逢った。彼女は無頗の顔をじっと見つめて言った、

「貴方はいつまでも困窮している人じゃない」。

そこで無頼は、着物を脱いで酒を買い、彼女を持てなして、自分の将来を占ってもらおうと思った。すると彼女が言った、

「今貴方の窮状はこの通りですが、私の考えを実行できれば、ほんの僅かの間に、裕福に暮らせるようになり、寿命も延ばせますよ」。

それを聞いて無頼は言った、

「私はこの通り困窮しておりますので、どうぞお教え下さい」。

すると、大娘が言った、

「私は玉龍膏を一箱持っています。これはただ魂を呼び戻したり、死者を蘇らせるばかりでなく、これによって、美人に会うこともできるのですよ。そのためには、看板を一つ立てなければなりません。そして言うのです、『どんな業病《ごうびょう》も治すことができます』と。もし普通の人が治療を求めに来たら、『治せません』と言いなさい。そして、もし偉そうな人が頼みに来たら、この薬を持って行かなければなりません。そうすれば、自然に富貴になれるのです」。

無頼は、丁寧に礼を言って、薬を受け取った。彼女は暖金合《だんきんごう》にその薬を入れて、言った、

「寒い時はこの箱を出しただけで、部屋中が温かくなるのです。炭火の必要はありません」。

無頼は、大娘に言われた通り、看板を立てて数日すると、果たして黄色い着物の役人らしい人が来て、しきりに入口の戸を叩いて、言った、

「広利《こうり》王《おう》が貴方が薬を持っておられるのを聞いて、『お呼びして参れ』と仰っておられます」。

無頗は大娘の言葉を覚えていたので、そのまま使者について行った。河岸に色塗りの綺麗な船が舫ってあり、それに乗ると、非常に船足が早く、僅かの間に、厳《いかめ》しい城の建物が見えて来た。守衛が大変厳しく、使者の役人は、無頗を連れて、十数箇所の門を潜って行った。

殿堂の前庭に着くと、多くの美女が列をなして居並び、非常に色鮮やかに着飾って、きちんと立って出迎えていた。使者の役人は、御前に進んで言上した、

「張無頗を召し連れました」。

すると、殿上に簾を巻き上げる音が聞こえ、一人の男性の姿が現れた。王者の衣裳を着け、遠遊冠(5)を戴いて、二人の紫の衣裳の侍女に傅かれ、広場に臨んで立ち、無頗を招いて言った、

「どうぞそのままで」。

王は言った、

「秀才が南越人でないことは知っています。統治外のことですから、どうぞ堅苦しい儀礼はなしにしましょう」。

無頗はそれでもあえてしきたり通りの拝礼を行った。王は恐縮している風を見せながら挨拶した、

「徳の薄い私が遠くから大賢をお招きしましたのも、わが娘が病に臥せっておりまして、こればかりが気に掛かり、貴方が神の膏薬をお持ちであることが分かりましたので、お呼びした次第です。もし直して頂けましたら、真に光栄なことでございます」。

そして、宮女頭《きゅうじょがしら》(6)二人に無頗を貴主院(7)へ案内させた。無頗はまた幾つかの戸口を通り抜け、一つの小さな殿堂に着いた。廊下には、璣玉《きぎょく》(8)が鎖のように繋いで飾られ、柱や楣《び》(9)には、花の形の翠の璫《とう》(10)が嵌め込まれていた。欄杆

や牆壁はきらきら輝く金や羅鈿《らでん》が一面に施され、素晴らしい香の薫りが庭に面した戸口に漂っていた。

無頗を案内してきた二人の宮女頭はその部屋の簾を巻き上げ、無頗を室内に招き入れた。真珠と刺繍で飾られた帳の中に、一人のようやく笄年(11)に達したかと思われる年の娘が翠の薄絹に金糸をあしらった襦袢を着て臥せっていた。無頗はその娘の脈を取り、しばらくして言った、

「姫様のご病気は、心臓の不調です」。

そして龍膏を取り出して、酒で溶いて、呑ませると立ち所に快癒した。すると姫は、二羽の鸞の飾りの付いた翡翠の櫛を取り出して無頗に贈ってくれた。無頗はしばらくその細工の素晴らしさに看取れていたが、

「とても私などに戴ける物ではありません」。

と言って遠慮すると、姫が言った、

「これは貴方へのお礼としては不足な物ですが、私の気持ちと思ってお受け取り下さい。いずれ正式なお礼は王からあると思いますから」。

そう言われて、無頗は改めて礼を言って受け取った。

宮女頭がまた無頗を王の所へ案内した。王は、駭雞犀《がいけいさい》(12)の置物と翡翠の碗、それに美しい玉や綺麗な瑰《かい》(13)を添えて、報酬として無頗に贈った。無頗は拝謝して受け取った。

来た時の使者の役人が、また無頗を船まで案内し、番禺へ戻った。宿の主人は何も気付いていなかった。無頗は、報酬としてもらった物の中から、犀を売っただけで、すでに巨万の富を得た。無頗は、姫の美しさに接していささか心惹かれるものを感じていた。

一月余りして、思いがけず、王宮の下女が門を叩いて、紅箋《こうせん》[14]を持って来た。それには詩が二首記されているだけで、題名も姓名も書いてなかった。無頗がそれを受け取ると、下女は途端に姿を消した。無頗は言った、

「これは仙女が作った物に違いない」。

詩にはこうあった、

「恥じらいつつ耳飾《みみかざり》を解いて漢水の渚を彷徨《さまよ》い、ただ春の夢に頼って天涯に訪ね行きます。紅楼に日は暮れて鶯も飛び去り、奥深い宮殿の石畳に散る花を見れば、寂しさが募るばかりです」。

もう一首にはこうあった、

「燕は語り交わしつつ春の泥を錦の筵《むしろ》に落として行きます。私は寂しさに迫られ、意味もなく簪を挿し直しました。一人寝の枕に凭《もた》れても楽しい夢を見ることはできません。起き上がってみれば、金の炉から香の煙が立ち昇っているばかりです」。

しばらくすると、前に来た使者の役人がまたやって来て言った、

「王様がまたお呼びです。姫様のご病気がまた悪くなりました」。

無頗は喜んでまた行き、姫に会って、脈を診た。近侍の者が言った、

「お后様がお見えです」。

無頗は階段を降りて待った。環珮《かんぱい》の音が聞こえ、宮女や侍衛の武官が居並ぶ前を一人の女性が歩いて来た。年齢は三〇前後、服装はいかにも皇后らしかった。無頗が拝礼すると、后が言った、

「また大賢殿にご苦労をお掛けしました。お恥ずかしい事です。ところで、娘の病はどのようなのでしょうか」。

無頗は答えた、

「前の時と同じです。心臓に刺激があってまた起こったのです。もしまた薬を呑めば、病気を根治することができるでしょう」。

后が言った、

「薬はどこにありますか」。

無頗は薬の箱を差し出した。后は黙ってそれを見、不機嫌そうな顔つきで、娘に見舞いの言葉を掛けるとそのまま立ち去った。后は王の所へ行って王に言った、

「娘は病気ではありません。あの無頗が好きになったようです。そうでなければ、どうして宮中の暖金合があの人の所にあるのですか」。

王はしばらく黙り込んでいたが、やがて言った、

「また賈充《かじゅう》(15)の娘がやりおったか。それでは私がその後を引き継いで思いを遂げさせ、長く苦しまないで済むようにさせてやろう」。

無頗が姫の貴主院から退出すると、王が彼を別館に呼んで、彼のために盛大な宴会を催した。宴が果ててから、王は無頗を呼んでこう言った、

「私は貴方のお人柄が好きになった。そこで娘を貴方に嫁がせたいと思うのだが、どうかね」。

無頗は再拝して礼を言い、嬉しくて堪らなかった。そこで、王は係の役人に吉日を選ばせ、婚礼の仕度をさせた。王と后は他の婿以上に無頗を大切にしてくれた。一ヶ月余り滞在する間に、喜びの宴もその極に達したが、

王は言った、

「張殿は他の婿とは違い、どうしても人間《じんかん》に帰らなければならない人だ。昨夜冥府に問い合わせたら、これは廻り合わせだと言っていた。私の娘は苦しまないですむはずだ。番禺は近いけれども、恐らく人が怪しむに違いない。南康はまた遠すぎる。それに封境も違う。だから、韶陽《しょうよう》[16]に帰るのが一番良いと思う」。

それを聞いて無頗が言った、

「私の考えも、やはりそうするのが良いと思います」。

そこで船を用意し、服飾の類、珍宝、黄金、真珠、宝玉などを積み込んだ。無頗が言った、

「側仕えの人々は自分で決めます。冥界の人を使うことはしません。それは経済的に無駄になりますので」。

そして、王と別れたが、別れ際に王が言った、

「三年に一度は君等の所へ行くが、人には言わないでもらいたい」。

こうして無頗は韶陽に移り住んだ。人のそれを知る者は稀だった。

一ヶ月余り経ったある日、不意に袁大娘が門を叩いて無頗を訪れた。無頗が驚いていると、大娘は言った、

「張さん、今日は賽口《さいこう》[17]ですよ。奥さんと一緒に仲人に礼をしても良いのじゃないですか」。

そう言われて二人はそれぞれ珍宝を用意して大娘に贈った。やがて、大娘がいとまを告げて去ると、無頗は妻に袁大娘の素性を聞いた、すると妻が言った、

「あれは袁天綱[18]の娘で、程先生[19]の妻です。暖金合は私たちの宮中の宝なのですよ」。

それからは、三年毎に一度、広利王は夜張の部屋を訪れた。その後、無頗は、人に疑われるようになり、そこ

を引き払って、行方が分からなくなった。

〔この話の特徴〕

主人公が冥界の女性と結婚した話である。広利王の言葉によれば、冥府の承諾を得ての話らしい。しかし、主人公は「人間《じんかん》」に帰らなければならない者だということを王も認め、冥府も認めているから大丈夫だとして娘を託す。このようにして、現世の人間と幽明界の霊魂が結婚できたという話になっている。

注

（1）長慶年間――八二一年～八二四年。

（2）南康――郡名。旧治は今の江西省贛《かん》県の東。

（3）番禺――金剛仙の注（4）参照。

（4）袁大娘――袁天綱の娘。後出注（18）参照。

（5）遠遊冠――秦漢以後元代に廃止されるまで、歴代皇族に着用された冠の名称。

（6）宮女頭――原文は「阿監」。宮中の女官の長。

（7）貴主院――王女の居室。「貴主」は「公主」に同じ。皇女のこと。

（8）璣玉――「璣」は玉の一種、角があり、円くない玉。

（9）楣――梁の下に渡す横木。飾り梁。この場合、「のき」という訓は用いない。

（10）璫――玉を使った飾りの呼称。例えば、垂木の端の飾りなど。耳飾にも言う。

（11）笄年――「玄怪録」の蕭志忠の注（13）参照。

（12）駭雞犀――犀の角の中に空洞が通っている物を通天犀と言って珍重するが、その外側に白または赤の斑紋のある物を「駭雞犀」と呼んで、一層珍重する。

(13) 瑰――玉一般の呼称。例えば、琝《びん》を琝瑰と言い、瓊を瓊瑰というように用いる。
(14) 紅箋――赤い詩箋。
(15) 賈充――字は公閭。諡は武。生没年は二一七年～二八二年。晋の武帝の時の人で、佐命の功により累進して尚書令に至る。権力者に媚びることが多かったとも言われる。広利王が「賈充の娘」を典故に引いているのは、暗に袁大娘を指していると思われるが、賈充の名を出していることについては未詳。
(16) 韶陽――韶陽という地名は不明だが、話の様子から察するに、今日の広東省韶関市曲江区あたりを言っているのではないかと思われる。同区は唐代に韶州の州治のあった所であり、話の筋に符合するように思われる。韶陽という地名をそのままに考えれば、韶山の南の意味に取れ、同名の山を探すと、湖南省の洞庭湖の南方に韶山県があり、同名の山もあるが、遠すぎて話の筋に符合しない。
(17) 賽口――「賽」は神の福恩に報いて神を祭る意味の字だが、話の様子では、この行事のために特定の日取りが決まっていたような感じがある。「賽口」とは、その特定の日に付けられた呼称であろう。
(18) 袁天綱――成都の人。隋では、塩官令として仕え、唐では、火山令となる。しかし、役人としてよりも、風鑑をもってする占いの名人として知られていた。
(19) 程先生――袁大娘の夫であること以外、素性不分明。

曾季衡《そうきこう》

太和四年(1)の春の事である。監州《かんしゅう》防禦使《ぼうぎょし》(2)曾孝安《そうこうあん》には孫がいて、名を季衡《きこう》と言った。彼は父の官舎の西の離れ(3)に

住んでいたが、建物は美しく立派なものであった。彼はそこを独占していたのである。下僕が彼に忠告したことがあった、

「昔、王使君(4)の娘がここで急死してしまったことがありました。それは綺麗な娘さんでしたが、昼間その魂がここに現れることがあると言いますから、若旦那様ご用心なさいませ」。

しかし、季衡は、年若く好色だったので、その幽霊を見たいものと、人と幽霊の違いなど全く問題にせず、しきりに名香を焚いて、凡俗を疎んじ、静かな所を散策しては、宙を見つめて物思いに耽っていることがよくあった。

ある日の夕暮れ時、一人の双鬟《そうかん》の少女(5)が季衡の前に来て挨拶し、言った、

「王家のお嬢様がお気持ちを伝えるようにと私を遣わされました。旦那様にお会いしたがっておいでです」。

そう言い終わると、パッと姿を消してしまった。少し経つと、衣裳に焚き込められた素晴らしい香の薫りが漂ってきた。季衡は束帯姿(6)でその相手を待った。先の双鬟の少女が一人の娘を連れて現れた。まるで神仙界から舞い降りて来たような感があった。季衡は挨拶して、彼女の姓名を聞いた。すると、娘が言った、

「私の姓は王氏で、字は麗真《れいしん》と言います。父は今は重鎮になっていますが、昔偉い方に従ってこの城を守っておりました。私はこの部屋に暮らしていたのですが、何事もないのに突然死んでしまったのです。貴方のお情けは大変深く、その激しいお気持ちが冥界にまで届きました。生死を差別しないお情けに、お会いしたい気持ちは遥か以前からございましたが、良い時に巡り会えず、今やっと願いが叶いました。どうぞこの気持ちをお汲み取り下さりますよう」。

季衡は彼女を引き止めて、しばし逢瀬を楽しんだ。時が移ると彼女は帰ったが、別れ際に季衡の手を取って言った、

「明日のこの時間にまたお会いしましょう。決して人に言わないで下さいね」。

そう言って彼女は下女と共に姿を消した。

この日から毎日彼女は、申《さる》の刻《こく》(7)になると姿を現した。こういう事が六〇日余り続いて、季衡自身にはそれが日常の事になり、何のわだかまりも感じなくなっていた。

そんなある日、父の配下の将校たちと話していると、話が美女の事になり、季衡は、ついうっかり王氏との事を話してしまった。聞いた将校は驚いて、その事を確かめたくなり、言った、

「若様はその時刻になったら、どうぞ一回壁を叩いて下さい。私は同僚達と、こっそり様子を見ますから」。

季衡は結局壁を叩くことはできなかったが、この日、季衡に会いに来た彼女の様子は、見るに堪えない惨めな様子で、話す声も掠《かす》れており、季衡の手を握って言った、

「どうして約束を破って人に漏らしてしまったのですか。これからはもうお会いして談笑することもできなくなってしまいました」。

季衡は恥じ入りつつ後悔し、返す言葉もなかった。彼女は言った、

「しかし、貴方の過ちとばかりは言えませんね。きっと時の定めが来たのでしょう」。

そう言って、彼女は詩を残してくれた。その詩にはこうあった、

「五原(8)に袂を分かてば正しく呉越の関係(9)になります。仲の良かった燕のつがいも鴛も仲を裂かれて離れ、香りの良い草も枯れました。年若い私には、あちこちに見える霞に煙る春の花には心惹かれますし、北邙《ほくぼう》(10)の空に掛かる秋の澄んだ明月の光もただ憂いを増すだけです」。

季衡は詩を作ることができず、返す手立てがない事を恥じていたが、強いて一篇の詩を作ってみることにした。その詩はこうである。

「莎草《さそう》(11)が青々と茂る野を見ながら雁は帰って行こうとしている。玉のように白い顎を伝って涙の粒が、分かれ道に降り注ぐ。雲なす髷が翻って香りの良い風も吹きつくす。後には赤い花の枝に鳴く鶯の声も寂しさを増すばかり」。

彼女は襟と帯の間から花をあしらった金糸の縮み織の小箱を取り出し、また翡翠の二羽の鳳凰の付いた簪を一本抜いて、それを季衡に贈って言った、

「これからはこれらの品を見て、私を思い出して下さい。どうぞ冥界を別世界と思し召されないで」。

季衡は書箱の中を探って、小さな金の花飾りの付いた如意(12)を取り出し、返礼として彼女に贈り、言った、

「これは珍しい物ではありませんが、ただその名の如意に気持ちを込めてお贈りするのです。どうぞ末永くお手にお持ち下さいますように」。

そして、最後に季衡は、また言った、

「今別れたら、いつまたお会いできるでしょう」。

娘は言った、

「朔日の甲子《きのえね》の日にならないとお会いできません」。

娘は言い終わると、むせび泣きながら姿を消した。季衡はこの後寝ても覚めても彼女を思い続け、身体はすっかり痩せ衰えてしまった。昔馴染みの王回老人が、持ち前の方術を使い、薬石で治療し、数ヶ月掛かって、やっと治っ

た。五原の仕立て屋[13]の女主人にこの事を尋ねると、こう言った、

「王使君の愛娘が病気でもないのに、この家で亡くなってしまい、今はもう北邙山に戻し葬られていますが、時には曇って暗い日など魂がここに遊びに来るのです。見た人はたくさんおりますよ」。

これが娘の詩に「北邙の空に掛かる秋の澄んだ明月の光もただ憂いを増すだけです」と言っていたわけだった。

〔この話の特徴〕

初めから相手が幽霊だと分かっていながら逢引きする話である。詩の交換などは、普通の若者同士の恋愛物語と変わらない。唯一つ分からないのは、夭折した娘の幽霊が、埋葬された北邙山から何故わざわざ五原までやって来るのかということである。自分が生前暮らしていた家が恋しいのか。それとも他にまだ五原に未練を残すわけがあるのだろうか。あるいは、娘が曾季衡に言った、「貴方の過ちとばかりは言えませんね。きっと時の定めが来たのでしょう」という言葉から考えると、曾季衡との出会いで、仕残していた恋愛もできたから、これで満足したということかも知れない。

注

（1）太和四年――八三〇年。

（2）監州防禦使――ここの監州は、宋代に置かれた通判の別名としての監州とは違うようである。要害の地に置かれた防禦使と対になっているから、要害の地の州単位に置かれた軍事官だったのだろう。防禦使は、余り地位は高くなく、刺史が兼任したと言われている。この話の場合は、後出の五原に置かれたものらしい。

（3）西の離れ――原文は「西偏院」。話の様子から察するに、母屋とは別棟になっていたようなので、西の離れと訳す。

（4）王使君——使君は刺史の通称であった。
（5）双鬟の少女——環にした髷を二つ作った髪形。お手伝いの少女の一般的な髪型であった。
（6）東帯姿——男性の正装である。朝廷に参内する時や公事に出る時などに着用した。
（7）申の刻——夕方に掛かる時刻を言う。午後四時。
（8）五原——今日の内蒙古、巴彦淖爾市五原県。
（9）呉越の関係——春秋時代の呉と越のように、互いに相容れない仲ということ。
（10）北邙——今日の河南省洛陽市の東北にある山の名。王公侯卿など地位の高い者が多く埋葬された所。
（11）莎草——正式には「はますげ」と言うらしいが、茎が固い繊維質で、裂き易く、子供が茎を裂いて蚊帳の形を作って遊ぶので、俗名を「かやつりぐさ」と言う。
（12）如意——長さ三〇センチ〜四〇センチの棒の先に飾りの付いたもの。法会などの時に、僧侶や道士が用いる道具。
（13）仕立て屋——原文は「紉針婦人」。紉針は元々針に糸を通す意味だが、ここはそれを職業名にしたものと考える。

趙合　ちょうごう

挙進士《きょしんし》(1)の趙合は、容貌は柔和だが気性のしっかりした、義に厚い大変高潔な人柄の人物だった。太和の初年(2)、彼は五原(3)に旅行した。途中砂漠を通ったが、目に映ずるのは全て悲壮な光景だった。そこで彼は酒を飲んで一休みすることにし、連れていた下僕と共に砂の上に腰を降ろして酒に酔った。そのまま寝てしまい、真夜中になって目覚めて見ると、明るい月の光が砂漠一帯を照らしていた。まだ半分朦朧としながら起き上がった趙合の耳に、砂漠の中から悲しげに詩を吟ずる女性の声が聞こえて来た、

「豊かな髻は全て消え、ここには風に吹かれる草さえ稀。骨を荒涼の中に埋め頼る者もない。砂漠には馬の鳴き声も聞こえず、ただ月光が真っ白な砂を照らすのみ。見捨てられて我が魂は雁と共に南に飛んで行く」。

合は起き出して、その声の主を探すと、果たして一人の女性がいた。年はまだ笄年(4)に達しないほどで、とても美しい女性であった。合の姿を見つけると、彼女の方から合に話し掛けて来た、

「私の姓は李と言い、奉天(5)の住民です。姉が洛源《らくげん》(6)の将帥に嫁ぎましたので、訪ねて行くところでしたが、途中で羌賊《きょうぞく》(7)に捕まってしまい、ここで打ち殺されて、櫛笄《くしこうがい》(8)を持ち去られました。その後、通り掛った旅人が、私の死骸を見て同情し、砂に埋めてくれました。それから今まで三年になります。貴方様が義侠心をお持ちの方と知って、もしや私の骨を郷里に戻して頂けないかと思い、詩を吟じてお誘いしたのです。私の郷里は、奉天城の南の小李村という村です。もし行って頂ければ、家の者がお礼は差し上げると思います」。

合はその頼みを引き受け、骨の埋めてある所を教えてくれるように言った。娘は感極まって泣きながら案内してくれたので、合はその骨を拾って袋に収め、夜明けを待っていると、不意に紫の着物を着た男性が馬に乗ってやって来て、合に挨拶して言った、

「貴方が慈しみ深く義侠の人で、信用のおける廉直な方であることが分かりました。先ほどの娘の頼みにも感激しておられた。こう申す私は李文悦《りぶんえつ》(9)尚書です。元和一三年(10)に五原の守備に就いておりました。その時、犬戎《けんじゅう》(11)の

三〇万の大軍に城の周囲を包囲されたことがありました。その時の敵勢は、城の四方十数里の幅で陣を構え、そこから城中に石弓を射込み、また雲を突くような高い梯子を掛けて攻め上り、城壁や濠を壊し、昼夜を分かたず攻撃して来るのです。城中では、戸を背負って矢を除けながら水を汲む者は、矢が突き刺さってハリネズミの毛のようになりました。この時、防禦に就いた我が兵力は僅か三〇〇〇だったのです。城の住民を励ましながら戦ったのですが、女性であると、老人幼児であるとを問わず、城に住む者は飢えや寒さを我慢して、よく頑張ってくれました。犬戎は、城の北に独脚楼《どくきゃくろう》(12)を造りました。高さが数十丈もあって、城中の物は大小を問わず全て見渡せるのです。私はそこで奇計を用いて、その楼に的中させ、すぐに撃ち壊しました。羌賊の酋長は、びっくりして神技だと言っていました。また、城中の人々に対しては、こう注意をしました、

『絶対に家屋を取り壊して燃してはいけない。私が薪を取って来て城壁の下に積むから、それを釣り上げればよい』。

また、大変暗い夜に、城の周囲でたくさんの人や物が動く音が聞こえ、『夜城を攻めよう』という声が聞こえて、城内の者が怯えて休めないでいることがありました。その時には、まず、

『そんな事はない』。

と一言言っておいてから、密かに城壁の上から、鉄の鎖で灯燭を吊り下げ、下を照らしますと、ただ牛や羊を追い回して城中を脅かしていただけだという事が分かり、兵士たちがしばしば安堵したことがありました。また、城壁の西北の隅が攻撃を受け、十余丈に渡って撃ち壊されたことがありました。その日の黄昏時、賊どもが大喜びして、酒盛りしながら、歌い狂って、『明日の朝になったら攻め込もう』と言っていた事がありました。その時に

は、私は、馬に引かせる弩(13)を五〇〇張用意していつでも撃てるようにし、前に皮の障壁を下げて隠し、それだけの工事を一晩の内に音を立てずに済ませ、その障壁全体に水を掛けておきました。寒い時期だったので、翌日は氷が固く張り詰め、水を掛けた所が銀のように固まって、攻撃できないのです。また羌賊の酋長は大将の旗を立てていました。それは賊の元首からもらった物だったのですが、敵の五花営《ごかえい》(14)中に立てていましたので、私は夜敵営の壁を壊して、飛ぶようにしてそれを奪って来ました。すると、羌賊どもは号泣し、先に捉えてある捕虜を返すから、その旗と交換してもらいたいと言うのです。それを認めますと、捕虜にしてあった長幼婦女一〇〇人余りを解き放って返して寄こしたのです。その捕虜達を受け取ってから、旗を投げ返してやりました。この時は邠州《ひんしゅう》涇州《けいしゅう》(15)の救援軍がもう県境まで来ていたのですが、怖気づいて進めないでいました。このようにして三七日間対峙しましたが、羌賊の酋長は遥か離れた所からこちらに拝礼して、『この城内には神将がいるから、我々は今は勝てない』と言って、矛を収めて引き揚げて行きました。そして、二晩と経たないうちに、宥州《ゆうしゅう》(16)に行き、一日でその城を攻め落とし、老少三万人を捕虜にして行ったのです。この利害から考えれば、私のこの城のために尽くした功績は決して小さくはないと思うのですが、当時の宰相殿は私に符節を与えて(17)この城を出る手はずを整えることはしてくれず、ただ冠に一貂蟬《ちょうぜん》(18)を加えてくれただけでした。私は聞いております、鍾陵《しょうりょう》(19)の韋夫人はその昔堤防を築いて洪水を防いだために、その後三〇年経って、民衆と吟味役の周公がその功に感じて奏上し、夫人のために立派な徳政碑(20)を建てました。もし私があの時城を守り抜かなければ、城中の人々は皆羌賊の奴隷にされ、どうして今日の子孫があり得ましたでしょう。貴方ならご理解頂けると思います。どうか五原の民衆に言って、州の長に進言してもらい、徳政碑を立てて頂くだけで充分なのですが、どうか宜しくお取り計らい下さるよ

う お願いします」。

こういい終わると、彼は丁寧に拝礼して消えた。合は李文悦に言われた通り、五原に行って、民衆と刺史に会い李から聞いた事を伝え、李の希望を陳べたが、誰もが妖怪の言うことだとして、取り合わなかった。がっかりして戻り砂漠に行くと、また彼の神霊が出て来て、合に礼を言ってから、こう言った、

「貴方は私のために言ってくれたのに、五原の無知な俗人どもや刺史の不明が、取り合ってくれなかった。この城は間違いなく火災に遇うでしょう。今丁度冥府に求めている所で、私が五原について言った事が叶わなければ、この希望も廃れてしまうから、この禍は一ヶ月足らずで現れるはずです」。

そう言い終わると、李文悦の霊は姿を消した。その後、果たして幽霊の予言通り、禍が起こり、五原城では餓死する者が一万人も出た。老人や幼児も互いの肉を食い合うという悲惨さだった。

合は娘の遺骨を持って、奉天に行き、小李村を訪ねてそれを葬った。翌日道端で、合の前に砂漠で逢った娘が出て来て礼を言い、こう言った、

「貴方の義の行いに感じ、私の祖父は貞元年間[21]に得道した道士なのですが、貴方のために参同契続混元経を演じてくれました[22]。貴方がこれを窮めることができれば、龍虎の丹は、すぐにできるでしょう」。

合がそれを受け取ると、娘は姿を消した。合はそこで科挙を捨てて玄微を追求することにし[23]、少室山[24]に住んで、薬を一年間焼き、瓦礫を金宝に変えられるようになった。二年焼き続けると、死者を生き返らせることができるようになり、三年経つと、その丹薬を呑めば、世俗を超越すること[25]ができるようになった。今人は彼に嵩山[26]で遇うことがあると言う。

〔この話の特徴〕

李文悦の幽霊の徳政碑の要求は、生前の不遇を考えれば、納得できる事ではある。ただし、自身の不満の捌け口を住民全体に及ぼしたというのは、いささかやりすぎという感じもするが、どうであろうか。

また、得道した道士が孫娘の埋葬の礼に「参同契続混元経」の解説書を作ってくれたというのは、注目に値する。主人公の趙合がしたように、一般の勉強を棄てて、その習得に集中することができれば、普通の人間でも仙人になれると言うのだから。

注

(1) 挙進士――貢挙の制によって、居住地から進士に推挙された者。都で試験を受け、合格すれば、成進士になる。
(2) 太和の初年――太和元年は八二七年。
(3) 五原――曾季衡の注(8)参照。
(4) 笄年――「玄怪録」の蕭志忠の注(13)参照。
(5) 奉天――県名。今日の陝西省乾県。
(6) 洛源――旧治は今日の甘粛省慶陽県の東北。
(7) 羌賊――チベット系の遊牧民族。南北朝時代には、後秦を建国した。
(8) 櫛笄――原文は「首飾」。「首」は「頸」の意味ではなく、頭の意味である。
(9) 李文悦尚書――生没年不明。尚書はこの場合、役人を呼ぶ俗称と思われる。
(10) 元和一三年――八一八年。
(11) 犬戎――太古からあった北方の異民族に対する一般称。周代には、特定の種族名として用いられていたようだが、その後は、この話の用法のように、異民族に対する一般称として使われていたようである。

（12）独脚楼──「独脚」（一本脚《あし》）という名から考えれば、高い柱の上に物見台を付けたような簡単な櫓《やぐら》だったろうと思われる。
（13）弩──ド。おおゆみ。この話の場合は、馬に引かせる大掛かりな強い石弓だったと思われる。
（14）五花営──話の様子から察するに、特定の形をした陣営の名称であったと思われる。あるいは自在に打って出られるように幾つかの出口を設けてあったか。
（15）邠州と涇州──陝西省彬県と甘粛省涇川県を旧治とする涇水沿いの距離的に近い所なので、同じ節度使の管轄だったと思われる。
（16）宥州──旧治は今日の内蒙古鄂爾多斯。
（17）符節を与え──符節は官職を証明する割符のこと。これを与えるとは、功績を認めて、より高い地位を与え、それにふさわしい管轄区域を任地として与えられるということ。
（18）貂蟬──テンの尾と蟬の羽で作った冠の飾り。
（19）鍾陵──旧治は今の江西省進賢県の西北。
（20）徳政碑──為政者の徳を称えて建てた石碑。
（21）貞元年間──七八五年～八〇四年。
（22）参同契続混元経を演ず──参同契続混元経を説明を加えて解説したということ。この話は、趙合が娘の頼みを叶えたお礼に、娘の祖父から経文の解説書をもらったということ。
（23）玄微を追及する──話の主人公趙合は、娘の祖父の仙人からもらった参同契続混元経の解説書を元に神仙道教の勉強を始めたということ。玄微とは、道教の奥義、修行目標。
（24）少室山──封陟の注（3）参照。

（25）世俗を超越する――この場合は修行を積んで仙人になること。
（26）嵩山――河南省登封市にある名山。封陟の注（3）及び注（7）参照。

韋自東《いじとう》

貞元年間(1)の事である。韋自東という義侠に長けた人物がいた。ある時、彼は太白山(2)に遊びに行き、段将軍の別荘に泊めてもらった。段は以前から彼の豪勇ぶりは知っていた。ある日、段は自東と共に山や渓谷の眺望を楽しみに出かけた。歩き回っているうち、消えかかっているような細い山道を見つけた。どうも元は人が通った道のようだった。自東は段に訪ねた、

「これはどこへ行く道ですか」。

段が言った、

「昔二人の僧がこの山頂に住んでいた。殿堂が大変広く立派で、木立や泉も大変美しい所だった。そもそもの初めは、唐の開元年間(3)に、万廻和尚《ばんかいおしょう》とその弟子が建てたもののようだ。佇《たたず》まいは鬼神を使役して作った様に似て、とても人間技とは思えない立派なものだった。ある者が樵《きこり》に聞いた話では、『その僧は怪物に食われてしまった』ということで、今は、行く者もなくなって二三年経つ。またある人の話では、『二人の夜叉(4)がこの山にいて、誰も見に行く者がいなくなった』ということだ」。

それを聞くと、自東は腹を立てて言った、

「私は平生無体な暴力を打ち負かすことに心掛けています。夜叉が何を間違って人を食うんですか。今晩必ず夜叉の首を引っ提げて将軍の下に参ります」。

段は慌ててそれを押し止めて言った、

「暴虎《ぼうこ》馮河《ひょうが》(5)の喩えもある。死んでから後悔しても始まらないぞ」。

自東はそれには構わず、剣を杖突き、衣を振るって出かけて行った。その勢いは誰にも止められるものではなかった。段は打ち萎れて言った、

「韋君はきっととがめを受けるぞ」。

自東は蔦に摑まり、石に足を掛け、山頂の精舎に辿り着いた。寺は静まり返って、人気がなかった。二つの僧坊を見た。大きく開け放って中を見ると、履物や錫杖はきちんと整えられてあり、布団も枕もきちんと片付けられていたが、いずれも塵埃が積もっていた。また仏堂内を見ると、細かい草が一面に生え、大きな物が寝たらしい跡があった。また、鍋釜や薪もあり、自東は、樵の話が嘘でないことが分かった。自東は、夜叉が帰ってこない内に用意しておこうと、腕の差し渡しほどの太さのあるヒノキを一本引き抜いて、枝葉を落とし、大きな杖を作った。その杖を使って入口の戸に閂《かんぬき》を掛け、石仏を内側から戸の支えとして立て掛けた。

この夜、空は晴れて、月が真昼のように明るく照らしていた。まだ夜半前、夜叉は鹿を引っ提げて帰って来た。戸に閂が掛けられているので大変に怒り、大声に叫びながら頭から戸に体当たりし、石仏を壊して、地面に倒した。自東は太いヒノキの棒で夜叉の脳天を打ち据え、もう一度打ってこれを殺した。その死骸を室内に引き入れ、また、

戸を元のように閉じておいた。しばらくすると、また夜叉がやって来た。先に帰った者が出迎えないのを怒っているようだった。大声に吼えながら戸に体当たりした。敷居に躓いて倒れたので、またヒノキの棒で脳天を打ち、打ち殺した。自東は夜叉の雌雄が死んで、仲間がいないのを確かめ、戸締りをして鹿を煮て食べた。夜が明けると、二人の夜叉の首を斬り、それと鹿の食べ残しを引っ提げて段に見せた。段は大変に驚いて言った、

「これは間違いなく、周処(6)の仲間だ」。

そこで、鹿を煮て酒盛りをし、喜びを尽くした。遠郊近在から見物客が集まり、人垣ができた。一人の道士がその人ごみの中から出て来て、自東に挨拶して言った、

「私はどうしてもお願いしたい事があるのですが、申し上げてもよいでしょうか」。

自東は言った、

「私は一生人の不幸を救うために生きようと誓っているのだ。どうして駄目な事があるものか。言って御覧なさい」。

すると、道士が言った、

「私は道門に帰依しておりまして、目下霊薬を焼く事を心掛けております。それも一朝一夕の事ではありません。二、三年前、神仙が私のために龍虎丹を一炉配合してくれたのです。私はその神仙の洞窟を借りて、丹を焼くことに精進し、もう長いことになります。今霊薬ができ上がりそうだという時に、しばしば妖魔が洞窟に入って来て、炉を打ち、薬を飛散させてしまうのです。もし強い方に来て頂いて、剣でそれを守って頂ければ、薬のできた暁には、薬をお分けしますので、来て頂けないでしょうか」。

自東は勇み立って言った、

「これこそ平素から願っている所です」。

そこで、自東は、剣を杖ついて、その道士について行った。危険な所を渡り、道のない岩を攀じ登り、太白の半分まで登ったと思われる所にひとつの石の洞窟があった。百余歩の広さがあり、それが道士の丹を焼く所であった。弟子が一人だけいた。

道士は予定を決めて、自東に言った、

「明朝五更になったらすぐ貴方は剣を携えて、洞窟の入口に立って下さい。そして怪しい者が来たら、委細構わず剣で斬って下さい」。

自東は応えた、

「承知しました」。

翌朝、自東は道士に言われた通り、五更になると、すぐ洞窟の前に篝火《かがりび》を焚いて、様子を見ていた。しばらくすると、大蛇の数丈もありそうなのが、金色の眼を怒らし、白い歯を剥き出して毒気を撒き散らしながら洞窟に入ろうとした。自東は剣で斬りつけ、その首に剣が当たったかと思うと、たちまち蛇は霧のように消えてしまった。しばらくすると、今度は、容貌の大変美しい娘が、菱の花を手に持って、ゆっくりと近付いてきた。しかし、道士に言われていたので、自東は、洞窟に入ろうとした娘を剣で払った、すると娘は煙のように消えてしまった。またしばらくして、夜が明けようとする頃、一人の道士が、雲に乗り鶴の背に乗ってやって来た。近侍する者も大変厳しく警護する様子で、洞窟に近付いて来た。その道士は自東を労って言った、

「妖魔はもういなくなった。我が弟子の丹はもうじきでき上がる。私が証人になってやろう」。

少しして夜が明けると、洞窟に入って来て、自東に言った、

「喜べ。お前の道士の丹薬は完成した。今詩を一首贈ってやるから、これに和するとよい」。

詩はこうであった、

「三年額づいて真霊に祈り、龍虎交わる時金液成る。絳雪もすでに固まり、最早解脱の時、蓬壷山頂にも歓迎の彩雲が掛かっている」。

自東は詩の意味を確かめて言った、

「これは道士の師匠でしたか」。

そう言って、自東は剣を解き、その道士に向かって拝礼した。その瞬間、その道士は洞窟に突入し、薬の鼎は爆発し壊れた。折角の薬は完全に消えた。道士は慟哭し、自東は後悔し自分を責め続けた。二人はそこで泉の水で薬の鼎を洗い、それを呑んだ。自東はまだ若さを保っており、南岳[7]に行ったが、どこに定住したかは分からない。

今段将軍の別荘には、まだ夜叉の髑髏が残されている。道士も行方が分からない。

〔この話の特徴〕

力自慢の韋自東が知恵比べで妖魔に負けたという話だが、この事件の後、韋自東も道士も行方が分からなくなっている。二人とも再挑戦を諦めたということか。

神仙が道士に配合してくれた龍虎丹は一炉分だったはずなのだが、道士の言葉によれば、前にも炉を壊された経験があり、韋自東が関わったのは道士にとっては、何度目かの挑戦だったはずである。実際の歌い

語りでは、そのあたりの細かい疑問は歌い流されてしまうのかも知れない。

注

（1）貞元年間――七八五年～八〇四年。
（2）太白山――中国には同名の山が、有名な物だけでも五箇所を数えると思うが、ここは、話の様子から考えて関内に近い所と判断し、陝西省眉県の南、太白県の東にある太白山と想定しておく。
（3）開元年間――七一三年～七四一年。
（4）夜叉――サンスクリット語の音訳。人に害を加えるが、仏法は守護すると言われる悪鬼。
（5）暴虎馮河――「論語述而篇」の言葉。虎に素手で立ち向かい、黄河を歩いて渡ろうとするような無謀な振舞いの喩え。
（6）周処――晋の人。字は子隠。諡は孝。「蒙求」に「周処三害」という話がある。若い頃村人から乱暴者として扱われていた周処が、村の古老から、南山の額の毛が白くなった大虎と長橋の下の蛟とお前がいるうちは、たとえ天下泰平で、豊作で良い年であっても安心していられないと言われ、自ら虎と蛟を退治し、自分は志を入れ替えて、学問に励んだという故事。著書に「風土記」がある。
（7）南岳――湖南省の衡山のこと。衡山七十二峰と言われ、峰のたくさんある山塊である。

盧涵　ろかん

開成年間（1）の事である。盧涵《ろかん》学究（2）と呼ばれる者が洛陽に住んでいた。彼は万安山の北に別荘を持っており、ある年の夏、麦が収穫され、果物ができた時期なので、小さな馬に乗ってその別荘に行くことにした。

別荘まで十数里の所まで来た時、大きなヒノキ林のたもとに、真新しい数軒の家ができ、店もできているのを見た。時刻はもう日が暮れかかっている頃だったが、涵はそこで馬を休めて行くことにした。店に一人の双鬟(3)の少女がおり、人目を惹く色気があった。身元を尋ねてみると、耿《こう》将軍の墓守の下女だと言う。家族の者は不在で、その娘が一人で店番をしていた。涵はその娘が気に入って、しばらく話し込んだが、言葉遣いは気が利いて綺麗で、気持ちもさっぱりしてわだかまりなく、綺麗な眼を輝かせながらきびきびと働いていた。彼女が涵に聞いた、

「少しばかり自家製のお酒があるけれど、旦那さん、二三杯どうですか」。

涵が、

「悪くないな」。

と言うと、娘は古い銅の酒樽を出して来て、涵と一緒に飲み、酒が回って来ると、娘は涵に酒を勧めながら、上機嫌になって歌いだした、

「誰もいないのに身づくろいして玄関を閉ざし、薄暗い帳の中に一人臥す。昔着た薄絹も今はなく、白楊が風に吹かれて、隴頭《ろうとう》(4)は寒い」。

涵はその言葉が場にふさわしくないのが気になったが、その理由は分からなかった。酒がなくなると、娘は涵に言った、

「中へ入ってもう少し飲みましょう」。

そして、燭台と空になった酒樽を持って、中に入って行った。涵が足音を忍ばせて中を覗いてみると、大きな

黒蛇を吊るして、刀で蛇を切って血を樽の中に滴らせそれを酒にしていた。涵は大変恐ろしくなり、やっと娘が妖怪であることに気がついて、店を飛び出し、繋いであった馬の手綱を解いて、大急ぎで逃げた。娘は後ろから幾声か呼びかけた、

「今晩はどうしても旦那に一晩泊まってもらわなければなりません。行っては駄目ですよ！」

娘はどうしても引き止められないと分かると、今度は東の方を向いて呼び掛けた、

「方大(5)！　ちょっとあの旦那を追いかけて捕まえてよ！」

すると、すぐにヒノキ林の中から、図太く響く声の返事があって、大男が出てきた。少し経って逃げながら振り向いてみると、何か大きな枯れ木のようなものが走って来るのだった。足を上げるのも非常に重そうだった。まだ百歩余り距離があった。しかし、涵は馬に鞭を加えて急いだ。また、小さなヒノキ林を通ったが、一つの雪のように真っ白な物がいて、誰かがそれに声を掛けていた、

「今晩必ずこの人を捕まえなければならないのだ。そうしないと、明日の朝、君は禍を蒙ることになるよ」。

涵は、それを聞いて、益々恐ろしくなった。

別荘の門に着くと、もう三更だった。別荘は戸締りをして、静まり返っていた。数台の車が門の外に置いてあり、羊の群が草を食べているだけで(6)、人影はなかった。涵は馬を乗り捨てて、車の下に潜り込み、門の所まで来た大男の様子を見ていた。別荘の垣根は極めて高いのだが、それでもこの大男の腰の辺までしかなかった。手に戟《げき》(7)を持って、別荘の中を見回していた。そして、戟で別荘の中にいた子供を突き刺した。子供は戟の先で手足をばたばたさせて踠《もが》いていたが、声はなかった。しばらくすると、その大男は行ってしまった。涵は彼が遠くまで行っ

た頃を見計らって、やっと起き出して門を叩いた。別荘の客は門を開けて、涵が夜中にしかも喘ぎながら口も利けない状態で来たのに驚いた。

朝になると、急に別荘の客の泣き声が聞こえて来た。客は泣きながら言っていた、

「三歳の子が、夕べ寝たまま起きないのよ！」

涵は昨日出逢った者どもが皆憎くなり、家の下僕や別荘の客たち一〇人余りを引き連れて、刀や斧や弓矢を持って昨日逢った者どもを探しに出かけた。昨日酒を飲んだ所に来て見ると、家主が逃げて空になった空き家が数軒あるだけで、人影はなかった。更にヒノキ林の中を探ると、大きな陪葬品[8]の双鬟の下女の高さ二尺余りの人形があった。その側に黒蛇が一匹死んでいた。また、東側のヒノキ林の中を探すと、大きな方相《ほうそう》[9]の骨があった。それらは皆集め取り壊して焼いた。また、昨夜言葉を交わしていた白い物を探すと、それは一体の人骨だった。四肢の骨も皆筋で繋がり、残っていた。銅の斧でそれを打ち壊し、余す所なく、全て穴に埋めた。涵は元々風邪を引いていたのだが、蛇の酒を飲んだお蔭でそれは治った。

〔この話の特徴〕

この話では、三歳の子が死んだことと主人公自身が、蛇の酒を飲まされたお蔭で、風邪が治ったということが、妖怪が出現した事の証になっている。夜中出現した妖怪は、全て翌日彼らに打ち壊され、あるいは焼かれた物象に精霊が憑依したものだった。

注

（1）開成年間――八三六年〜八四〇年。

（2）学究――書生の意味。元は科挙の試験科目のうち、明経科を受けた、あるいは受ける者で、五経のうち、一経のみを専攻した者を称する言葉だったが、後世は、次第に書生の通称になった。
（3）双鬟――曾季衡の注（5）参照。
（4）隴頭――丘のこと。また、墓地の意味を兼ねる場合もある。ここの場合は、当の少女の人形が陪葬品であった事から考えて、後者のつもりで歌ったと考えるべきであろう。
（5）方大――大男の名。方相に擬えた架空の名。
（6）羊の群が草を食べ――羊の夜行性は多少奇異な感じもあるが、そのまま訳す。
（7）戟――鋒の刃先に横刃の出た物。
（8）陪葬品――死者の生前愛用していた物などの、棺に添えて共に埋葬される物。
（9）方相――伝説上の神格。恐ろしい形相をした神で、人間の厄を払ってくれると信じられていた。周代から人がこの神に扮して厄払いをする習慣があり、通常は、四つ目など恐ろしい顔をした古の神に扮して厄払いをする者を方相氏と称するのだが、この話の方相は、木で骨組みを作り、大男に象った人形だったと思われる。

陳鸞鳳　ちんらんほう

唐の元和年間(1)の事である。海康(2)の人で、陳鸞鳳という者がいた。義侠の振る舞いを自負して、鬼神を恐れることがなかった。郷里の人々は皆彼を今周処《いましゅうしょ》(3)と呼んでいた。海康には雷公廟があり、村人達は敬虔に祈りを捧げていた。祈り方が十分でない時には、必ず奇怪な事が起こった。村人は毎年新雷を聞いた日には、その干支《かんし》(4)を覚えておいて、一巡してまたその日になると、村人は皆自分達の生業を休んだ。この習わしを犯した者は必ず二日も経たないうちに、雷に打たれて死ぬのだった。その応報は間違いなく起こった。時に海康は、大変な日照りに遇った。村人は必死に雷公に祈ったが反応がなかった。鸞鳳は大変に腹を立てて言った、

「わが里は雷公の里だ。神たるもの福をもたらさず、況してやこのような供え物をもらいながら、作物は焦げてしまい、沼や池は干上がってしまい、そのくせ犠牲は食い尽くしてしまう。廟などが何の役に立つものか」。

そう言って、彼は松明を持って来て火を放ち、廟を燃やしてしまった。それに村の習わしでは、黄魚と豚肉を一緒に食べると、必ず雷に打たれて死ぬと言われていたのだが、この日、鸞鳳は、刀を持って[5]、わざと広い畑の中に出て、禁じられている二品を殊更一緒に混ぜて食べた。そして様子を見ていると、果たして怪しげな雲が出て来て、にわかに風が吹き起こり、雷が鳴り、にわか雨が降り出した。鸞鳳はこの時とばかり刀を上に向かって揮った。果たしてそれが雷の左腿に当たり、それを断ち切った。雷は地上に落ちて来た。その様は熊か豚のようで、毛角が生えており、皮膚の色は青かった。手には短い石斧を持っていて、血が止めどなく流れて、雲も消え、雨も止んだ。鸞鳳は雷の神通力がなくなったのを知って、家に駆け戻り、親族一同に言った、

「雷の腿を切り落としたから見てくれ」。

親族の者がびっくりして行って見ると、果して雷は腿を斬られていた。鸞鳳は更に刀で雷の頸を斬り、その肉を食おうとしたが、群衆は、皆協力して彼を押し止め言った、

「雷は天上の霊物だ。お前は、下界のただの人間ではないか。雷公を害すれば、必ず我々の村里は禍を受けるだろう」。

そう言って、群衆は彼の袂を押さえて引き止め、鸞鳳にそれ以上奮撃させなかった。そうこうするうち、雲や雷がまた出て来て、その傷ついた者を包み込み、断ち切られた腿も合わせて持って行った。一挙に雨が降り注ぎ、午の刻から酉の刻まで降り続け、枯れていた苗は皆立ち上がったが、鸞鳳は家族一同に嫌われて、家に戻る事を許されなかった。そこで鸞鳳は刀を持ったまま二十里歩いて、伯父の家に行った。夜になると、また雷が鳴って、天の火が彼のいる部屋を焼いた。そこで、刀を持って庭に立つと、雷はもう害を加えることができなかった。しばらくすると人が来て、先の雷を切った出来事を伯父に話した。そのため、またそこを追い出され、寺の僧室を頼ったが、そこもまた雷に遇って、先のように焼かれた。鸞鳳は身を置く所がないことが分かったので、夜松明を持って鍾乳洞に入った。その後は雷が落ちることはなかった。鸞鳳は三日経ってから家に戻った。

その後、海康では、日照りがある度毎に、村人は金を集めて鸞鳳に与え、前のように黄魚と豚肉を一緒に食べ、刀も前と同じように持っていてもらった。そうすると、いつも大雨が降り注ぎ、雷の落ちることはなかった。このようにして、二〇年余り経つうち、土地の人々は俗に鸞鳳を雨師《うし》と呼ぶようになった。

太和年間[6]に至り、刺史の林緒《りんしょ》[7]がその事を知り、鸞鳳を州に呼び、事の一部始終を聞き質した。鸞鳳が言った、「若い時は心が鉄か石のようで、鬼神も雷電も、目には物の数に映らず、どうか自分の一身を殺してでも民衆を蘇らせたいと思いました。そうなれば、天がどうして雷に悪さをさせることができましょうか」。

そして、彼はその刀を林緒に献上し、手厚い報酬をもらったのであった。

〔この話の特徴〕

土地の俗信のタブーに真っ向から挑戦し、それに打ち勝ち消滅させるという大胆なテーマ設定の下に作られた話である。それを実行した時の心情については主人公自身が話の最後に述懐しているが、実行過程では、文字通り身内からも見放され、彼自身の生命を擲っての冒険であった。その結果見事にそれに打ち勝ち、自分を見放していた人々から「雨師」と呼ばれ、尊敬されるに至るまでの冒険物語である。

注

（1）元和年間――八〇六年～八二〇年。
（2）海康――旧治は今の広東省海康県。
（3）今周処――周処の再来のようだということ。周処については、韋自東の注（6）参照。原文は「後来周処」。
（4）干支――十干と十二支の組み合わせのこと。原文は「某甲子」だが意味は同じ。
（5）刀を持って――この一番初めに出てくる「刀」の所だけ、原文は「竹炭刀」と書いている。しかし、意味が不分明であるため、単に「刀」として訳した。
（6）太和年間――八二七年～八三五年。
（7）林緒――生没年不詳。

江叟　こうそう

開成年間(1)の事である。道教の本をたくさん読み、方術(2)を広く尋ね回りながら生活する笛の上手な江叟(3)という者がいた。彼は暇があれば永楽県(4)の霊仙閣に行くのを習慣にしていた。ある時、深酒《ふかざけ》をして、ふらふらしながら、閿郷県《びんきょうけん》(5)に行こうと思って、盤豆館《ばんとうかん》(6)の東の官道にある大きな槐《えんじゅ》の下まで来たが、ついに酔いが回って樹の下に寝てしまった。夜が更けてから、少し目覚めてぼんやりしていると、何か大きな物の足音が聞こえて来た。歩調はとても重そうだった。暗闇を透かしてみると、一人の背の高さが数丈もあるかと思われる大きな物が、槐の側まで来て坐り、毛むくじゃらな手で叟を撫でながら言った、

「私の気持ちは樹の側の鋤(7)、酒瓶の側の畢卓《ひったく》(8)だ」。

そして、大槐を数回叩いて言った、

「荊館《けいかん》(9)の二郎が大兄のお見舞いに来ましたよ」。

すると、大槐が口を利いた、

「弟、わざわざ来てくれてご苦労」。

始めその声は槐の上の方で聞こえた感じがしたが、そのうち、誰かが降りて来て、話し交わしているようだった。しばらくすると、酒を酌み交わす音が聞こえ、荊館の弟の方が言った、

「大兄はいつになったら両京道上《りょうけいどう》(10)の槐王の地位を手放すつもりなのかね」。

大槐が言った、

「私は後三《み》巡《めぐ》(11)りしたらこの地位を棄てようと思う」。

荊山の槐が言った、

「大兄は老いが迫っているのを知らずに、この地位にしがみ付いているのだ。今に火を空洞の中に入れられ、膏を流し節を断たれてはじめて年の来たことを知るんだ。全くのんきな話だよ。いっそのこと今雷に打たれて、自然に抜けて道路に倒れた方がよいかも知れない。そうすれば、間違いなく建材用の材木になって、大きな家の梁

や棟にしてもらえる。その方が、いつまでも立派で綺麗に使ってもらえて良いだろう。まさかこのままでいて今に虫食いの薪にされて、粗朶《そだ》(12)と一緒に燃やされるつもりじゃないだろうね」。

すると、大槐が言った、

「雀や鼠だって生を貪ることは知っている。私がこの道理を知らないはずはないだろう」。

すると、荊山の弟は、

「兄貴は話にならないよ」。

と言って、別れを告げて去って行った。夜が明けてから、叟は起き上がった。

数日後、叟は閿郷県の荊山館の庭の大槐がていていと聳え、枝や幹もバランスよく茂っているのを見た。その樹も十抱えもありそうな大木で、神霊が宿っていそうな樹であった。夜になるのを待って、叟はその樹の前に酒や肉を供えて、言った、

「私はあの晩、槐神《えんじゅがみ》が盤豆館の官道の大槐と議論をしているのを聞きました。私はその側に寝ていたので、貴方がたの話を全てはっきりと記憶しています。今度はどうか槐神様私と話をして下さい」。

槐が言った、

「ご厚意ありがとう。何か頼みがあるのかな。あの晩道で酔っ払っていたのは、貴方か」。

叟は言った、

「私は平生道を学ぶことを好んでいる人間ですが、如何せん、しかるべき師に廻り逢っておりません。槐神様は霊力がおありだから、お分かりでしょう。どうか教えて下さい。道を学ぶ所を得ましたら、必ずお礼は致します」。

槐神が言った、

「貴方は荊山に入ったら、鮑仙師《ほうせんし》を訪ねれば良いのだ。彼に会えれば、広い水陸の間に、必ずどこか一箇所、俗世を解脱《げだつ》できる所(13)があるはずだ。これは貴方の真剣な願いに感じて、教えたのだが、決して私が言ったということを漏らしてはいけないよ。君は華表《かひょう》が老狐に言ったこと(14)を覚えていないか。禍が私にも及ぶということだ」。

叟はその教えに感謝した。

翌日、叟は荊山に入り、岩に攀じ登り、谷川を遡り、言われた通り、鮑仙師を訪ね、地に這って礼拝した。師は言った、

「君はどうして私のことを知って訪ねて来たのだ。ありのままを言いなさい」。

叟は隠し切れずに、荊山館の槐神が言ったことを隠さず陳べてしまった。仙師が言った、

「小僧めが、よくも人を名指ししてくれたな。今は一遍に懲らしめるわけには行かないが、符を飛ばして一枝切り落としてやろう」。

叟は叩頭して許してくれるように懇願した。仙師が言った、

「今は殺さないでおく。今にきっと替わりの者が来るだろう(15)」。

そして、叟に聞いた、

「君は何ができるのかな。一つ一つ言って御覧なさい」。

叟は言った、

「道を好むことと、笛を吹く習慣があります」。

仙師はそこで、叟に笛を吹かせた。聴き終わって言った、

「君の芸は素晴らしい。けれども吹いているのは、ただの枯れた竹の笛だ。私は今君に玉笛を与えよう。これは荊山の優れものだ。ただ普通の笛のようにこれを吹いて、三年練習すれば、きっと洞窟の中の龍を呼び出すことができるようになる。龍が出て来れば、必ず明月の珠を銜《くわ》えて来て君に贈る。君はそれをもらったら、醍醐《だいご》(16)でそれを三日間煎じなさい。そうすると、全ての小さな龍は皆頭が痛くなる。珠を煎じた気が感ぜしめてそうさせるのだ。小龍は必ず化水丹《かすいたん》を持って、その珠を買いに来る。君はそれをもらって、直ちに水仙になれる。それでも寿命は一万年だ。私の薬を使う必要はなくなる。思うに、君には琴高《きんこう》(17)の相があるようだ」。

仙師は玉笛を出して叟に与えた。叟が言った、

「玉笛と竹笛はどう違うのですか」。

仙師が言った、

「竹は青い。龍の色に似ている。だから龍の声を真似て吹いても、龍は怪しまない。ところが、玉は白い。龍の色とは相容れない。それが似た音を出すと、龍が怪しむ。だからこれを見に来る。感じさせて呼び寄せるから、変化することができるのだ。こういうわけで、事の訳は玄妙な所から発している」。

叟は教えを受けて師にいとまを告げ、その後三年修行して、ようやくその音律を会得した。その後岳陽に行くと、刺史の李虞《りぐ》(18)が彼を館に泊めてくれた。時に、岳陽地方は、大変な日照りで、叟はそこで玉笛を出して、夜聖善寺の経楼の上でそれを吹いた。果たして、洞庭の渚から龍が飛び出して降り、雲がその楼を幾重にも取り巻いた。中に老龍がいて、珠を銜えて叟に贈った。叟はそれを受け取ると、仙師の言葉を思い出し、それを煮た。二日煮

続けると、龍が変化して人になった。彼は一つの小さな薬箱を持っており、中に化水丹が入っていた。彼は地に這って叟に拝礼し、それと珠を交換して欲しいと頼むので、叟は箱をもらい、彼に珠を与えた。その薬を呑むと、叟は童顔になり、水に入っても濡れないようになった。その後、叟は天下の洞窟を巡り歩き、天下の全ての洞窟を見尽くした。その後衡陽(19)に住んだが、顔色も髪の毛も元のままだった。

〔この話の特徴〕

話中の鮑仙師の言葉に「君には琴高の相があるようだ」とあるように、この話の叟も許棲巌や裴航と同じく、初めから仙人になる素質のある選ばれた人間であった。

話中、龍が玉笛の音に誘われて出て来る事に関する「感じさせて呼び寄せるから変化することができるのだ」という説明にはいささか飛躍があるようだが、特別な玉笛の霊力を語ったものと考えれば良いのだろう。

注

(1) 開成年間――八三六年～八四〇年。
(2) 方術――六朝時代道教が発展する以前からあった方士の術。秦の始皇帝に徐福が勧めたという不老不死の薬を探すとか、天兵を動かせるという勅勒の方があるとか、荒唐無稽なものも多かったが、道教成立以後も生き残り、信者を集めたものも多かった。
(3) 江叟――江老人という意味。名前ではない。
(4) 永楽県――旧治は今の山西省芮城県の東北二里。
(5) 閿郷県――旧治は今の河南省閿郷県の西四十里。
(6) 盤豆館――河南省閿郷県の西南に建てられた館の名。

（7）樹の側の鋤——後の槐の大木との議論から察すると、この樹を早く片付けたいという気持ちを象徴的に表したもの。

（8）畢卓——晋の人。字は茂世。稀代の酒好きで、吏部郎に任官した時、隣の家の酒が醸されたのを知り、隣家の酒瓶の間に潜んで、酒を盗み飲み、役人に捕縛された。生没年不詳。

（9）荊館——後出の荊山館に同じ。荊山に建てられた館。荊山は河南省閿郷県の南三五里にある山。

（10）両京道上——両京即ち長安と洛陽を繋ぐ官道の畔ということ。

（11）三廻り——原文は「三甲子」同じ甲子が三回回って来るということ。即ち一八〇年。

（12）粗朶——伐り取った木の枝や、風に吹かれて落ちた枝などの、細かい燃料。

（13）俗世を解脱できる——道を得ること、即ち仙人になること。

（14）華表が老狐に言ったこと——二十巻本「捜神記」巻一八に見える「老狐と古木」の話。自分の能力を自負する千年年を経た老狐が、物知りで知られる張華に挑戦しようとして、これも千年たった古木の華表に計画を打ち明ける。華表は、張華は知恵者だからきっと酷い目に会うぞ、それも君一人だけではなく、この私まで巻き添えにされるのだと言って止めようとするが、老狐はそれを無視して行ってしまい、果たして張華に妖怪らしいと疑われ、千年年を経た妖怪は千年年を経た古木を燃やして照らせば正体を現す、と張華は言い、結局華表が心配した通りになってしまったという話。

（15）替わりの者が来る——神霊の宿った槐の古木も、神仙界では、何らかの働きをしていたということだろう。それがこの江叟の一件で役立たずだということが分かったため、ふさわしいものが見つかり次第更迭されて、罰を受けることになるということ。

（16）醍醐——精製された牛乳。

(17) 琴高――周代趙の人。琴の名手。宋の康王の舎人となり、宋の都と冀州涿郡との間を二〇〇年余り遊歴していたが、後鯉に乗って昇天したという。

(18) 李虞――生没年不詳。

(19) 衡陽――旧治は今日の湖南省衡陽市。

周邯《しゅうかん》

貞元年間(1)の事である。文学の才をもって知られた処士(2)の周邯という者がいた。ある時、街で彝人《いじん》(3)が奴隷を売っているのを見た。その奴隷は一四、五歳くらいの少年で、とても利口そうな顔つきをしていた。売っている彝人の話では、水に潜るのが得意で、彼にとっては、平地を歩くのと変わらず、彼に潜らせれば、日が変わり、時が移っても、苦しむことはないのだと言う。また、蜀の谷間や淵や洞窟で、彼が潜らなかった所はないとも言っていた。周邯はそこで彼を買い、名を変えて、水精《すいせい》(4)と呼ぶことにした。その能力を異常なものと見たのである。

ある時、邯は蜀から船で峡谷を下り、江陵(5)まで行くことを計画した。瞿塘峡《くとうきょう》(6)の艶澦堆《えんよたい》(7)を通った時、水精に潜ってその水底を調べさせた。水精は潜り、時が移ってから出て来て、たくさんの金銀や器物を探り当てて来た。邯は大変に喜んで、船を江の河口や淵で舫う毎に、水精に潜らせた。そして、その度毎に収穫があった。流れに沿って江都(8)まで行けば牛渚磯《ぎゅうしょき》(9)を通る。ここは昔から江の一番深い所と言われていた。温嶠《おんきょう》(10)が犀の角を燃やして水中の怪物を照らした所と言い伝えられている所である。そこでまた、水精に潜らせた。時が移ってまた水精は宝玉

を手に入れて戻って来た。そして、彼は言った、

「底には怪物がたくさんいます。どれも名付けようもない不気味なものです。皆眼を怒らして、手で攻撃してきます。私はやっと逃れて来ました」。

ここで邯はまた富を得た。

その後数年経って、邯の友人の王沢が、相州[11]の牧[12]になって赴任した。そこで邯は、黄河の北に彼を訪ねた。沢は非常に喜んで彼のために酒宴を催し、休む間もなかった。そんなある日、沢は邯を州の北の外れにある八角井《はっかくせい》に案内した。天然の磐石で囲まれた井戸で、井戸がわは八角形になっていた。井戸の差し渡しが三丈余りもある大きな井戸であった。日暮れになると煙雲が立ち込め、百余歩の広さに広がって行く。そして、暗い夜には、火のように赤い光が井戸の中から一〇〇〇尺の高さまで差し上り、まるで昼間のように物を照らし出すのだった。土地の古老の言い伝えでは、金の龍が底に潜んでいるのだということだった。また、日照りなどの時に、この井戸に祈ると、よく効果が現れるという。沢が言った、

「この井戸にはきっと素晴らしい宝が隠されているに違いないと思うのだが、如何せんそれを確かめる手立てがないのだ」。

それを聞くと、邯は笑いながら言った、

「それは造作もないことだ」。

そして、水精に命じた、

「お前、私のためにこの井戸に入って、底まで潜り、どんな怪物がいるか見てきてくれ。沢からもきっとご褒美

がもらえるはずだ」。

水精はしばらく潜っていなかったので、喜んですぐに着物を脱ぎ、潜って行った。しばらくすると出て来て邯に言った、

「一匹の黄龍のもの凄く大きいのがいます。鱗は金色で、数個の明珠を抱えて熟睡しています。私はそれを取って来ようと思ったのですが、素手で刃物がなかったので、その龍が突然目覚めるのを心配して、触れずに来たのです。もし一振りの剣が手に入れば、龍が目覚めても切ることができますから心配ないのですが」。

それを聞くと、邯と沢は大いに喜んだ。沢が言った、

「私は剣を持っている。めったにない宝剣だ。お前はそれを持って行って、珠を取って来るがよい」。

水精は酒を飲み、剣を背負ってまた水に入って行った。時が移る内、周囲には見物人が人垣を作っていた。人々は急に水精が井戸から飛び出して来て数百歩逃げて行くのを見た。すぐ続いて金龍の長さ数百尺もあるのが、鋒の刃先のような爪を怒らして、飛び出して来て空中から水精を捕まえ、また井戸に入って行った。集まっていた人々は皆恐ろしくなって、井戸に近づいて見ることができなかった。

邯は水精の死を悲しみ、沢は宝剣を失った事を残念がった。

しばらくすると、粗末な皮衣を着た、落ち着いて純朴そうな顔立ちの老人が現れて、沢に挨拶し、言った、

「私はこの土地の神だが、刺史殿は、なぜ容易に民衆の身を軽視されるのか。この穴の中の金龍は、天上から使わされた使者で、神の玉璧を管理して、この辺り一帯を潤しているのです。何でほんの僅かな物を信じ、眠っている隙にそれを奪おうとするのですか。龍が突然怒って暴れ出せば、その働きは神の力ですから、天への関門(13)

を揺るがせ、地軸(14)を揺さぶり、山岳を打ち壊し、丘陵を打ち砕き、百里の彼方まで江や湖に変え、人間は皆魚や鼈《すっぽん》にされる(15)のです。そうなれば、貴方の骨肉がどうして保たれましょうか。昔、鍾離(16)はその宝を惜しまず、孟嘗(17)は廉吏であったために民衆の珠を呼び戻したと言うではありませんか。貴方はこれを見習おうとせず、その貪欲な心の赴くままに、狡猾で巧みな者を使って宝を取らせて、恥じる所もない。今頃はもう龍はその体を食い、その玉を磨いているでしょう」。

沢は赤面して返す言葉もなかった。すると、老人がまた言った、

「貴方は早く過ちを悔いて、龍に祈らなければなりません。あまり怒らせないように」。

そう言い終わると、老人はたちまち姿を消した。沢はそこで犠牲を供えて龍を祭ったのであった。

〔この話の特徴〕

この話は本来潜水の得意な水精の活躍を中心にまとめるべき話だったはずなのだが、水精の最後を書く段階で、天から使わされた金龍を登場させたために、周邯の得た富の話はどこかに消え、同時に水精の無敵な能力も消え失せて、話の主題がずれて、水精を死に至らしめた刺史の王沢の過ちを戒める土地神の言葉で最後を締め括っている。「伝奇」としては主題がずれてしまった失敗作と言えるだろう。

注

（1）貞元年間――七八五年～八〇四年。

（2）処士――学問があり、士の位にありながら、仕官しない者。一定の地位のある浪人。これに対して、身分も定まらない浪人がある。

（3）彝人――彝族の人。彝族は中国南西部の高地に住む少数民族。

（4）水精――水に潜る技術と力が人間離れしている所から付けた異名。精は、妖精、精霊の意味である。
（5）江陵――旧治は今の湖北省江陵県。
（6）瞿塘峡――四川省奉節県から東の白帝山にかかる辺りの長江を言う。
（7）艶澦堆――瞿塘峡の入口にある中州。
（8）江都――旧治は今の江蘇省江都県。
（9）牛渚磯――安徽省当塗県の西北。牛渚山が江中に突出している所。その昔、晋の温嶠が土地の言い伝えを確かめるべく、犀の角を燃やしてその光で江中を照らし、水中の怪物の姿を見たと言われる所。
（10）温嶠――生没年は二八八年〜三二九年。晋の人。字は太真、諡は忠武。王敦、蘇峻二度の乱の鎮圧に当たって功あり、晩年は驃騎将軍、開府儀同三司となり、始安郡公に奉ぜられた。上記注（9）参照。この逸話は最晩年の事らしい。
（11）相州――旧治は今の河南省安陽県。
（12）牧――州、郡など地方の管轄区の長官の称。太守、刺史など。ここは、後出の「使君」という通称からも知られる通り、刺史である。
（13）天への関門――原文は「揺天関」。ここの「天関」は、一説に言われる「北辰」の意味ではなく、角宿の二星を天関とする説を取る。これはまた天門とも言われ、その内側を天庭とする。
（14）地軸――大地の回転を支えている心棒。
（15）魚や鼈にされる――水中に沈められるということ。
（16）鍾離――後漢の鍾離意の故事。鍾離意は、交趾太守張恢が贈賄の罪を犯し、得ていた贓物は、没収後、群臣に分与されたが、その時尚書の職についていた鍾離意は「贓物は要らぬ」と言って、与えられた明珠を地に投げ捨てたという故事。

（17）孟嘗——後漢の人。字は伯周。茂才（前代の秀才）に挙げられ、合浦の太守となった。合浦という土地は農業に適さず、民衆は海から真珠を取って生活していた。ところが、歴代の太守は強欲な人間ばかりだったので、常に民衆を苛めては賄賂に真珠を取っていた。そのため、真珠業は次第に合浦の本土から交趾との境の方に移って行ってしまった。孟嘗が太守になって赴任して来ると、その弊習が一遍に解消されたので、民衆の本業であった真珠業が一年も経たない内に戻って来たという故事。これが「珠を還す」の意味である。この部分、「伝奇」の原文は「孟嘗自返其珠」であり、「自」という字の挿入の様子から見ると、孟嘗は賂にもらった真珠を返したという別な説があったと思われる。

五台山地　ごだいさんち

五台山[1]の北台の下に二畝余りの龍の池がある。仏経[2]に言っている、「ここが五百匹の毒龍を封じ込めた所だ」と。いつも正午になると、暗い霧がしばらく開いて、比丘[3]や浄行居士[4]は一望することができる。ところが、比丘尼[5]や女子が近付くと、すぐに雷電や風雨が強烈に起こり、もし池に近付くと、必ず毒気を吸わされて、間もなく死んでしまう。

〔この話の特徴〕

この話は誤って「伝奇」に混入したものと思われる。例えば明鈔本「太平広記」では「出傳載」と記している。

注

（1）五台山——山西省五台県の東北にあり、五峰が林立しているが北岳が最も高く一万三百余尺と言われる。五峰とも頂上は平らで樹木はなく、これが五台という名称の由来である。寺の建物は中岳の麓にあり、東西南北の四岳は、皆中岳からの脈続きである。

（2）仏経——仏典の名称は不明。

（3）比丘——サンスクリット語の音訳。戒律を受けた僧のこと。僧侶。

（4）浄行居士——在家でありながら仏道を志す者。

（5）比丘尼——女性で具足戒を受け出家した者。尼。尼僧。

馬拯　ばじょう

唐の長慶年間(1)の事である。処士(2)の馬拯は、非常に淡白な性質の人で、好んで山水を巡り歩き、山路の難易に関わらず、どんな山でも登ることができた。ある日、彼は湖南(3)にいたが、来ているついでに衡山(4)の祝融峰《しゆくゆうほう》(5)に行き、伏虎《ふっこ》禅師《ぜんじ》(6)の廟へ参ろうと山に登って行った。

仏堂内はさすがに綺麗に保たれており、供物の果物やご馳走が良い薫りを漂わせており、また経机の上には銀の皿が並べられていた。廟には、眉毛の真っ白な、純朴そうでがっしりした体格の老僧が一人いて、拯の参詣を大変喜んで出迎えてくれた。僧は、拯の下僕に袋を持たせせて言った、

「貴方のお供の方をお借りして、近県に行き、塩酪《えんらく》(7)を少しばかり買って来てもらいたいのだが」。

拯がそれを許すと、下僕は僧から金を預かって山を降りて行った。拯はそれを見送って、ふと気がつくと、老僧もどこかに姿を消していた。

拯が堂内に一人佇んでいると、馬沼山人《ばしょうさんじん》という山男(8)が一人でそこに登って来て、拯がいるのを見ると、親しげに側によって来て軽く会釈して話し掛けて来た。

「ここに来る途中で、一匹の虎が人を食っているのを見ました。どこの子か知りませんが……」

彼の説明した服装などからすると、それは何と拯の下僕だったので、拯は大変驚いた。すると、沼が続けて言った、

「遠くから見ていたのですが、虎は人を食い尽くすと、皮を脱いで、僧衣を着、一人の老僧になってしまいました」。

拯はとても恐ろしかった。その内、帰って来た老僧を見て沼が言った、

「この人だ。間違いない」。

そこで、拯は老僧に言った、

「この馬山人が来て知らせてくれたのですが、私の供の者は山の途中で虎に食われてしまったそうです。どうしたら良いでしょう」。

すると、僧は、怒って言った、

「私共のこの境内は、山には虎も狼もなく、草には毒虫もいず、路には蛇や蝮もおらず、林にも梟《ふくろう》やみみずくは全くいないのだ。いい加減な言葉を信じなさるな」。

拯は僧の唇をよく見ると、まだ血の赤みを帯びていた。

その夜、二人は廟の食堂に泊まった。入り口の戸にはしっかりと閂を掛け、明るく灯燭をともして、様子を見ていると、夜が更けてから、庭に虎の唸る声が聞こえ、怒って閂を掛けてある扉に三四回頭をぶつけて来たが、扉が丈夫だったために壊れずに済んだ。二人は恐ろしいので、堂内の「びんづるさん」(9)の土偶の前に香を焚き、叩頭して祈った。しばらくすると、土偶が詩を吟ずるのが聞こえて来た、

「寅人《とらびと》はただ囲いの水に溺れ、午子《ごし》(10)は艮《こん》の畔の金を分けてやらねばならない。もし特進に重ねて弩を張らせれば、過ぎ去る将軍は必ず心《しん》を損なわん」。

二人はそれを聞いて、その意味を解釈して、こう言った、

「寅人は虎だ。囲いの水は井戸だ。午子はこの我々だ。艮の畔の金は銀だからあそこにある皿のことだ。その後の二句はまだ分からない」。

夜が明けると、僧が入口の戸を叩いて言った、

「旦那方、起きて粥を食べなさい」。

二人はやっと起き出して閂を外し、出て行って粥を食べた。食べ終わると、二人で相談した、

「あの僧がいたのでは、我々は山を降りられないな。……」

そこで二人は、僧を騙して言った、

「井戸の中がおかしい。見て下さい」。

そう言われて、僧が一生懸命見ている時に、二人は後ろから僧を押して、井戸の中に落とし込んだ。僧はすぐに虎に変わったので、二人は大きな石を上から落として虎を殺した。

そして、二人は銀の皿を持って山を降りて行った。

夕暮れ近く、一人の猟師に逢った。彼は道端に仕掛け弓[11]を仕掛けて、樹の上に棚を作り、そこから様子を見ているのだった。彼は二人に言った、

「私の仕掛けに触らないでくれ」。

彼は、二人が山を降りようとしているのを見て、心配して言った、

「麓まではまだ遠いし、虎たちが暴れている時分だ。ちょっとここへ上って来ないか」。

二人は怖くなって、言われるままに棚に攀じ登った。そして、三人が落ち着いて寝ようとしていると、不意に木の下に四、五十人の人の群がやって来た。その群は、僧あり、道士あり、男あり、女あり、歌い手もいれば、踊り子もいた。仕掛け弓の所まで来て、一同は怒ってこんな事を言った、

「今朝方二人の賊に我々の和尚が殺された。必ず捕まえてやる。それにまた、こうして誰か我々の将軍を狙っているのだ」。

そう言って、その人の群は、猟師の仕掛けた仕掛け弓を弾いて去った。棚の上から、彼らの言葉がよく聞こえた。

そこであの者たちの素性を猟師に聞くと、猟師が言った、

「あれは皆幽霊ですよ。虎に食われた人たちです。虎のお先払い[12]になっているのですよ」。

二人はそこで猟師の姓名を尋ねた。すると彼は応えた、

「名は進、姓は牛と言います」。

それを聞いて二人は大喜びして、言った、

「土偶の詩の下の句が当たってる。特進[13]はつまり牛進だ。将軍というのはこの虎のことだ」。

そこで、猟師にもう一度仕掛け弓に矢をつがえさせた。猟師は快く応じて、樹から降り、矢をつがえ終わって棚[14]に戻ると、果たして一匹の虎が、吼えながらやって来て、前足で、仕掛けに触った。矢が放たれ、口から入って心臓を貫き、虎は倒れた。程なく、幽霊たちが駆け戻って来て、倒れている虎の上に伏せ、大層悲しげに哭して言った、

「誰が我々の将軍を殺したんだ」。

二人は、腹を立てて、その幽霊たちを叱りつけて言った、

「お前たち無知な下種《げす》幽霊ども！　虎に食われて死んだくせに、我々が今お前たちの仇を取ってやったのに、礼の一つも言えないで、虎のために慟哭するなんて！　何が幽霊だ。霊なんてものはどこにもないじゃないか！」

そう言われて、一同は静まり返った。急に一人の幽霊が出て来て応えた、

「将軍が虎だったとは全く気がつきませんでした。貴方の言葉を聞いて、初めて覚醒しました」。

その幽霊はそう言って虎に近付いて罵り、礼を陳べて去って行った。

夜が明けると、二人は銀の皿を猟師にも分け与え、山を降りた。

〔この話の特徴〕

人虎伝の一種だが、この話では、虎が人間を襲うために人に変身する。虎に食い殺されてもなお虎を「将軍」と呼んで敬い続ける幽霊には、何かの比喩があるかも知れない。

細かいことだが、後の王居貞に出てくる虎は、虎に変身するための毛皮を携帯しているのだが、この話の

虎は変身の仕方が明瞭でない。子供を食べた後では、毛皮を脱いで、僧衣を着たが、井戸に落ちた時には、僧衣のまま虎に変身している。

注

（1）長慶年間——八二一年~八二四年。
（2）処士——周邯の注（2）参照。
（3）湖南——原文は「湘中」、洞庭の沼沢地帯の南の意味なので、分かり易く「湖南」と訳した。
（4）衡山——中国の五岳の南岳。湖南省衡山県の西北、衡陽県の北にある。衡山七二峰と言われ、極めて峰の数が多く広がっている。祝融峰はその代表的な峰。
（5）祝融峰——山頂に火の神祝融を祭った祠がある。前出注（4）参照。
（6）伏虎禅師——梁の武帝の時の僧。彼が山中を歩くと、虎が除けて通ったという所から、標記の称号を武帝から贈られた。祝融峰上の廟に祭られていた。
（7）塩酪——精製した牛乳、馬乳等の乳漿に塩を加えたもの。
（8）山男——山に住む隠者。
（9）びんづるさん——賓頭盧。サンスクリット語の音訳。十六羅漢の一人。仏教を弄んだとして釈迦の呵責に逢い、涅槃に入ることを許されず、一人民間で衆生の救済に当たったという。中国ではその像を食堂に飾る習慣があり、日本では、堂外におかれ、参詣客が体の故障のある所を撫で摩《さす》ると御利益があるとして、その像を撫で摩る習慣がある。
（10）午子——主人公も、山男も、姓が馬なので、十二支の「午」でそれを表した。「子」は人の姓の後に付けて、人を呼ぶ場合の丁寧語になる。

（11）仕掛け弓――原文は「弶」。作品中で虎が射られたように、足で装置の一部を踏むと矢が飛び出す仕掛けになっている。

（12）お先払い――お先払いの例は、すでに「封陟」の話など、幾つかの話に見えている。しかし、その表現は一定していない。ここの例は、その中でも、かなり具体的な表現法が取られているので、原文を示して例とする。原文は「爲虎前呵道耳」この「前呵道」がお先払いの意味に当たる。

（13）特進――賓頭盧の詩の言葉である。「特」は牡牛の意味だが、牛の姓を表す隠語として用いている。

（14）口から入って――原文は、「中其三班」。この「三班」は難語である。しかるべき例が見当たらないので、同音を取って、「三瓣」（三つ口）の意味に取り、猫族の動物に特有な口の形を意味するものと考えた。

王居貞《おうきょてい》

明経《めいけい》（1）の王居貞という者がいた。彼は科挙の試験に落第し、洛州（2）の潁陽《えいよう》（3）に帰るために京を出た。一人の道士と道連れになったが、その道士は一日中食事を取らないので、その訳を聞くと、

「私は気を咽《の》む術を使っているのだ」。

と言っていた。しかし、彼は、いつも居貞が眠り、灯燭が消えた時になって、すぐに布の袋を取り出し、中から一枚の皮を出して着て出かけ、明け方五更になると戻って来るのを繰り返していた。

そこである日、居貞は寝た振りをして、急に道士の袋を奪い取った。道士は叩頭して返してくれと頼んだ。居

貞は言った、

「毎日貴方のしていることを言えば返してやる」。

すると、終に彼は白状した、

「実は私は人間ではないのです。いつも着るのは虎の皮です。夜村に食べ物を探しに行くのですが、その皮を着て行くと、夜中五〇〇里を走ることができるのです」。居貞は、長い間家を離れているので、帰りたくてたまらなかった。そこで、聞いた、

「それは私にも着られるものですか」。

すると、

「着られます」。

と言うので、居貞は家からまだ百里以上離れているので、それを着てちょっと帰ってみることにした。言われた通り、それを着て走ると、たちまち家の門に着いたが、夜が更けていたので、門から中へ入るわけに行かず、ふと見ると、一匹の豚が門の外に立っているので、それを捕まえて食べた。そして、しばらくして戻り、皮を道士に返した。

やがて、家に戻ると、家の者が泣きながら言った、

「二番目の子が夜外に出ていて、虎に食われてしまったのですよ」。

居貞がその日を聞くと、それは彼が虎の皮を着て帰って来た日だった。それから一両日居貞はお腹が一杯で、他の物が食べられなかった。

〔この話の特徴〕

この話も人虎伝の一種である。しかも、主人公は、虎の毛皮を借りて虎に変身すると、自分の子供を豚に見違えて食べてしまう。虎の皮が人を虎に変える力を持っているという人虎伝の変種である。

注

（1）明経——科挙の科目の一つ。明経科に関しては、専攻の仕方が、五経全てを専攻するものから、一経のみを専攻する者まで、専攻の仕方が五段階に分かれていた。王居貞がどのような専攻をしていたのかは不明である。

（2）洛州——唐は初め洛陽に州治を置いて、洛州を置いたが、後洛州を河南府と改めた。府治は変わらず洛陽にあった。

（3）潁陽——県名。旧治は河南省登封県の西南七〇里にあった。

甯茵《ねいいん》

大中年間（1）の事である。甯茵秀才（2）という者が、南山（3）の麓に大きな別荘を借りた。棟が半分崩れ、垣根も所々壊れているような家であった。

ある風が涼しく月が綺麗な夜、茵は気の赴くままに、庭に出て詩を吟じていた。すると、にわかに門を叩く音が聞こえ、続いて名乗って案内を請う明るい声が聞こえて来た、

「桃林の斑特《はんとく》処士(4)がご挨拶に伺いました」。

茵は門を開いて、押し出しの良い言葉遣いの廓然《かくぜん》(5)としたその処士を迎え入れた。門を入ると、すぐ彼は一礼して初対面の自己紹介をした、

「私は文字通りの野育ちの人間でありまして、土を耕しながら、常に作物の収穫を気に掛ける農夫の輩であります。この近くに住んでおりまして、風月に恵まれた夜を楽しんでおりますと、貴方の吟詠が聞こえて参りましたので、ご挨拶に参上した次第であります」。

この丁寧な挨拶に、茵も然るべく挨拶を返した、

「私は山林に隠れ住みながら生活する、農具にも慣れ親しんだ者でありまして、御覧の通りのわび住まいで、訪問客も極めて稀な所に、幸いにこうしてお運び頂き、一人身の寂しさが癒されます」。

そして、斑を室内に招じ入れ、この土地での生活ぶりを聞くべく話を誘った、

「ところで、処士のお暮らしはいかがでございますか。お説を拝聴したいのですが」。

すると、特は話し始めた、

「私も若い頃は、兄弟同士競って勉強に励んでおりました。いつも春秋(6)の潁考叔《えいこうしゅく》(7)が車の長柄を抱えて走る件《くだり》を読んでは、そこにいて助けることのできないのを恨み、史記を読んで、田単《でんたん》(8)が燕を破った計略に読み至っては、そこにいて戦えないのを残念がり、東漢記《とうかんき》(9)を読んでは、新野《しんや》の戦い(10)に読み至って、その場で活躍できなかったのを残念がっておりました。この三件はいずれも痛快な出来事であり、同時にそこに参加できなかったことが怨まれる事件でした。今でもその頃の恨めしさは記憶に残っています。しかし、今はもう年老いてしまって、それに

跡継ぎもなく、ただ空しく子供を可愛がることのできない悲しみを懐いているばかりです。それに加えて、私は徐孺子《じょじゅし》が郭林宗《かくりんそう》[11]の母親の死を弔った時の言葉が好きなのですが、その引用の文句はこうでした、『生芻一束、其人如玉（生の秣《まぐさ》一束、その人玉の如し）』。『其人如玉』はとても叶いませんが、『生芻一束』は、言えているかも知れません」。

斑特がここまで話した時、にわかにまた誰かが門を叩いて名乗る声が聞こえて来た、

「南山の斑寅《はんいん》将軍がご挨拶に参りました」。

茵はすぐに招じ入れた。この人物は意気が容貌に現れて極めて尊厳である。言葉遣いにも力強さが現れていた。二人の斑が対面して、より一層場が打ち解けた。寅が言った、

「大兄は我々の姓の由来をご存知か」。

特が答えた、

「その昔呉太伯《ごたいはく》[12]が荊蛮に入り、髪の毛を切り身体に刺青したために、それが斑姓の元になったのでしょう」。

寅が言った、

「大兄それは間違いだ。事の根本をご存知ない。そもそも斑氏は闘穀於菟《とうこくおと》[13]から出たのですよ。刺青をした像があり、それを名字にしたものです。遠い祖先では、固[14]にも婕妤《しょうよ》[15]にも、良い文章がありました。班の一族は、大いに漢代において称賛されました。皆正史に伝が残されています。その後も優れた人物が時折現れ、綿々と続いて跡を絶ちません。後漢には班超[16]がおり、筆を投げうって従軍しました。人相見が彼を見て、『貴方は一万里の外で侯に封ぜられる』と言いました。超がわけを尋ねると、人相見は言いました、『貴方は燕の顎に虎の頭を持っている。これは飛んで

一万里の彼方に肉を食うという兆で、公や侯になる相だ』と。果たして、彼は後に玉門関の太守になり、定遠侯《ていえんこう》に封ぜられました。某は、武《ぶ》賁中郎《ほんちゅうろう》(17)となり、武班におりましたが、過失があったため、山林に隠れ住むようになり、昼は伏せって夜遊び、足跡を残しても姿を隠す生活で、辛うじて生を貪っております。今夜たまたま心地良い松を吹く風の音を聞き、月明かりの素晴らしさに、外に出て散策しておりますと、ご主人の吟詠を耳にしましたので、ご挨拶に寄らせて頂いた次第です。また、思いがけず、こちらで特殿にもお会いでき、なお一層の喜びです」。

寅は話し終わって、ふと見ると床の間に碁盤があるので、特に言った、

「大兄と一局打ちたいがいかが」。

特も喜んで受けた。しばらく打ってもなかなか勝負が付かないので、茵が戯れに、横から特に数手を加勢してやった。すると、寅が言った、

「ご主人はもしや強いのでは」。

そこで、茵は言った、

「私のは、管の中から豹を覗くようなもので、時折一斑が見えるだけです」。

すると、二人の斑が笑って言った、

「何とも大変な狙いだ。これが本当の一石二鳥だ(18)」。

茵は酒壷を傾けて、二人に酒を勧め、一同は、碁を中断して、共に酒を飲んだ。酒が数巡回った所で、寅は酒の肴に干し肉が欲しいと言った。そこで、茵が鹿の干し肉を出すと、寅はすぐに噛み付き、たちまち平らげてしまった。特は全く食べなかった。茵は特に聞いた、

「どうして食べないのですか」。

すると、特が答えた、

「上の歯がないので、嚙めないのです」。

そこでまた酒を勧め、数巡回ると、特は少し調子が悪いから、飲み過ぎないようにしたいと言った。寅は言った、

「おしゃべりは何と容易なことか。酒が入ると川の流れのように出てくる。丁度紂の長夜《ちょうや》の飲《いん》のようだ。顔がもう赤いだろう」。

特が言った、

「弟の飲みっぷりは札付きの飲兵衛だ。一旦坐って飲み始めたら、夜が更けても動かない」。

酒が回るにつれ、二人の斑は、飲みすぎて言葉が絡み始めた。特が言った、

「弟は爪と牙を自慢する男だ。それが人より強くなろうともがいているのはどういうわけだ」。

すると、寅が言った、

「大兄は角があるのを頼りにしている男だ。それが事にぶつかって悩んでいるのはどういうわけだ」。

特が言った、

「弟は強く逞しい体を自慢しているが、もしあの卞荘子《べんそうし》(19)のような人間に出会ったら、粉にされてしまうぞ」。

すると、寅が言った、

「兄貴は勇壮な力を自慢しているが、もし庖丁《ほうちょう》(20)のような人に出会ったら、頭と皮ばかりにされてしまうぞ」。

その時、茵の前には、干し肉を削る包丁が置いてあり、長さが一尺余りあった。茵は腹を立てて言った、

「私にはこの一尺の包丁があるぞ。二人とも言い合いは止めて、酒を飲め」。

二人の客は叱られてしょんぼりした。

すると、特が気分を変えて、曹植の詩(21)を吟じた、

『萁《まめがら》は釜の下で燃え、豆は釜の中で泣いている』この一聯はなかなか良くできている」。

すると、寅が言った、

「俗諺に言っている、『鵓鳩《ぼっきゅう》が樹の上で鳴けば、意は麻子《あさのみ》の地上にあるのだ(22)』と」。

これで皆大笑いした。茵が言った、

「無駄口は止めて、皆それぞれ詩を一章ずつ賦しませんか」。

こう言って、初めに茵が自作の詩を吟じた、

「暁に雲水の静かなるを詠み、夜山月の高きを吟ず。焉《いづく》んぞ能く虎の尾を履《ふ》まん。豈《あに》牛刀を学ぶを用ひん」。

(朝には雲や川の流れの静かさを詩に表し、夜は山の上に高く掛かった月を詩にして吟詠する。どうして虎の尾を踏むことがあろうか。牛刀を使用する必要があろうか。)

すると、寅がこれに続けて吟じた、

「ただ林に居て嘯《うそぶ》くを得、焉んぞ能く路に当たりて蹲《そん》せん、河を渡るにいずれの所にか適《ゆ》く。終に是劉琨《これりゅうこん》に怯《おび》ゆ」。

(今できるのは林の中にいて遠吠えすることくらい、どうして出世の要路に蹲ることができようか。河を渡るには、どこから行けば良いのか。これすらもただ劉琨(23)に恥じ入るばかり。)

続いて特が吟じた、

「甯の戚《うれ》ひを悲しむに非ざるなし。終に是庖丁に怯ゆ。若し龔《きょう》の守と為るに遇はば、蹄涔《ていさん》して北溟《ほくめい》に向かはん」。

（甯さんの憂いに同情しないわけではないが、私に心配の種があるとすれば、それは庖丁だけだ。若しあの龔遂《きょうすい》(24)が太守になるようなことがあれば、水を渡って北の海に向かって行こう。）

茵はそれを見て言った、

「素晴らしい奇才だ」。

すると、寅が腹を立て、着物の裾を払って立ち上がって言った、

「甯さんはどうしてこんな輩《やから》に組するのだ。昔から班馬の才というのはあったが、斑牛の才というのがあったろうか。それに私は生まれて三日目にもう人が食いたくなった。この者はまして私の姓を盗んだ者だ。それなのにまだ私と語り合えないものだ。それにしても、それに組する者を傷つけるのは良くない」。

しばし考えてから、やはり腹立ちを抑えられずに言った、

「やはり貴方の門下に尾を振ることはできない」。

そう言い残すと、寅は長く拝礼して、去った。すると、特も腹を立てて言った、

「古人の重んじた者は白眉である。それなのに、今の貴方は白額だ。どうして人を批評する資格があるものか。私の怒る理由はこういうわけだ」。

そう言うと、特もいとまを告げて去った。

夜が明けてから、門の外を見ると、虎の足跡と、牛の足跡だけが残されていた。甯茵はやっと事情が飲み込めた。

更に数百歩様子を見に行くと、一軒の廃屋の中に、一頭の老牛が寝ており、まだ酒気を帯びていた。虎はそのまま山に入って出て来なかった。茵はその後そこには住まず、京に帰った。

〔この話の特徴〕

人間に化けた老虎と老牛の話である。彼らはどちらも学問の素養があり、話中で様々に議論し、詩も作る。しかし、人間である主人公には危害を加えることをせず、一緒に酒に酔って、そのまま帰って行く。牛と虎を語らっているが、典故を引きながらの議論がこの話の見せ場であり、言葉遊びのために作られた話である。

注

（1）大中年間――八四七年～八五九年。
（2）秀才――裴航の注（2）参照。
（3）南山――終南山のこと。陝西省長安県の西にあり、東は藍田県から西は郿県に至る。
（4）処士――周邯の注（2）参照。
（5）廓然――心が広く、からりとしている様。
（6）春秋――原作にも「春秋」としか書いていないのだが、話の内容から察するに、「春秋左氏伝」を読んでいたようである。
（7）潁考叔――潁谷の封境を守る役人。「春秋左氏伝」の隠公元年の初めに、鄭の荘公の事に関連して、潁考叔の人柄を良く表した話があるのだが、引用が長くなるので割愛し、親孝行の情に厚い人物とだけ記しておく。しかし、鄭のために戦場に出て働くことになると、潁考叔は人が変わったように、積極的に先陣を争うようになる。隠公元年の夏、隠公の御前で許を討つことが議決され、五月、その準備のために武将一同に武器が配られた。その際、公孫閼《あつ》と潁考叔の間で、一台の戦車を巡って取り合いが始まった。潁考叔が車の長柄を抱えて走ったのは、この時である。公孫閼は逃げる穎考叔を追ったがどうしても追いつけず、終に諦めたが、恨み心は残っていた。秋七月になって、鄭伯は許を討つために出動した。その時も、穎考叔は一番乗りを目指して、鄭公の旗を持ち、真っ先に城壁を登って行った。下でそれを見た公孫閼は、憎くてたまらず、下から矢を射て、穎考叔を射殺した。

（8）田単——戦国時代、斉の人。燕の昭王が楽毅に斉を討たせ、斉の諸城を攻略して、斉の城のうち、生き残ったのは莒《きょ》と即墨《そくぼく》だけとなった時、即墨の人は田単を推して将とし、燕の攻撃に備えさせた。時に、燕では、昭王が死に恵王が即位したが、楽毅との仲が良くなかった。その隙に乗じて、田単は反間をはなち、燕における楽毅の立場を失わせ、戦場においては、火牛の計を用い、牛に赤い布を着せ、角に刃物を結び付け、尾に葦を束ねて油を注ぎ火をつけ、敵陣に向かって放ち、兵を後に続かせて、連勝し、燕に陥っていた七十余城を復した。

（9）東漢記——原文は「讀東漢、至於新野之戰、〜」で、斑特が読んだ書名は記されていない。今日見ることのできる「後漢書」の「光武帝紀」には、「新野之戦」という名称はないが、旗揚げの初戦で、牛に乗って、新野の尉を殺して馬を得たと書かれている。

（10）新野の戦い——斑特が、忘れられない読書の記憶として、「新野の戦い」を出しているのは、ここで牛が活躍していることにもよると思われるが、光武帝にとっては、これが初めての戦であったはずである。以後、同様にして、湖陽の尉も殺し、兄の軍隊と呼応しながら、進軍し、棘陽を陥落させ、王莽軍の甄《けん》阜、梁丘賜の軍と小長安で対戦するが、ここで初めての敗戦を喫し、棘陽に引き返す。そして、更始元年正月には、再び甄梁軍と対戦し、沘水の西で大勝し、甄梁二将を斬った。

（11）徐孺子と郭林宗——徐穉《ち》、字は孺子。郭林宗の母親が亡くなった時、友人の徐孺子は、貧乏で、高額の供え物ができず、生の秣（芻《す》）一束を郭の廬の前において帰った。一同はそのわけが分からなかったが、林宗は、「これはきっと南州の高士徐孺子に違いない。詩（詩経）に言っているではないか、『生芻一束、其人如玉』と。私はこれに当たるような徳はないがね」。と言ったという故事。この作品中で斑特が言っているる『生芻一束』は言えているかも知れません」。というのは、この詩経の文句から、この一句だけを抜き出して、自分の貧乏状態を言うのに使ったのである。

（12）呉太伯——周の太王の長子。太王が息子たち三人兄弟の末の季歴《きれき》の子の昌（後の文王）の賢さを愛し、王位を季歴に継がせて、昌に伝えることを考えているのを知り、次子の仲雍《ちゅうよう》と共に荊蛮に逃れ、自ら身体に刺青し、句呉と号したという。

（13）闘穀於菟——春秋時代、楚の人。字は子文。父の伯比は、母に従って邧《うん》で育てられていたが、邧子《うんし》の娘に子文を生ませ、そのため子文は邧夫人に嫌われて、一旦雲夢沢《うんぼうたく》に捨てられ、虎に乳を与えられて育つ。邧子が狩りをしている時にそれを見かけ、また引き取られ、楚の方言で乳のことを穀と言い、虎のことを於菟ということから、穀於菟と称せられるようになった。成人して成王に仕え、その徳をもって功績を残した。三度仕えて喜ばず、三度官を去って怒らず、爵のために勉めず、禄のために勤めずと言われ、孔子に「忠」と称せられた。

（14）班固——字は孟堅。明帝の時、郎から蘭台御史《らんだいぎょし》に移り、父彪の遺志を継いで、二十余年を掛けて「漢書」を作る。代表的な著作としては、この他に、白虎観における五経の異議に関する諸儒の議論を撰集した「白虎通」がある。竇憲《とうけん》が匈奴を征伐した際、中護軍として従軍したが、竇憲が敗れたため、洛陽の令种兢《ちゅうきょう》に捕えられ、獄中に死んだ。生没年は三二年～九二年。班固の死によって、完成されなかった「八表」と「天文志」は、妹の班昭が続成した。

(15) 班婕妤——詩歌に長じ、成帝に幸せられて婕妤となったが、趙飛燕の讒言に遇い、長信宮に大后に仕えて、詩賦を作った。

(16) 班超——字は仲升。明帝章帝の時、西域において、軍司馬、将軍長史、西域都護を歴任、五十余国を安集し、定遠侯に封ぜられる。西域に三一年を過ごし、晩年帰って射生校尉となる。生没年は、三三年〜一〇三年。

(17) 武賁中郎——元の官職名は、虎賁中郎将。唐では太祖の諱を避けて、武賁中郎将とした。勇力の士をもってこれに当て、侍衛の官とした。

(18) 一石二鳥——この文脈の中での意味を考える。原文は、「真一發兩中」、本人が謙遜して、「管の中から豹を見るようなもので、たまたま穴を通して目に入った一つの斑点を見るだけです」と言っているのを、「一斑」という言葉尻を捉えて、ここには二人の「斑」がいるのだから、どちらでも良いわけで、「一覘きで二人の斑を見ることができる」と言ったのである。

(19) 卞荘子——春秋時代、魯の卞邑の大夫。勇力の士。斉が魯を討とうとしたが、卞荘子一人の存在を恐れてできなかったと言われる。

(20) 庖丁——中国太古の伝説上の料理人。牛を解体するのに、骨と肉を切り分けるのが非常に巧みだったと伝えられる。

(21) 曹植の詩「萁在釜下燃、豆在釜中泣」。——魏の曹植の七歩の詩。同じ兄弟なのに兄から冷遇される自分の立場を、豆と豆柄の関係に擬えて揶揄した詩。本によって字の異同もあるので、以下に全六句を引く。「豆を煮て持って羹《あつもの》を作り、豉《し》を漉《こ》して以って汁と為《な》す。萁《まめがら》は釜の底に在りて然《も》え、豆は釜の中に在りて泣く。本是《もとこれ》根を同じくして生ず。相煎《あいい》ること何ぞ太《はなは》だ急なる」。

(22) 鵯鳩が樹の上で鳴けば、意は麻の実の地上にあるのだ——寅がこの諺を出した意図は、非常に単純なことで、特が出した「七歩の詩」の「下に在りて～、中に在りて～」の語呂を俗諺の「樹の上で～、地上にあるのだ」に受けて、揶揄する気分を表しただけのことなのだが、ついでにこの俗諺の意味を考えれば、世の人の行動は、往々にして目的が思いも寄らない離れた所にあるものだと言うようなことである。

(23)劉琨――字は越石。晋の恵帝の時、范陽王の司馬から頭角を現し、働きによって都督幷冀幽三州軍事となり、広武侯に封ぜられる。しかし、その重望を憎まれ、段匹磾《だんひってい》に殺された。生没年は二七〇年～三一七年。詩文を善くし、潘岳、陸機らと交わって、二十四友と称され、東晋に入ってからは、左思、郭璞と共に、東晋の三詩傑と呼ばれた。彼は生前、常に「渡河報復」を主張し続けていたという。斑寅の言う「劉琨に怯ゆ」というのは、常に「渡河報復」を叫び続けた劉琨に恥じ入るばかりだということ。

(24)龔遂――漢の人。字は少卿。明経を以って推挙され、昌邑王の郎中令となる。後、昌邑王が罪を得て廃された時、連座して城旦となる。宣帝の初め、渤海が大いに乱れて、盗賊がはびこり、郡守が鎮圧できなかった。そんな状態の中、龔遂が渤海太守に任命され、彼が赴任してしばらくすると、渤海の混乱が収まり、盗賊も平定された。朝廷の息盗の術の召問に対しては、乱縄の乱れを解く喩えで答えたと言われるが、現地において農作業を勧め、養蚕を奨励するなど、積極的な措置のもたらした効果は後世まで大きな影響を及ぼした。作品中の斑特の詩も、その「勧農」の側面を捉えて歌ったものである。

蔣武《しょうぶ》

宝暦年間(1)の事である。循州《じゅんしゅう》(2)河源《かげん》(3)の人で、蒋武という者がいた。がっしりとして周囲を威圧する体躯に、勇壮な胆力を秘めた男であった。一人山の岩窟にいて、ひたすら狩猟をこととしていた。彼は弓を射るのが上手で、(4)いつも弓を持ち、矢を手挟《たばさ》んでいた。熊やヒグマや虎や豹などに出逢うと、彼は必ず射止めた。獲物を解剖してその鏃《やじり》を確かめると、必ず心臓を貫いていた。

ある日、激しく門を叩く者がいた。その叩き方が、あまりにも慌てている様子なので、武が扉の隙間から覗いて見ると、一匹の猩々が白象に跨っていた。武は猩々が言葉を話せるのを知っていたから、猩々に聞いた、

「象と一緒に訪ねて来るとは、一体何事があったのだ」。

猩々が言った、

「実は象が災難に遇っているのです。私が言葉を話せるのを知っているので、私を背負って来たのです」。

武が言った、

「お前はどんな災難に遇っているのか、そのわけを話してみなさい」。

すると、猩々が言った、

「この山の南二百里余り離れた所に、大きな岩窟がありまして、そこに数百尺の大蛇がいて、電光のように眼をきらめかせ、鋭い剣のような歯を剥き出して、象が通りかかると、皆飲み込んでしまうのです。災難に遇った者はもう数百頭になります。逃げ隠れようとしても、できないのです。今貴方が弓の名人だということを知って、毒矢であれを射て、禍を除いて頂きたいとお願いに来たのです。皆それぞれお礼はすると思いますので、宜しくお願い致します」。

象は地面に跪いて涙を雨のように流していた。猩々が言った、

「貴方がもしやって下さるなら、どうか矢を持って登って来て下さい」。武は彼らの願いに感じ、矢に毒を塗って登って行った。行って見ると、果たして聞いたとおり、岩窟の中に二つの眼があった。その眼の光は数百歩手前からよく見えた。猩々が言った、

「あれが蛇の目です」。

武はすぐに弓に矢をつがえ、一発でその眼に命中させた。その途端、象は猩々と武を背中に乗せて逃げた。にわかに岩窟の中に雷のような吼え声が轟き、蛇が躍り出てきてのた打ち回った。あるいは転げ、あるいは飛び上がり、数里四方は木も草も薙ぎ倒された。日暮れ時になって、蛇は死んだ。岩窟の側を見ると、象の骨と牙が、山のように積まれていた。

すると、武の前に一〇頭の象が来て、それぞれ赤い象牙を一本ずつ長い鼻で巻き、跪いて武に差し出した。武がそれを受け取ると、猩々は別れの挨拶をして帰って行った。迎えに来た時の白象が武のもらった象牙を背負ってくれて、武は家に帰り、このお蔭で大変な資産家になった。

〔この話の特徴〕

象を助けるために大蛇を退治した弓の名人の話になっているが、元は動物の行為を語った話の一環として、象の恩返しを中心に語られた話であったかも知れない。人間の言葉を話し、通訳を務めている猩々は、この種の説話の人気者だったろう。

注

（1）宝暦年間——八二五年〜八二六年。

（2）循州――旧治は広東省恵陽県の東北。
（3）河源――県名。旧治は現在の広東省河源市。
（4）弓を射るのが上手で――原文は「善於蹶張」、「蹶張」は元々「弩」（大弓、石弓）を引くのに、手だけでは引けず、足で踏んで引く意味を表した字なのだが、この話では弓と共に矢を持って行くことになっているので、表現が少し矛盾するが、手で引く弓として見ておく。

孫恪《そんかく》

広徳年間[1]の事である。孫恪秀才[2]という者が科挙の試験に落第したので、洛陽の街に遊びに出かけた。魏《ぎ》王池《おういけ》の畔まで行くと、そこで一軒の大きな家を見た。全てが新しい新築したばかりの家だった。通行人が指差して、これは袁氏の屋敷だと言っていた。恪は行って入口の扉を叩いてみた。応答がなかった。門の横に小部屋があって、簾や帳が綺麗に掛けられていた。ここは客を迎える所と見て、恪は簾を掲げて中に入った。しばらくすると、誰かが門の閂を外す音がした。見ていると、一人の娘の綺麗な顔が現れた。その美しさは周囲の物を照らさんばかりに晴れやかで、見る者を驚かすほどの艶やかさがあった。珠が初めてその輝きを洗い出されたばかりのように、柳がようやくその霞んだようなしどけなさを見せ始めたように、蘭の花が優しい雨に洗われたばかりのように、白玉が磨き清められたばかりのように、穢れを知らぬ美しさがあった。

恪は、この家の主人の娘かと思いながら、簾の隙間から覗き見ていた。娘は、庭の萱草を摘み、立ったまま物

思いに耽っていたが、やがて一首の詩を吟じた、

「彼方を見れば憂いを忘れ、こなたを見れば腐った草ばかり。青山と白雲だけが私の思いを晴らしてくれる」。吟じている様子には、いかにもつらそうな風情があった。吟じ終わった娘は、出て来て恪の隠れている簾を掲げたので、不意に恪の姿が目に入った。娘は驚いて門の扉に身を隠し、下女に言って恪の用事を確かめさせた、

「貴方はどなた様ですか。こんな夕方お見えになるとは」。

恪はそこで、間借りをしたいのだということにして、こう挨拶した、

「突然お騒がせしてしまい、何とも申し訳ありません。どうかお嬢様に宜しくお伝え下さい」。

下女が聞いた通りを娘に伝えると、娘が言った、

「私の醜い所を、おまけに化粧もしていない姿を、簾と帳の隙間から皆御覧になられたのですね。もう今更逃げ隠れ致しませんが、どうか少し中でお待ち下さい。身支度をして出て参りますので」。

恪はその美しさに心惹かれていたので、嬉しくてたまらなかった。彼は下女に聞いた、

「あれはどなたの娘さんですか」。

下女が言った、

「袁長官様の娘です。若く一人身で、親戚もおりません。今はただ私共お手伝いの者四五人と共にこの館におられます。お嬢様はお嫁に望まれる方にはお会いしておられますが、まだ嫁がれておりません」。

しばらく待っていると、娘が出てきた。さっきよりも一層美しく着飾っていた。彼女は下女に茶菓を進めるように言い、恪に言った、

「貴方様がお宅をお探しなのであれば、どうぞお荷物をこの館にお移しなさい」。そして、彼女は下女を指差して、恪に言った、

「もし御用事のある時は、この者たちに言って下さい」。

何から何まで自分の希望を先取りして言われてしまうので、恪はただ恥じ入るばかりだった。恪はまだ妻帯しておらず、このように美しい女性を眼前に見ては堪らず、すぐに仲人を頼んで、結婚を申し入れた。彼女もまた喜んでそれを受け容れてくれたので、そのまま結婚して夫婦になった。

袁氏の暮らしは裕福であった。家には巨万の蓄えがあった。一方、恪は長い間貧乏だった。それが急に車や馬にも乗るようになり、衣服や調度も立派になったので、親友たちに疑われ、質問攻めに遇った。しかし、恪はどうしても本当の事を言わなかった。恪は以来奢った生活を送るようになり、名誉や科挙に合格する事なども意に介さなくなった。毎日大盤振る舞いし、欲しいままに酒を飲んで、歌い狂った。このような生活が三四年続き、恪は洛陽に腰を据えていた。

そんなある日、思いがけず洛陽で従兄の張閒雲《ちょうかんうん》処士に逢った。恪が言った、

「長いこと会わなかったが、元気で何よりだ。一晩掛けてゆっくり話し合おうよ」。

張は同意して、恪に付いて来た。夜中床に就こうとしていると、張が恪の手を握ってこっそりと言った、

「私は道門に帰依して受戒した者なのだが、君の言葉や顔つきを見ていると、妖気が色濃く現れている。別に何かわけがありはしないか、彼女と出逢った事の仔細をどうか話してみてくれないか。そうしないと、きっと禍を受けることになる」。

恪が言った、

「別段変わった事はないが」。

張がまた言った、

「そもそも人は陽精《ようせい》を受けているものだ。妖怪は陰気を受けている。魂《こん》が覆われて魄《はく》が尽きれば、人は長生きできる。魄が覆われて魂が尽きれば、人は立ち所に死ぬ。それゆえに鬼(3)や妖怪は形を失って、全て陰である。仙人は姿を失って、全て陽である。陰陽の盛衰、魂魄の交戦は、体にあって、少しでも均衡を失うことがあれば、それが顔色に現れないことはない。先ほどから君の様子を見ていると、陰が陽の位を奪い、邪が正腑《せいふ》を冒している(4)。真精はすでに尽き、識《しき》は次第に落ちてゆく。唾液が溢れ出し、体の根底が動揺する。骨が土になろうとし、顔は赤みを失う。これは必ず妖怪に冒されているに違いない。それなのに、どうして堅く隠してその原因を暴こうとしないのか」。

恪はそう言われて初めて驚き、妻を娶った成り行きを説明した。すると、張は大変驚いて言った、

「正にそれだ。これはどうしたら良かろうか」。

恪が言った、

「私が思う所では、別に変わった所はない」。

すると、張が言った、

「どうして袁氏が国に親戚を持たないはずがあるものか。またよく気が利いて、何でもできるという。それだけでも、十分に異常だ」。

そこで、恪は張に言った、

「そもそも私の生涯は運に恵まれず、長い間飢え凍えていた。それがこの結婚によって蘇生した感じがしている。だからこの恩義に背くことはできない。どうして妻を裏切ることができようか」。

すると、張は腹を立てて言った、

「一人前の男が、人に仕えることができないで、どうして鬼に仕えることができるのだ。(5)言い伝えにもある。妖は人によって興る。人はこれを祭ることはしないと。妖は自然に興るものではない。それに義と自分の身とどちらが大切か考えるとよい。自分の身がその禍を受けているのに、妖怪から受けた恩義を気に掛けるなどということは、三尺の子供だとて駄目だと考える。まして一人前の男が、とんでもない」。

張がまた言った、

「私は宝剣を持っている。あの干将のともがらだ。どんな魍魎《もうりょう》でもこれを見たものは姿を消す。これまでにも数え尽くせないほど試したことがあった。明日の朝それを貸してあげるから、密室に隠しておけば、きっとその狼狽振りが見られるぞ。その昔、王度《おうたく》が宝鏡を使って鸚鵡を照らしたのにも劣らない。そうしなければ、この恩愛は断たれないぞ」。

翌日、恪は剣を受け取った。張はそこで別れたが、最後に恪の手を取って、

「うまくやれよ」。

と、一言言って去った。恪は剣を部屋の中に隠したが、やはりまだ割り切れない気持ちでいた。

袁氏は、先にそれに気が付き、大いに腹を立てて恪を責めた、

「貴方の窮状を私が救ってあげたのですよ。その恩義を忘れて間違った考えを起こすなんて、こんな心得違いは犬や豚だって食やしませんよ。そんな事で人の世に礼節が保てますか」。

恪は叱られて、ただ恥ずかしく申し訳なく、妻の前に叩頭して言った、

「従兄に教えられたのだ。私の心から出た事ではない。どうか血を飲んで誓いを立てさせてくれ。もう決して間違った考えは起こさないから」。

恪はこう言って、汗を流しながら、地に伏して詫びた。袁氏は剣を探し出して、それをバラバラに折った。まるで軽い蓮を折るように容易だった。恪は益々恐ろしくなって、逃げ出したくなった。すると、袁氏は笑いながら言った、

「張さんは取るに足りない小物ですよ。道義を貴方に教えることもできず、そんな良くないことをやらせるのですから。来たら辱めてやりましょう。しかし、貴方の心が決してそうではないことは分かっています。私はもう貴方と数年連れ添っているのですよ。何を心配しているのですか」。

そう言われて、恪は少し安心した。

その後数日経って、外出した折に張に出逢った。恪が言った、

「何事もないのに、私に虎の鬚をいじらせた。もう少しで虎の口から逃げられない所だったぞ」。

すると、張は剣のありかを聞いたので、詳しくありのままを応えると、張は大変に驚いて、

「私の知らない事だ」。

と言い、深く恐れて、その後はもう会いに来られなかった。

それから十数年経つと、袁氏はもう二人の子供を育てていた。彼女の家事はとても厳しかった。少しも乱雑にしておく事を許さなかった。

その後、恪は長安に行き、友人の相国の王縉《おうしん》(6)に会い、南康の張万頃《ちょうばんけい》(7)大夫に推薦されて、経略判官《けいりゃくはんがん》(8)となった。恪は家族を連れて赴任することになった。袁氏は途中松の木や高山に出会う度にしばらく見とれて、少し不愉快そうに見えた。端州に着くと、袁氏が言った、

「ここから半里ほど行った河辺に峡山寺があり、我が家が元門徒であった僧の恵幽《えゆう》がこの寺におります。別れてから数十年になりますが、極めて高齢でありながら、精神は形骸を離れて、世俗を超脱しています。もしあそこに立ち寄って食べ物を供えることができれば、南行の福を増すことにもなると思いますが」。

それを聞いて、恪も、

「そうしよう」。

と言い、供物にする蔬菜類を買い揃え、寺に行った。袁氏は喜んで、服を着替え、化粧を直し、二人の子を連れて老僧の館へ行った。その足取りはかなり通いなれた感じがするので、恪は不思議な気がした。袁氏は、碧玉の環を老僧に献じて、

「これはこの寺に元からあった物ですよ」。

と言ったが、僧も知らない様子だった。

僧の読経が終わって、仏の供養が済むと、野猿が数十匹高い松の上から続いて降りて来て、台の上に載せてある供物を食べた。食べ終わると、悲しげな声で嘯《うそぶ》き、蔦にぶら下がって飛んで行った。その猿たちの様子を見て

いた袁氏は、いかにも悲しげな様子に見えたが、突然筆を所望すると、僧室の壁に詩を書きつけた、

「今の今まで恩情を被って、自分の心を犠牲にして来ました。長年人間になってきましたが、どんなに変化しても私の心は晴れません。やはり仲間と共に山に帰るのが良いようです。長く一声嘯いて霧の中に消えることにします」。

書き終わって筆を投げ捨てると、二人の子供をなでながら幾声かむせび泣き、恪に声を掛けた、

「お元気で、お元気で。これで長のお別れです」。

これだけ言うと、着物を引き裂いて、老猿《ろうえん》の姿になり、嘯いている猿たちの後を追って、木の上に飛び上がって行った。そして、山の中に消えようとする所で一度振り返ったが、そのまま姿を消した。

恪は突然起こった大異変に、驚き恐れ、魂が飛び出し、精神が失せたような様子で、しばらく呆《あっ》気《け》に取られていたが、やがて気を取り直して、二人の子供をなでながら一度慟哭すると、落ち着きを取り戻し、老僧にわけを尋ねた。

すると、僧はやっと気が付いて話し始めた、

「今やっと気がついて昔の事を思い出しました。あの猿は私がまだ沙弥《さみ》(9)だった頃に飼っていたもので、開元の頃、天子のお使いの高力士《こうりきし》(10)様がここに立ち寄られた時に、その賢さがお気に召して、絹織物を代償に買い求められたのです。その後聞きました所では、都に着いてから天子様に献上され、時折天子様のお使いの方々があれを見るたびに賢さは人間以上だと褒めそやすので、長い間上陽宮《じょうようきゅう》(11)でお世話になっていたと聞きましたが、安史の乱(12)が起こって、行方が分からなくなったと聞きました。全く、今になってあの怪異を見ようとは、思いも寄りませ

んでした。碧玉の環は、元訶陵《かりょうこく》国(13)人がくれた物で、あの時猿の頸につけてやった物です。今やっと思い出しました」。

恪は嘆き悲しむばかりで途方に暮れ、舟を六、七日間舫ったままにしていたが、やがて二人の子供を連れて、任地には行かず、戻ることにした。

〔この話の特徴〕

猿の化身である女主人公は、主人公の孫恪と結婚し、あらゆる試練に耐えながら二人の子供までもうけ、普通の人間の生涯の大半を人間として夫婦生活の内に過ごす。しかし、その後夫の孫恪は友人の推薦を得て南康の経略判官として赴任することになり、この出来事が彼女の生涯に転機をもたらした。夫の赴任に同行して子猿時代に棲み慣れた端州の峡山寺に立ち寄ると、そこで長い間忘れていた猿の本性がにわかに蘇り、老猿の姿になって猿の群に戻って行くという話で、彼女自身できると信じていた死ぬまで人間でいることが、やはり大きな自然の力に逆らってはできないことを知らされるという、抵抗のしようのない悲哀を表すことに成功している話である。

注

(1) 広徳年間――七六三年~七六四年。
(2) 秀才――裴航の注(2)参照。
(3) 鬼――この字は、幽霊と訳すことが多いが、この作品では、後に出る典故などとの関係で、「幽霊」を訳語に使うと支障をきたす恐れがあるので、特別に原文のまま「鬼」を用いることにした。
(4) 邪が正腑を冒す――形而上的な用語ばかりを並べる道家の議論の中に、珍しく形而下的な用語を挿入した例。「腑」は、形而下的ではあっても具体的ではないが、正常でない者と暮らしていれば、内臓にも無理がいって、異常をきたすと言いたいのであろう。

（5）人に仕えることができなくてどうして鬼に仕えることができるのだ――『論語』の章句をそのまま引用して使っている所。『論語』先進篇にこうある。「季路問事鬼神。子曰、未能事人。焉能事鬼」。作品中の張間雲は、ここに見える孔子の言葉をそのまま使ったのである。

（6）王縉――生没年は、七〇〇年～七八一年。官は黄門侍郎同平章事。この官にいた当時のことと考えれば、作品中の「王相国縉」という呼称に符合する。現実の王縉は、この後、賂の収納が発覚して括州刺史に左遷され、最晩年に呼び戻されて、太子賓客になった。

（7）張万頃――生没年不詳。作品中では、名の後に大夫という官称が付いているが、これは専ら封贈に用いられたもので、実質は刺史か、節度使か、いずれにしても、官職としての経略を兼ねていたと思われる。

（8）経略判官――経略を職務とする地方官の属官。

（9）沙弥――サンスクリット語の音訳。本来は、出家して十戒を受けた僧の呼称で、年齢に応じて、七歳から一三歳までを駆烏沙弥、一四歳から一九歳までを応法沙弥、二〇歳以上を名字沙弥と分けて呼んでいたらしいが、一般には出家して十戒を受けた少年僧の呼称になっているようであり、この作品中での用法も、これに当たると思われる。また、現在では出家はしたが正式の僧になっていない者を一般に沙弥と呼んでいるようである。

（10）高力士――宦官。玄宗の寵任極めて厚く、驃騎大将軍から、開府儀同三司に進み、斉国公に封ぜられた。宦官に内紛あり、李輔国によって弾劾され、巫州に流された。赦免され、戻って死す。

（11）上陽宮――所在は河南省洛陽市。唐の高宗が建て、則天武后が修築した。

（12）安史の乱――七五五年（天宝一四年）唐の傭兵隊長安禄山が、楊貴妃の兄楊国忠を討つことを名目に、范陽に挙兵したのが始まりで、玄宗を成都に追いやり、洛陽に入って皇帝を僭称し、国名を大燕国とし、年号を聖武とした。七五六年（至徳元年）の事である。しかし、その翌年、禄山は、息子兄弟の末の慶恩を愛して世継ぎにしようとしたため、二番目の息子の慶緒に殺されてしまう。しかし、大燕国の後継争いは、安一家の中だけではすまなかった。この事件の二年後、七五九年（乾元二年）、范陽によっていた禄山の部将の史思明が、慶緒を殺して大燕皇帝を名乗った。しかし、その思明も、洛陽から長安に向かう途中、長男の史朝義に殺されてしまう。

このような醜い反乱軍内部の内輪もめにも拘らず、唐王朝はこの反乱の鎮圧に手を焼いていた。この頃までに、地方に根を下ろし勢力を養っていた藩鎮の半独立的な力を借りて、唐王朝がようやく乱を鎮圧したのは、七六三年（広徳元年）の事であり、この八年に及んだ大反乱は、唐王朝の屋台骨を揺するのに、充分な効果を発揮し、これを境に、唐王朝の政治文化は大きく変化することになる。

（13）訶陵国――ジャワ島のシャイレンドラ朝。

鄧甲《とうこう》

宝暦年間（1）の事である。鄧甲という者が茅山《ぼうざん》（2）の道士峭巌《しょうがん》に師事していた。峭巌は、本当に道を極めた道士で、薬で瓦礫を変化させることも、符で鬼神を招き寄せることもできた。そのため、鄧甲は誠心誠意、苦労も感じず、夜は眠るのを少なくし、昼は寝台に腰掛けるのを止めて頑張った。峭巌も鄧甲の修行の態度を見て、彼のために特に念を入れて教えた。しかし、甲は、薬の製法を教えても、どうしてもできず、道士から符を与えられても、どうしてもその反応を現わすことができなかった。その様子を見て、道士が言った、

「お前はこの二つについては、天分がないのだ。だから、無理に勉強しなくてよい。お前には、天地の蛇を禁ずる術を授けよう。この術を得れば、これができるのは、この世界にはお前ただ一人だけになる」。

甲はその術を会得して、師のもとを辞去したが、烏江《うこう》(3)まで来ると、偶然会稽の太守が毒蛇に嚙まれて、苦しんでいる所に遭遇した。その苦しむ声は、そこの村全体に響き渡っていた。治す心得のある者は、次々に来て術を試みたが、治せる者はいなかった。甲はそこで彼の術を試してみることにした。まず、護符で患者の心を落ち着かせると、痛みはすぐ止まった。甲は言った、

「本星《ほんぼし》の蛇を呼び出して、毒を吸わせなければなりません。そうしないと、足を切るようになります」。

この蛇は、人が捕まえに来るのを恐れて、数里逃げている頃と思われた。そこで甲は桑畑の中に壇を立てた。その広さは四丈四方あって、赤と白の色でその周囲を囲み、符を飛ばして十里四方の内にいる蛇を呼び集めた。蛇たちはすぐに集まり始め、壇の上に重なり合って山を作った。その高さは一丈余りあり、何万匹の蛇がいるのか、見当も付かなかった。遅れて四匹の大蛇が来た。いずれも長さは三丈ほどもあって、水桶ほどの太さがあり、それぞれ蛇の山の上にとぐろを巻いた。この時、その周辺百余歩の地に生えていた草木は、夏の盛りにも拘らず、皆葉を落とした。

甲は裸足で蛇の山に登り、青い篠竹で四匹の大蛇の頭を叩いて言った、

「お前たちを蛇の頭にしてやる。(4)この界内の蛇を取り締まるのだ。どうして人に毒害を加えるなどという事が許

されるものか。やった者は残れ。やっていない者は行け」。

そう言い終わって甲が降りると、蛇の山は崩れ、大蛇が先に行き、小さい蛇が後に続いた。そして、蛇の山はなくなったが、一匹の小さい蛇が後に残っていた。土色をした箸のような大きさの蛇で、長さは一尺余りあった。ただ一匹だけぼんやりとして、残っていた。甲は太守を壇の上に運ばせ、足を出させ、蛇を叱りつけて、その毒を吸わせた。蛇は最初伸びたり縮んだりして嫌がっていたが、甲がもう一度叱ると、何かに急《せ》かされているように、長さ数寸に縮まり、膏《あぶら》が背中から流れ出していた。蛇はやむを得ず口を開けて傷口に向かい、毒を吸った。

太守は脳の中で、針のような何かが流れ落ちて行くのを感じていた。蛇は皮が破れて水になり、ただ背骨だけが残っていた。太守は完全に回復して、甲に手厚く報酬を与えた。

時に揚州には蛇使いの畢生《ひっせい》がいて、常に蛇千匹を扱って、街で蛇と戯れている所を人に見せ、莫大な資産を築き、大きな邸宅を建てた。畢生が死ぬと、彼の子供が邸宅を売りに出したが、蛇をどうして良いか分からず、報酬を出して甲を呼んだ。甲は呼ばれて行くと、一枚の護符を与えて、蛇たちを皆城壁の外へ放してやった。それで、やっと家が売れたのである。

甲はある時、浮梁県(5)に行ったことがあった。丁度春が近付いている頃で、茶摘《ちゃつみ》の時期が迫っていた。しかし、茶園には毒蛇がいて、人々は安心して茶を摘むことができないのである。犠牲者はもう数十人に上っていた。村人たちは甲の神術(6)を知っていて、資金を募って甲を呼び、その害を除いてもらうことにした。

呼ばれて来ると、甲は壇を立て、蛇の王を呼んだ。一匹の大蛇の太さが人の腿くらいあり、長さが一丈余りなのが錦の色を輝かせて来て、その従者の小蛇は一万匹もいた。大蛇だけが壇に登って来て、甲と術比べをした。

蛇はだんだん立ち上がり、頭の高さが数尺になって、甲の頭を越しそうになったので、甲は、杖の上に帽子を掛けて高く掲げた。蛇の頭は終にその高さに及ばず、蛇は倒れて水になってしまった。すると、お供の小蛇たちも皆死んだ。もし蛇の頭が甲を越えていたら、甲が水になった所であった。これで、その茶園は永遠に毒蛇の被害を免れたのであった。

甲はその後、茅山に入って修行に励み、今も続けているはずである。

〔この話の特徴〕

蛇を圧伏する術を授かった男の話である。主人公は体得した術を使って世の中のために活躍するのだが、話の最後、茶園の蛇を退治する場面で、蛇と背比べをし、杖の先に帽子を掛けて高く持ち上げ蛇に勝つと、蛇は倒れて水になってしまう。その背比べの結果について、もし鄧甲が負ければ彼が水になっていたはずだと言っているが、その大蛇も人間を水にするほどの術を持っていたということか。

注

（1）宝暦年間——八二五年〜八二六年。

（2）茅山——江蘇省句容県の東南にある山。三つの峰があり、大茅、中茅、小茅と呼ばれている。一名、句曲山。

（3）烏江——原文では、川の名か、県名か、判然としないが、いずれにしても同じ場所にある。安徽省和県の東北。項羽が最後の決戦を挑んだ所。

（4）お前たちを蛇の頭にしてやる——原文は「遺汝作五主」。大蛇が四匹なのに、「五主」と言っているのは、甲自身と同格にしてやるという意味。自分を入れて数え、「五主」と言ったもの。

（5）浮梁県——江西省饒州に属す。茶の産地。

（6）神術——原文の用語をそのまま記す。神にも等しい術ということ。

高　昱《こういく》

元和年間(1)の事である。魚を釣ることを生業にしている高昱処士(2)という者がいた。

ある日、舟を昭潭《しょうたん》(3)に舫って、舟の中に寝ていたが、夜三更になっても眠れなかった。眠れないままに起き出して、湖上を眺めていると、水面に三つの大きな蓮の花が咲いているのが目に付いた。赤い花がすこぶる綺麗で、三人の美女がその上に坐っていた。いずれも白い着物を着ており、白く輝いて雪のようだった。娘たちの容貌は華やかで、艶やかな色気があり、輝いて神仙のようだった。三人は共に語り交わしてこんな事を言っていた、

「今晩は広い水面が澄み渡り、天には月が明らかに照らし、心伸びやかに景色を観賞しながら、ゆっくりと奥深い世界の事もお話できますね」。

すると、一人が昱の舟に気が付いて言った、

「側に小舟がいますが、私たちの話を聴いていないでしょうか」。

すると、別な一人が言った、

「たとい聴いていたとしても、世俗を離れた人(4)でなければ大丈夫ですよ」。

互いに言い交わした、

「昭潭は底がなく、橘洲《きっしゅう》(5)は浮かんでいるというのは本当でしたね」。

また一人が言った、

「皆それぞれ何の道が好きなのか、言って御覧なさい」。

すると一人が言った、

「私の性格は仏教に向いているわ」。

もう一人が言った、

「私は道教がいい」。

もう一人は言った、

「私は儒教だわ」。

そして、それぞれの信じる宗教の道義を語り合った。その論理は極めて精緻なものだった。そのうち、一人が言った、

「私は夕べ不吉な夢を見たわ」。

他の二人が聞いた、

「どんな夢」。

「子孫は慌てふためき、家は決まらず、人に排斥され、一族は翻弄されるという夢よ。不吉でしょう」。

一人が言った、

「魂の気紛れよ。信じる必要ないわ」。

もう一人が言った、

「明日の朝何を食べるつもり」。

しばらく考えてから、誰かが言った、

「自分の好みに合わせるだけよ。僧、道、儒でしょ。おや、私がさっき言った事、もう兆が見えたわ。障りが起こらないとは限らないけれどね」。

ここまで話し終えると、しばらくして、娘たちは水に姿を消した。

昱は聞いた事をはっきり記憶していた。朝になると、果たして一人の僧が来て江を渡り始めた、しかし、江の中流まで行くと、溺れてしまった。昱は非常に驚いた、

「夕べの言葉は嘘ではない！」

間もなく、一人の道士が、舫ってあった舟で江を渡ろうとした。昱は急いでそれを止めたが、道士は言った、

「それはまやかしだ。僧が溺れたのは偶然だ。私は知り合いに呼ばれて行くのだ。死んでも悔いはない。信用を失くすわけには行かないのだ」。

こう言って、道士は船頭を急かせて渡って行ったが、江の中流でまた溺れてしまった。

すぐ後から一人の書生が来た。書嚢を持って江を渡ろうとしたので、昱は一生懸命引き止めて言った、

「先に行った僧侶も道士も溺れてしまったのですよ」。

しかし、書生は顔色を変えて言った、

「人間の生死は運命だ。今日はわが一族の物忌みの日で、この弔祭を欠かすわけには行かないのだ」。

そう言って、竿で舟端を叩いて行こうとしたので、昱は書生の袂を持って引き止めて言った、

「たとい腕が抜けても、渡らせるわけには行かないのだ」。

書生は岸に向かって叫び加勢を求めていたが、不意に練り絹のような何かが、潭の中から飛び出して、書生を巻いて引き込んでしまった。昱と渡し守は慌てて着物を摑んで引き止めようとしたが、着物が手に付かず、引き止めることができなかった。昱は長い溜息をついて言った、

「運命なのかな。僅かの間に三人を死なせてしまった」。

するとそこへ、二人の人を乗せた小舟が着いた。一人は老人で、一人は少年だった。昱が老人に挨拶してその姓名を尋ねると、老人が言った、

「私は祁陽山《きようざん》(6)の唐勾鼈《とうこうべつ》だ。今長沙に行って、張法明威儀師《ちょうほうめいいぎし》(7)を訪ねるところだ」。

昱は前から彼が優れた道士で神術を行なう者だということは聞いていたので、特に改まって拝礼した。その時、急に岸辺に数人の泣き叫ぶ声が聞こえた。溺死した三人の親族が来たのである。老人が聞いたので、昱は詳しく事件の顚末を話した。それを聞くと、老人は怒って言った、

「よくもこう人を害しおったな」。

そして、箱を開いて丹筆を取り、篆字《てんじ》の符を書いて、同舟していた弟子に言った、

「我がためにこの符を持って潭に入り、その水の妖怪を捕らえて、急いで他に行かせてくれ」。

弟子は言われるままに符を持って、水に入って行った。平地を歩くように、何の抵抗もなく、水中に歩いて行った。山麓に沿って数百丈入って行くと、大きな明るい穴が見えた。人間の家屋のように作られていて、三匹の白豚が、

石の寝台の上に寝ていた。子豚が数十匹その側に遊んでいた。弟子が符を持ってそこに行くと、三匹の白豚は驚いて起き上がり、白衣の美女に化けた。遊んでいた仔豚たちも皆一緒に童女に化けた。弟子から符を与えられると、娘の一人が泣きながら言った、

「不吉な夢はやはり当たっていたわ」。

そして、弟子に向かって言った、

「私たちのために先師に言って下さい、『ここに長年住んでいましたので、どうして名残が尽きましょう。三日の猶予を下さい。そうしたら東海に移りますから。』と」。

そして、三人は各々弟子に明珠を差し出した。弟子は、

「私は要りません」。

と一言言うと、受け取らずに引き返し、ありのままを老人に伝えた。老人は大いに怒って言った、

「お前はもう一度行ってあの畜生どもに伝えてくれ、『明日の朝すぐにここを離れろ。そうしなければ、六丁[8]にお前たちを斬らせる』と」。

弟子はまたすぐに水に入って行った。三人の美女は声を挙げて泣きながら言った、

「謹んで仰せに従います」。

その答えを確かめて、弟子は戻った。

翌朝、黒い気が潭の水面から立ち上り、少し経つと、突風が吹き、雷が鳴り、山のような大波が起こって、長さ数丈もある巨大な魚が現れ、無数の小魚がそれを取り巻いて、流れに沿って去って行った。老人が言った、

「お蔭で役に立てた。貴方がいなかったら、どうして昭潭の害が除けたろう」。
そして、昱も共に舟に載せると、どこともなく去って行った。

〔この話の特徴〕

唐勾鼈という道士が湘江の昭潭に棲み付いていた妖怪を除去する話だが、唐道士が初めから弟子に言っているように、「他所に行かせる」のであって、殺すわけではない。すでにこの妖怪のために人間が三人殺されているのだが、唐道士には、どうやら殺す気はないように見受けられる。これは何のためか、その原因は不明である。

注

（1）元和年間――八〇六年～八二〇年。
（2）処士――周邯の注（2）参照。
（3）昭潭――湖南省湘潭県の北の湘江の中。湘水の最も深い所と言われる。潭名は、畔にある昭山の名から付けられたもの。
（4）世俗を離れた人――原文は「濯纓之士」。「孟子」離婁篇から出た言葉。水が澄んでいれば、冠の紐を洗い、水が濁っていれば足を洗う、つまり、その場の状況に応じて、如何様にも対処できる意味から、世俗に捕われず、超然と生きる生き方を表した言葉。その意味から、ここでは妖怪たちが恐れる神仙の存在を意味している。人間であれば、得道した仙人のこと。
（5）橘洲――湘水の中洲の名。湖南省長沙県の西の湘江の中にある。
（6）祁陽山――祁山の誤り。祁陽は祁山の南にある県の名。湖南省祁陽県。
（7）張法明威儀師――原文は「張法明威儀」。あるいは、通常人名に添えて呼ぶ時は、師を落として、「威儀」

として呼んでいたのかも知れない。正確には威儀師は、道士の修行階を示す言葉である。道士の三号の一。ちなみに三号とは、法師、威儀師、律師である。

（8）六丁——道教の神の名。

「玄怪録」と「伝奇」(まとめ)

六朝志怪の流れを汲む話の作話法は、怪異談として独自の流れを形成しつつ後世まで伝えられて行くものなのだが、時には怪異な事項を伝える志怪の作話法を踏襲しながら、独自の思想の表出を試みる作品が作られることもある。本書は、唐代の説話集の中から、そのような特徴を持ち、かつ時の短編小説の流行に影響する所大であったと思われる物として牛僧孺の「玄怪録」を選んだ。

話の紹介に先立って、予め見るべき特徴を提示するために、序に「顧総」の話を採り上げ、そこに著された建安文学を回顧する著者の心情を紹介し、また「董慎」の話を採り上げて、公平な法の在り方を遵守しようとする著者の信条を紹介した。この二つの話に見る著者の主張の現れは、「玄怪録」全体を通じて、最も目立つ所と言って良いと思われるが、話の一つ一つを微細に鑑賞すれば、著者の個性の現れは、随所に見ることができる。例えば、「斉推の娘」の話の終段に出てくる「三魂七魄」を「続絃膠」で繋ぎ合わせる話など、物事を客観的に追求しなければ気がすまない著者の個性がよく現れた話と言えるのではなかろうか。

このように、「玄怪録」には六朝時代の話にはなかった新しさを見ることができるのだが、それでも、怪異な事柄を伝え残そうとする志怪の基本的なスタイルを逸脱する物ではなかった。

一方、これと対比する意味で、新しいスタイルの説話集として、裴鉶の「伝奇」を紹介したが、「伝奇」の意図する所は、予め想定された特定の命題、例えば「怪異」などを表出する目的で話を作るのではなく、著者の目的は、語り物にふさわしい独創的な面白い話を作ることにあった。従って、話のテーマは話毎に改められた。そのため、作話法も当然話毎に工夫されることになる。全体を通じて文中に怪異の要素が見られるとすれば、それは時代のしからしめる所であった。

話毎に、注の始めに〔この話の特徴〕という項を設けて、話の見所を拾い出しておいたので参考にして頂きたい。序には、冒頭の「崔煒」の話を採り上げて、プロットを繋ぎ合わせているものは、全て「偶然」であったということを述べたが、「伝奇」中には、後世有名な話として伝えられてゆく物が多いので、もう少し、例を引いてみることにする。

女剣豪の話として後世に伝えられる有名な話に、「聶隠娘」の話があるが、この話は大きく二つの部分に分かれている。初めの一つは、女主人公の聶隠が剣の修行を終えて実家に帰されてから両親に語った話で、不思議な尼にかどわかされて剣術を仕込まれていた間の思い出話であり、後の部分は、実家に帰ってから後の女剣客として生きる聶隠の話である。この話が語り物として実演された時の聴かせ所は聶隠が剣豪として活躍する立ち回りの場面であったろう。その都度軽快なリズムの語りが聞かれたはずである。

勉強しか知らない朴念仁の「封陟」の話には、女仙が登場し、再三勉強中の封陟に言い寄るが、典籍の勉強しか知らぬ封陟には、女仙の口説きは通用しなかった。実はこの女仙の口説きが、封陟を仙界に導くためのテストだったのである。女仙が口説きを諦めた段階で、封陟はこのテストに落第したのだった。許棲巌や裴航の話にも見えた仙界に入るためのテストは、朴念仁の封陟に対してはこういう形で行われた。神仙界に関わる話の表向きの事は以上の通りだが、文章表現に関するこの話の見所は、女仙の口説きの文句である。女仙の特権をひけらかしての三回目の口説きはさることながら、二度目の口説き文句等は、遊郭の妓女の言葉と大差ない。女仙の形を借りて遊女の言葉を著したとも見られる場面である。

元稹の「鶯鶯伝」はその描写が妓女をモデルにしたに違いないということはよく言われることだが、その「鶯鶯伝」も別名を「会真記」（「真」は神仙の意味。「会真」とは神仙に会ったということ）と言う。春を鬻ぐ女を女仙に擬えることは一般に行なわれていたということであろうか。

また、「伝奇」の話は、いずれも何らかの形で創作的な工夫によって作られている。そのため、結果としては当然成功もあれば失敗もある。例えば、潜水の名人「水精」が活躍する「周邯」の話などは、話の後の注記に示したように、各地を旅行しながら水精の活躍によって周邯が富を得る前半の描写と最後の水精の襲撃の失敗と土地神の説諭で終わりをまとめようとする構成が矛盾した失敗作である。それに対して、見事に成功を収めているのは、「陳鸞鳳」の話である。雷のタブーに敢然と立ち向かい、立派に「雨師」になりおおせた主人公の姿を見事に描き出している。

以上に「伝奇」中の話の目立つ点を拾い出したが、各話の後にそれぞれの話の特徴を注記しながら、何箇所か文章の末尾を疑問の形で止めたものが目立つはずである。その疑問の残留する話の代表的な物を選ぶとすれば、次のような物が挙げられるであろう。

その第一は冒頭の「崔煒」である。この話の主人公は、話の冒頭から不思議な老婆として現れる鮑姑によって神仙界に誘われる。そして話の終段に至っても、冥界の女性たちと親しく交わり、その後も、家族を連れて羅浮山に登り、鮑姑に会いに行く事までしているのだから、本人の知らぬ間に崔煒は登仙していたということだろうか。

意識的に不思議の世界を語ろうとする「伝奇」の冒頭にふさわしい話と言えるであろう。

「陶尹二君」の話では、努力によって登仙した役夫と宮女の二人が、登仙することを望む二老人に、万年の松脂と千年のヒノキの実を与えたと言っているのだが、古代人の二人は、普通の松脂やヒノキの実を食べて、修行を積んだはずではなかったか。万年の松脂と千年のヒノキの実の出所とその効用が不明である。

また、「封陟」の話では、典籍の勉強ばかりしていた封陟の生活ぶりを評して、女仙が「道に迷いはしたものの……」と言っている。典籍の勉強ばかりの生き方は間違いだということなのだろうか。生き返ってから、以前の勉強ばかりの生き方を悔いた封陟の気持ちも不鮮明である。

また、「金剛仙」の話では、金剛仙に殺された蜘蛛の恩返しの意味がよく分からない。先に注記したように、蜘蛛という生き物自体に邪悪な生き物、害虫という一般通念があったということなのだろうか。

以上は疑問の余地を残しながら話が終結している例だが、もしこれらの作品が、実際に伴奏を付けて歌い語りに語られたとすれば、これらの疑問は、艶やかな歌声の中に掻き消されていたのかも知れない。我が国の歌舞伎十八番に見る「荒唐無稽」と同様の意味で、民衆に愛された語り物には、あえて荒唐無稽の謗りをも顧みない勇気も必要だったのだろうと思われる。

唐代の説話集の中でも、「伝奇」は、他の説話集とは伝わり方が違い、前に記したように、「太平広記」と「旧小説」にしか逸文を見ることができず、この後を襲う著作も途絶えるが、少し時代が下れば、語り芸として実演される語り物により近付いた形で本が著されるようになり、裴鉶の「伝奇」のスタイルは止揚されることになる。

例えば、南宋の羅燁の「酔翁談録」が芸人の参考書として推奨する皇都風月主人の「緑窓新話」のようなものがそれで、寄席で演じられる作品を簡単な文語文の粗筋書で記している。

以上、この『古代中国の語り物と説話集』正続二篇に著した所は、いずれも中国語り物史の中で特筆すべき問題のある所を選び取って、それぞれの特徴を解説したものである。

私の語り物研究遍歴とこれからの課題

書評誌「東方」誌上（二〇一八年六月号）に私の『古代中国の語り物と説話集』のために書評を寄せて下さった山崎藍氏の文章の最後に、「著者の考えの根拠となる文献を知りたくなったり、興味が沸いたりした折、それを解決する手立てがないのがいささか残念であった」として、語り物研究のための参考資料を求めておられるのを拝見し、改めて自分の過去の事跡を振り返ってみたが、横着者の私には、業績一覧にまとめるほどの実績はないし、また、語り物研究者にとっては、書物を調べる事の他に必要に応じて特定の土地を探訪することも必要になるから、そのような事情から、自分の過去を振り返って、幾らか研究と名付けられるかと思われる経験を拾い出し、業績紹介の繋ぎに思い出話を綴って責めを塞ぐことにした。

山崎氏の感想に、「志怪書編纂の基底に流れるのは、身の回りで起きた事件や古より伝わってきた〝異〟なる出来事を記録し、その意味を探求する事にあるとこれまで認識してきた。そのせいか(中略)しばしば『イマジネーション』『想像力』『ファンタジー』などの語で『列異伝』や志怪を説明しようとする点に若干違和感を覚えてしまった」とあったが、私の考えでは、「異」という言葉の意味を一つの固定観念で捉えることに問題を感じるので、民衆が息苦しい現実とは「異」なる世界に思いを馳せるのであれば、それをどのような言葉で表そうとも構わないと思う。曹丕が「列異伝」という名称に著そうとしたのは、正にそれであったと思われるのである。従って、「列異伝」の「異」は、「異苑」の「異」ではない。「列異伝」が世に出てから、「捜神記」が出るまでの五十数年の期間は、世相が激変した時代で、志怪書編纂の意義も曹丕の意図からは大きく外れ、全く違う物になってしまったのである。その事は、本書の序文に明らかにした。

しかし、自分の過去を振り返ってみると、「列異伝」と他の志怪書との違いをこう明確に言えるようになったのは、一九八八年に『中国説話文学の誕生』（東方書店）を出して以後の事であり、それ以前は、今日に残された二〇〇に余る六朝志怪の逸文全体を俯瞰しながら、そこに後世の昔話に見受けられる伝承説話特有の法則の見られることが面白く、その筋道を辿ることに満足していた。私の修士論文は、その段階で書かれた物であった。

その当時の私の志怪の読み方は、柳田國男や関敬吾の著作から得た民俗学的な知識を武器にして、筋の貸借関係を辿ることが面白く、それで得意になっていた。それが、やがて志怪書の来歴を考えるようになり、一九八八年『中国説話文学の誕生』を出してからは、次第に歴史的に、志怪書の生成に興味を持つようになってきた。

語りに興味を持ち、語りと文体との関係を考え始めたのもこの頃からである。当時は、語りの実演にも興味を持ち、語り物であれば、国や種類を問わず、やたらに聴いて回り、その特徴を捉えて面白がっていた。

一九九一年、思い立って当時奉職していた東京学芸大学の職を辞し、中国に渡って、宿泊費の安い大学の宿舎を転々としながら、語り物を聞いて回った。一六年間勤めた東京学芸大学を辞したのは、語り物に対する興味が昂じた結果だったと思う。

一九九三年に、山形大学に奉職していた友人が、山形を辞めて上京するというので、入れ替わりに山形へ行ってみることにした。東北地方は、柳田國男の文章などで以前から親しんでいた所で、娘を連れておしらさま探訪の旅をしたこともあった。

山形大学教育学部に教授として勤めると、間もなく、山形市と中国の吉林市が姉妹提携することになり、駆り出されて国際交流委員として、山形大学教育学部と吉林師範学院との交流のお手伝いをすることになり、それを足掛かりに、頻繁に訪中するようになった。大抵は吉林を訪れるついでに脚を伸ばして、北京や天津を探訪してくるのである。北京の老舎茶館や天津の名流茶館などにもよく行ったし、天津の北方曲芸学校をも何度か参観し、芸人養成のための授業の様子も見せてもらった。そのうち、人の紹介で、首都師範大学との付き合いが生まれ、二〇〇三年に山形大学を定年退職した後も、首都師範大学との縁は残った。

こうして、中国の語り物に接する機会に恵まれたのだが、私の場合は、接する事のできる語り物も、主として都会の語りに限られる事が多く、都会の語り物については、民間の語り物マニアが集まって芸人の協力を頼みながら催す振興会のようなものまで見て回ったが、農村に入る機会は殆どなかった。

一方、日本国内では、山形県内の祭文語りや岩手地方の神子の語りなどに直接接する機会ができ、貴重な資料を入手することもできるようになった。中でも、宮古市図書館に勤めておられた岸昌一氏から贈られた中島ハツ神子の「オシラ祭文」の語りの録画資料（一九九二年岸昌一氏撮影）などは、長く保存されるべき貴重な物である。

そのような環境の中で、研究室内で行う研究作業としては、この頃から中国の語り物通史に筋道を付けることを考え始め、山形大在職中に授業の合間を見て、草稿を綴っていた。范仲淹の「岳陽楼記」の風景描写が語り物の伝奇体で書かれているのに興味を持ち、「東方學」一一二号（一九九七年）に「『岳陽樓記』中の傳奇體について」を発表したのもこの頃である。また、『中国説話文学の誕生』ではまだ気が付かなかった「燕丹子」の語り物でなければ現れ得ない文体に気が付き、その冒頭の一段に置かれている大きな場面の転換点を跨ぐ形で置かれた対句表現の問題を、『中国説話文学の誕生』以来の志怪流行の問題と合わせて、折から「中世の文学」を特集していた「世界文学」誌上に「中国中世（六朝）の民話と語り物」という題で発表したのもこの頃であった（「世界文学」No.90 一九九九年一二月）。しかし、この段階では、まだ「燕丹子」の例の対句の最後の一句が、同形の句の繰り返しを省略する形で尻取り式に次の一句と対をなしている事に気付いていなかった。これに気付くのは、この問題を追求し始めてから一五年後、敦煌出土の「張義潮変文」の中にその技巧の跡を歴然と残している逸文を見て初めて気がついたことであった。

同時期、机上のこういう仕事を続けながらも、その一方では、吉林師範学院との交流を繰り返しながらの中国の語り物探訪は続いており、その頃はまだ東大の中国語中国文学研究室を中心に組織されていた中国古典小説研究会の機関誌「中国古典小説研究」に、「中国の語り物における声の記録と文字の記録」を発表し、文字に著された作品と、実演される作品との間には相違があるという事を論じたことがあった（一九九九年一二月）。

二〇〇三年三月山形大学を定年退職し、上京すると、山形で綴り始めていた中国の語り物通史の草稿を見直し、上限を春秋の「国語」中に求め、下限を明末の三言にもとめて、細い筋道を通し、もう一度この筋道を辿り直して本格的な中国の語り物通史を作ることにした。この点と線を繋いで作った細い筋道に名付けて「中国の語り物初探」と言い、四百字詰め六百枚余りの文章にしたが、これは諸方の知人に配った以外には、まだ公にはしていない。

昨年刊行した『古代中国の語り物と説話集』は、言わば中国の語り物通史の最上端に置かれた基地のような物で、ここから改めてやや太目の線が降り始めるのである。語り物研究の場合は山登りの逆で、最上端にベース・キャンプを作って、そこから下り始めることになる。

それにしても、中国学研究者の間の中国語嫌いは幾らか治まったであろうか。二〇〇八、九年頃だったと思うが、一度「日本中国学会報」に投稿することを試み、最終選考まで残った時に、研究者の間から直接私の所へ研究発表に録音資料を持ち込むことは止めて欲しいという強い依頼が寄せられ、当時日本中国学会の書記長だった丸尾常喜さんを通じて審査委員会に諮ってもらい、もう殆ど掲載の決まりかかっていた投稿原稿を取り下げてもらったことがあった。

語り物は元々言語に基づいた芸術であり、日本の物のみならず、世界各地の歴史のある国に伝わる語り物は、それぞれ洗練された言語の粋を集めて作られている。その各地の言語芸術の比較研究を通して語り物研究の方法論は立てられなければならないのである。

取り下げてもらった原稿は、その後原稿の規模を改めて、二〇〇九年六月の「中国文化」第六七号に、「中国の語り物と『わけ知り立て』について」という題名で掲載してもらった。

私も齢すでに八二歳、『古代中国の語り物と説話集』を最上端の基地にして、中国語り物通史を降り始めるにしても、同書とほぼ同時期に京都大学から出された「魯迅『古小説鉤沈』校本」の考証は、私の「古小説鉤沈」の読み方より詳しく正確であった。本書の序文には、その京都大学の作ってくれた新しい考証結果に基づいて、前書の数字を訂正してあるが、いつか同書の改訂版が出されるまで恥を忍ばなければならない。

本書は、副題に「志怪から伝奇へ」とあるように、言わば『古代中国の語り物と説話集』の第三章を補うべく書かれた同書の補遺である。いずれは正編の内容に合わせて一本にまとまった『古代中国の語り物と説話集』が書かれなければならないが、その時には、本書が意識的に省いている干宝の「捜神記」以降の六朝説話集に関する詳しい考証も加えられなければならない。そしてその企画が実現される場合には、「捜神記」以降の六朝説話集に関する研究に詳しい京都大学の人々の協力を仰ぐ必要がある。

跋

思わざる所に新資料が出現し、正篇の重要部分を占めていた「列異伝」に逸文五則を補充しなければならないことになった。そこで、この機会に便乗して、正篇の第三章に不足していた唐代の説話集の情況を書き足すことにした。唐代の説話集は、六朝のものと違って話の規模が一様に大きくなっているので、多くを一度に紹介するのは難儀である。やむを得ず、数ある説話集の中から見るべき問題を含んでいる「玄怪録」と「伝奇」の二種を選んで唐代説話集の特徴を垣間見ることにした。

これで一応、唐代以前の語り物に関して見るべき問題のある所は概観したことにしようというわけである。宋代に入れば、商業の発展と共に、やがて民間に瓦肆または瓦舎と呼ばれる盛り場が出来、そこに小屋掛けした芸人の語りが聴けるようになる。こういう時代になると、最早「太平広記」のような形に話を整理して本にすることは不可能である。新しい時代に即応して話をまとめようとした洪邁の「夷堅志」も、まとまりのある形を得られないままに話を集めている。

このような次第で、古代中国の語り物をまとめようとすれば、やはり唐末で一区切りするのが至当と思われるのである。以上のような観点から、この『古代中国の語り物と説話集』は、この続編をもって、完結する。

途中不慮の出来事に見舞われ、変則的な形にまとめざるを得ないことになったが、やむを得なかったとは言え、この特殊な出版をお認め下さり、ご支援下さった東方書店のスタッフの方々には、心より感謝する。特に表記統一を中心に、諸事細々とご面倒をお掛けした家本奈都さんには、衷心より謝意を表したい。

著者記す

平成三〇年九月吉日

唐代説話集関係地名所在地

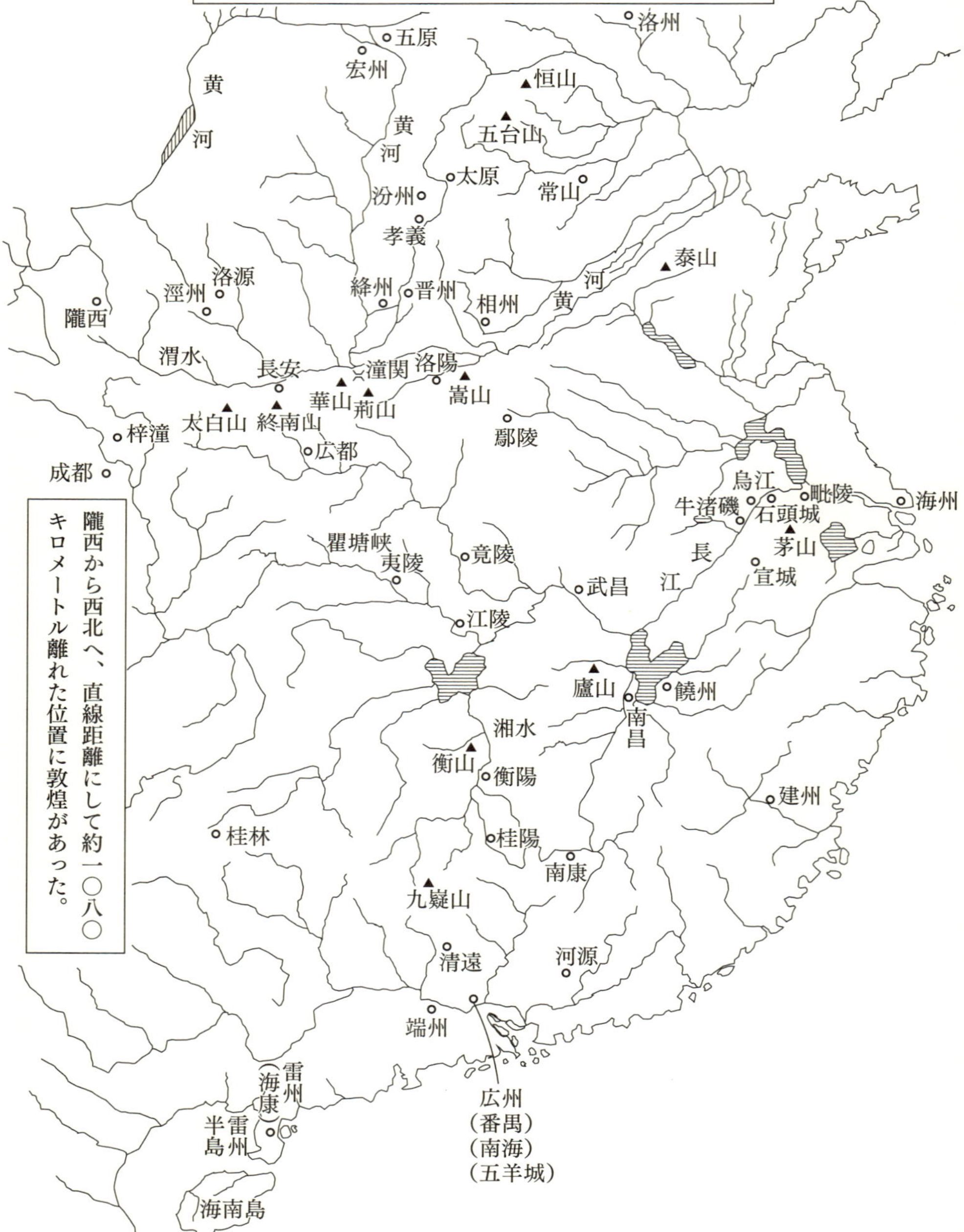

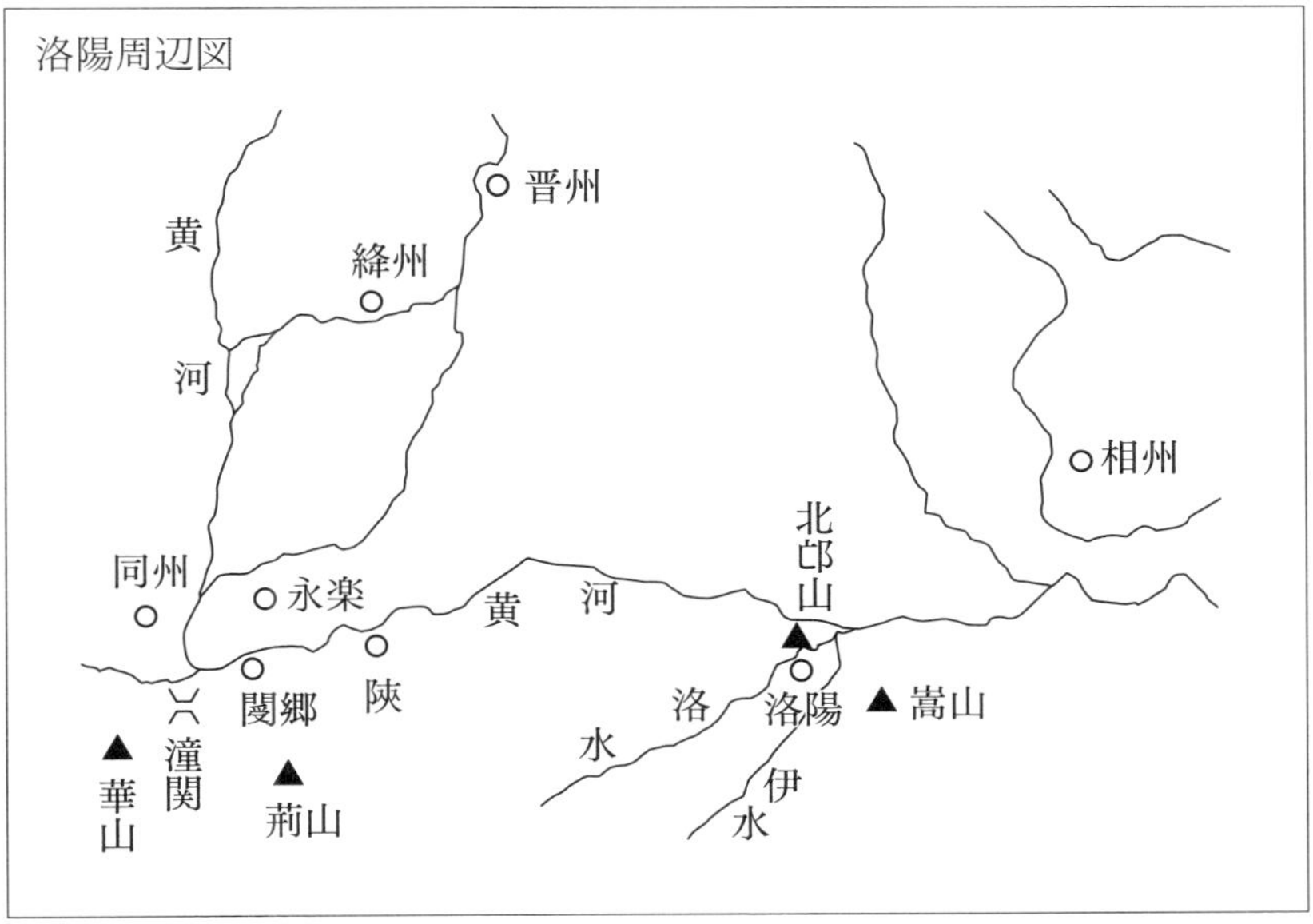
洛陽周辺図
晋州
黄
絳州
河
相州
北邙山
同州
永楽
黄
河
閿郷
陝
洛
洛陽
嵩山
水
潼関
華山
荊山
伊
水

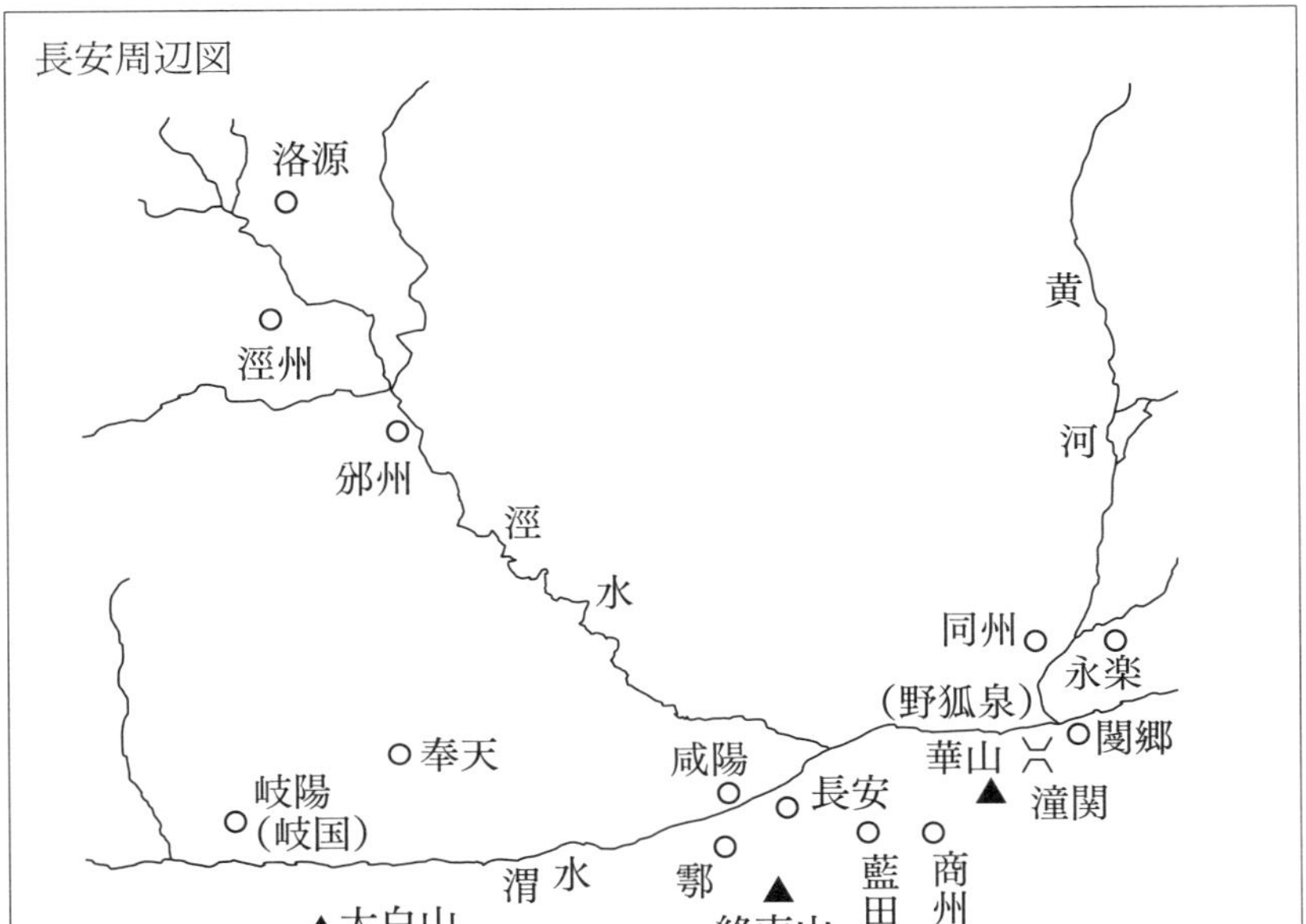
長安周辺図
洛源
涇州
邠州
黄
河
涇
水
同州
永楽
(野狐泉)
閿郷
華山
奉天
咸陽
潼関
岐陽
(岐国)
長安
渭
水
鄠
藍
田
商
州
太白山
終南山

著者略歴

高橋稔（たかはし　みのる）
1936年東京都に生まれる。東京大学大学院人文科学研究科中国文学専攻博士課程単位取得退学。私立武蔵学園高等学校教諭を経て、1974年東京学芸大学講師、翌年助教授、1977年教授就任。1993年山形大学教育学部教授。2003年定年退職。語り物研究者。
著書に『中国説話文学の誕生』『古代中国の語り物と説話集』（ともに東方書店）などがある。

「玄怪録《げんかいろく》」と「伝奇《でんき》」
続・古代中国の語り物と説話集―志怪から伝奇へ―

二〇一八年一二月一日　初版第一刷発行

著　者●高橋　稔
発行者●山田真史
発行所●株式会社東方書店
東京都千代田区神田神保町一―三　〒一〇一―〇〇五一
電話〇三―三二九四―一〇〇一
営業電話〇三―三九三七―〇三〇〇
装　幀●クリエイティブ・コンセプト（江森恵子）
印刷・製本●株式会社平河工業社

定価はカバーに表示してあります

ISBN978-4-497-21820-9　C0098